卷八

月下小景·如蕤

沈从文◎著

长江出版传媒
长江文艺出版社

图书在版编目（C I P）数据

月下小景·如蕤 / 沈从文著. -- 武汉 ：长江文艺出版社， 2014.9（2021.10 重印）
（沈从文小说全集·卷八）
ISBN 978-7-5354-7431-5

Ⅰ. ①月… Ⅱ. ①沈… Ⅲ. ①短篇小说－小说集－中国－现代 Ⅳ. ①I246.7

中国版本图书馆 CIP 数据核字(2014)第 147603 号

策　　划：尹志勇
责任编辑：毛　娟　刘程程　刘兰青　　　　责任校对：毛　娟
封面设计：力志设计·王志强　　　　　　　责任印制：邱　莉　王光兴

出版：长江出版传媒　长江文艺出版社
地址：武汉市雄楚大街 268 号　　邮编：430070
发行：长江文艺出版社
电话：027—87679360
http://www.cjlap.com
印刷：三河市百盛印装有限公司

开本：640 毫米×970 毫米　1/16　　印张：17.5
版次：2014 年 9 月第 1 版　　　2021 年 10 月第 3 次印刷
字数：226 千字

定价：52.00 元

版权所有，盗版必究（举报电话：027—87679308　87679310）
（图书出现印装问题，本社负责调换）

目录

如蕤集

一个母亲

《一个母亲》发表于1929年7月10日《新月》第2卷第5号。署名沈从文。1933年由合成书局初版单行本。

原目:《(一个母亲)序》,《一个母亲》。

现据合成书局初版本编入。

《一个母亲》序

因为生存的枯寂烦恼，我自觉写男女关系时仿佛比写其他文章还相宜。对于这方面，我没有什么经验。写这问题，可没有和我平时创作的态度两样，在男女因情感所起冲突中，我只尽我的观察，理解，解释这必然的发展变化。我并不在几个角色中有意加以责备或袒护的成见，我似乎也不应当有。我并不如据说在国内称为“批评家”权威辈说的成心在那里赞美情欲或讥讽绅士。只是以我的客观态度描写一切现实，而内中人物在我是无爱憎的。倘若还有人还要把这个引为“同道”或“异端”，想以他个人的趣味作我文章的尺度，我觉得这人是在极其可笑情形中白费了他的气力，实在为他可惜。因为我这作品并不是为等待这些毁誉而写成，我劝他还是去介绍他熟人一本新著，得到认可和赞许的机会可多一点。我这种试验性的作品，说真话，还不值得批评！

在技术上，我为我作品，似有说明必要的，是我自己先就觉得我走的路到近来越发与别人相远。与别人不同，这成败是不可知的，因为最好的批评家是时间。时间延展，虽其中免不了侥幸，但无论如何，把作品付之于时间，是比之付于现在由书业中大老板所支配指定的批评者手中为可靠的。既是后话可不题。至于目下，我得承认我工作是完全失败了。看到一般人，对于章回体看来不费脑力的作品感到倾心，我不承认我的失败是不行的。在许多近人名家作品中，对于他们的作品使我感到佩服的，是他们空话之多。他们真不愧为在那里创造理想中人物，不过似乎常常是理想过高，因此结果从这些作品中反映出人物都同平常人两样，虽然他们还自夸是

“高度写实”，人的脸也像是用尺寸规画出来的，不走丝毫。因为把字数延长，他们就令每一个书中人都经常喋喋不休，说上一些没有关系的空话。因为有“思想”，他们有时就借一个厨子的口来说明“国际联盟”以及不下于国际联盟那么与二十世纪中国某公馆厨子毫不相干的问题。他们想到革命，就写革命，想到恋爱非三角不行，本来只有两个，也就想方设法勉强再凑上一位。他们表现理想中人物的人格，却依赖这纸上的英雄独唱，毫不悭吝一切豪华美丽的言语，只以为一说出来一切问题就从作品中人物言谈行动上得到了正确解决。他们所谓“抓着时代”，在时代中产生时代作品，那种态度和方法，其实还是中国往日名士诗人“即兴”一样，自然他们各人都有理由说某一方面才认为是可以讥诮的“即兴”，某一方面是“忠于时代”。到底这些人是聪明人，在一切方便中他们是轻轻易易就完全成功了的。中国当然是需要一种继续章回传奇与《聊斋志异》侦探香艳小说的作品，天才名家，应运而生，没有什么可怪处。他们能得大众的了解与同情，是他们把习惯的一套给了时代，可不像是时代真正给了他们什么。

上面我说的话，是偏于对表现技术而联带及思想意识我个人的态度，我愿意也有人相信我的话不完全是个人的牢骚。时下名作家们，是有以疏忽此点反而成功的事实作证明足以自傲。批评家们又以“通顺可作中学教本”的话而奖励了这种作品而作成普遍推广宣传的。这些人完全是“聪明人”。

我的见解是明知自己失败，却找不出对成功者以尊敬机会。在走不去的荆棘塞途的僻路上，将凭我执拗顽固的蠢处，完成我自己所能走的一段路。我以为一件作品对外景只在说明充实背景的需要而存在。说明上文字的节制是必须的，这是我有意疏于写景的一种解释。我以为表现一个理想或讨论一种问题，既然是附丽到创作中，那么即或形式是小说的形式，在对话动作种种事情方面，适当节制为势所必须，过分的铺张应当是一样忌讳，观察详细又不可缺少，一切应当从需要作考虑。这是我在描写上不能夸张复有琐碎的一种解释。

假若有人问到：作品中的孩子，结论到底是怎么样？对于这样疑问，我一时还找不到适当回答。因为孩子还是一个孩子，年纪只是一岁或三岁，有一个日益发胖温和“伟大”的父亲，同时又有一个“富于人性慈爱”的母亲，就正是一般孩子在幼小时所需要的一种家庭。一个正常家庭的情形，使孩子能好好的活到世界上，不寒不饥，有病时可以及时吃药，疲倦时能睡到母亲怀抱内，或极精美安适的摇床内，也就可以说是孩子所希望的合理结论了。

一个母亲

第一章

一

“在他们间居然有了孩子……”一些不很知道他们生活，又略与他们夫妇相熟的人，当孩子出世以后，是曾那样用着稍稍奇怪的意义，把这孩子出世的消息议论到的。

孩子满了周岁，外祖母远自三千里外，托了来京的便人，把许多小孩子的衣帽玩具装满一箱寄来。同时为这作母亲的女儿写了长长的信，信上充满了这老人家自觉的幸福，还用一些略带骄傲的语气，说如何把寄去的相片给了亲戚们看，如何做梦梦到这小孩子的长大成人，牵了外祖母的手走路，如何……凡是可以使老年人高兴的一切全写到了。

一对夫妇结了八年婚，对于小孩子似乎是无望了，忽然使一个人作了外祖母，这作外祖母的心情忽然增了若干孩气是当然了。

来信的时节，正是母亲把孩子换了白色的干净衣服，放到白色藤制小卧车中，预备推向公园去的时节。草草读完信的母亲，把箱开了，一件件取出那些小孩子的东西来，小鞋小帽皮球口琴喇叭裤褂，……一面向小孩子逗着，把每一件东西都给放在小孩子手上，一刻又取去丢到一旁，一面又向站在身旁的妈子笑，奇怪乡下的老太，会这样那样亏她想得到塞了这一箱子。

“看，小菩萨也拿来了!”说时她把一个泥佛拿在手上。“这是送我的，我小时候就只想得这样一个泥佛玩。做梦也这样打算，到大王寺偷它一个来放到枕头下当宝物。瞧，老太不知到什么地方得到这东西。上面有字，是庙里来的，真好笑!”

她把那小泥佛给孩子，孩子不知道这东西用处，就放到口边去，她又把它从孩子手中抢回。“嗨，这是糖吗?这也吃得吗?应当归我，宝宝，你只能玩糖做的菩萨。王妈，把这个放到我镜台上去。你瞧，这个手工，不平常，你小心莫掉到地下!”她谨谨慎慎的把泥佛交给了妈子，第二次拣出了一个球，放到孩子手上，“宝宝，你吃得下这个就吃。”

把每一件东西取出，她总用那又惊讶又欢喜的口吻，或者说，“这外祖母才好笑!”或者说，“这也拿来!”或者说，“全是送我的，宝宝没有分!”

本来已经二十六岁的母亲，到这时只像十八岁的姑娘。远地的来信同东西，把外祖母一方面做母亲的爱全带来，使孩子的母亲也成为大孩子了。

听到外面卖花的喊花，她想到应当去公园，太晏了，太阳会大，所以才胡乱的把箱子中物件放下，推了小孩的车离了家中。

到了公园树荫下，她望到孩子的脸，目光不忍一刻离开。孩子一岁了，肥壮，干净，活泼，白的小脚板使做母亲的只想放到嘴边，全身都有一种香甜气息。

孩子还会咧了小小的口作笑样子，还会喊妈妈爸爸，在世界上他有他的地位，在母亲的心中地位更看不出他的渺小。

公园中这几日来因为天气太热，树木都像很疲倦，园中每早都有小工拿了水龙头各处洒水。望到这些洒水人做事情形，在平时，她总想起一件可笑的事，就是小时候看求雨的人扛着草扎的龙，到人家门前，各人把满瓢的水向头上浇去的情形。她为什么只想到这件事，那是奇怪得很，因为这草龙，这满瓢的水，同自己会有着大的关系在，而孩子，也有分。不过过去的事如过去的春天，只要一成了过去，仿佛所余就只是一个梦了，所以纵孩子还在身边，孩子的小小的脸貌和那种顾盼神气，都可以使母亲想起一些应当流泪的故事，但因为目前生活的平静，心情成为纯然母性的心情，不能把另一时的事扰乱自己目下的心，见到水龙想起其余的一切，她也只当成一个可笑的联想了。

今天仍然见到小工在那坪里作事，水从龙头喷出，在朝日下成虹彩。水中有虹彩在，外祖母的信，在后面，似乎还赞美了孩子的相貌。“水中有虹”，这样想，她有点不自在了。信就在袋中，她把它取出重新来看。

来信说：他们说孩子叫奇生，是谁取的？他们说孩子像妈，不像父亲。孩子都说长得太好，我听到这话有一千次了，自然你可以笑我是有一千次把他的相给人看的原故，才会听到这样多赞美。我为他到万佛林许得有愿。我为他算命，据说比他父亲还聪明。信上完全说孩子，也完全好像只有孩子口中才说得出的话，看到后来这母亲忽然站起来想避开孩子，有到另一个无人地方哭一次的需要了。她用两只手把一沓信纸扭成一根绳，走到离开小孩有一丈以外地方去，望着天上的白云，颜色沮败，如害了病。

云在蓝天作衬的空中缓缓的飞。

缓缓移动的云像是非常蕴藉的用那飘逸的姿态，说明自己是无事不知，只不开口，聪明的人既能仰目欣赏，当能追忆过去任何时天上的云所看到地下的事。

这母亲感到了孤独了。她需要援助，但越更怕望那小孩所在的一方。

她想：这奇怪，忽然有这样心情。

她想：自己真是可怜的人，生到这世界上。

她想：这一年来是为小孩子而活，这时，为自己，所以，重新来作呆子，不快活了。

虽然怎样自己解释，用各样辩解对自己加以饶恕，用好的未来原谅了自己不愉快的过去，仍然是为一些东西咬在心上不放，有一种说不分明的苦痛纠缠。她为了设法保持自己前一时的那样心上和平，就仍然鼓了勇气走到孩子车边来逗孩子。

孩子见了母亲就笑。母亲也勉强笑。

低头看孩子的笑，在这天真纯洁的生命上，反映出的是母亲的蕴藉于心中深处的罪孽的自责。

她不能不想一些与小孩子有关的事情。

“孩子不像爸，像妈。”

她记着在糊涂情形中的外祖母这话，再去详细望孩子，她望得出许多地方孩子是既不像妈也不像爸的有另一种风度存在的。鼻子，耳，长的眼，向上略竖的眉，以及笑时口角的带媚的垂线，全是那个人。这母亲，两年前，就因为这种笑，使自己冒了一种险，勇敢的作了一些自己在另一时想来也颇吃惊的事。命运的作弄成为人们追悔的根由，一时稍稍任性，一切的事一眨眼又成为过去，不能稍稍凝固，逝去了。人事随时间逝去，仍然凝固下来仿佛作成了生命上一种嘲弄表记的就是这孩子。但直到如今，情形是就是那名义上作父亲的人，也似乎毫不对于他自己地位加以疑惑，因而感到苦闷的。正因为外祖母，父亲，以至于熟人，都有这信任，没有人愿意对他自己亲权加以一分疑惑，所以母亲才能看到这孩子长大。孩子如今是出了世的第一周年，孩子的来由，是两年前的事了。

事虽是两年前事，但她想来又像是许久许久以前的事了。若非今天孩子的外祖母的来信，纵是把孩子抱在手上，也不至于再去想起孩子出世因缘的。

她想起她的秘密，重新温习当时的任性的行为，对于孩子，就生了另外一种怜悯，极温柔的把孩子抱到怀中，把小手捂在自己的嘴边。坐到树荫木椅上了。

一朵白云在头上过去。母亲指云给小孩看。

“宝宝，这是云。”

孩子就说：“云。”

“云是宝宝的爸爸。”

小孩子就又说：“爸爸。”

“云是爸爸。”

“云——爸爸。”

一个名字叫做云的青年在母亲印象中涌起，母亲独自作着无望无助的微笑。

她笑了，她心中，为自己这微笑感到严肃，她第二次还是微笑。

二

到了十二点钟，那“父亲”从一个信托公司还到家中来吃午饭了。母亲同孩子是早已转家了的。母亲仍然在孩子身边，清理外祖母为孩子寄来的那一箱各样东西，孩子坐在小椅上，拿了球又拿了喇叭，还想要葫芦。这孩子性情有一种遗传不知节制的贪多。

父亲回来衣还不曾脱，就到孩子身边去，抱了孩子把孩子高高举起。

“呀，宝宝，什么人送宝宝的这样多!”

那母亲仍然用在公园中那意义微笑。且轻巧的说：

“娘寄了一箱子东西来，早上送来的。”她把箱中物件指点给那父亲看，“这里，宝宝小帽子；这里，皮鞋；这里，短衣，绣花的，费好大功夫呀！还有这些。”她指的是一堆玩具。

“母亲真是有趣味，够她收集的!”

“还有奇怪的哩。”

她忽然想起了那泥佛。“王妈，拿那菩萨来。”王妈正预备走进房去，这母亲忽又自己争到去拿，一会儿这泥佛就在父亲手上欣赏了。

母亲把泥佛当第二孩子那样珍重，她见到孩子父亲在检察那佛座下的小字，就用着同妈子先时说到的神气，告给孩子的父亲，小泥佛如何给自己在小时增加了幻想的话。她又说，“这是送我的，娘知道我欢喜这东西，所以才找来。”

对于孩子母亲的嗜好，孩子的父亲似觉得稍稍奇异，他望到与孩子争玩具的母亲温柔的笑。

那父亲说：

“素，我早知道你欢喜这个，我可以到庙会买十个。”

“因为是我小时欢喜的我才爱。”

“我看你从有了小孩以后就成了小孩子，完全不像大人。”

母亲不作声，转头问妈子，为什么不把老爷的漱口水拿来，不扭手巾给老爷擦脸。妈子听到了，才记起忘了告老爷今天有红烧鱼头上桌，把话说了还不曾走去拧手巾，因为照例说到鱼头父亲有话说，那父亲就说：

“王妈，你烧鱼头总是太甜。”

那妈子，乖巧的答：“因为您爱甜。”

“我只欢喜淡。”母亲说了不自然的笑。

“有些人欢喜用醋，我顶恨醋。”父亲就表明身分似的说着对于鱼头的意见。

听到这话的母亲，背了身轻轻的咬牙齿。

那父亲又问：

“今天有信来没有。”

“就只娘有一封信。”

妈子把手巾拧了给主人抹脸，母亲有意避开这谈话，就不说信，只问妈子菜好了没有。

告她说快了，母亲又问妈子孩子的衣缝了四天还不拿来是为什么事。

她接着同孩子亲嘴，同孩子的父亲谈公司里姓王的同事结婚送礼，又谈天气热买冰，说孩子的身体重量。

她提出许多不必提的问题来同父亲讨论，尤其是关于孩子。

她比平时更母性了一点，这是父亲觉到的。

看到她这情形的父亲，心中想，这真是一个模范母亲。

这母亲到无话可说，且看到父亲教给孩子喊爸爸，忽然感到一点慌张，就走到厨房去炒菜去了。不久把菜拿上桌子来问父亲是失败了还是成功。

她的一切行为全为解释在公园中时心情的反照。

为了想忘记一些事，她才高高兴兴来作一些事。

他们于是吃饭了。

父亲喝酒。喝酒不是习惯，这是特别兴致很好时才作的事。他一面看到孩子，一面看到孩子的母亲，不能不尽一庆祝自己同一家人康健的杯了。

母亲是知道这喝酒意义的，她笑。

掩饰自己心中由自己所刻画的残酷记号。没有比笑更为自然了。

两人在吃饭时谈的是外祖母，并且又谈到信。孩子的父亲问信说些什么话，母亲才记起这信为自己绞成一卷放到孩子的卧车里皮垫下，就叫妈子看，是不是在那里。王妈把信取来了，孩子的父亲毫不对这信纸的摺绉有所奇异，俨然这是应当像这样子的一件事，在饭桌前把信看过，仍然吃饭。

母亲在父亲看信时节心中自然有一种小小波浪。她虽然明知道信上凡是使自己心跳的话未必使父亲也同样心跳，她直到父亲把信看完才把含在口中的饭咽下。父亲每一提到孩子，母亲就如中恶，心身微微发抖。她虽能永远是用那使人看不分明意义所在的微笑来掩饰自己；她对于这父亲，坦白的几乎可以称为呆子的态度，是抱了一种说不分明的怜悯心情的。她的口时时微动，似乎只差一点就要大声的喊这孩子父亲做呆东西，但呆东西那种对孩子的希望却并不下于外祖母，因这情形她的自白的机会就永不会在什么时候得到了。

把饭吃过不久，父亲仍然挟了他的大皮包到公司办公去了，家中就剩下孩子同孩子母亲。

作母亲的因为不许自己想起那些不是聪明人做的事，她把小孩子放到身边，自己看书。她往日也这样把日子消磨的，只是往日没有像今天那样勉强。在丈夫面前，她还可以像一个孩子，就因为丈夫把她当孩子。但是只她一人在自己孩子面前，她是一个完全的母亲。一个母亲对于孩子同孩子的父亲，当是整个的爱，没有别的成分搀入，才能使这母亲完成母性的伟大。如今的孩子，仔细的分析，一个负疚的赘疣罢了。

她一面看书，一面想起在三千里外为这外孙光荣未来作估计的外祖母，就低低的叹了气。

她从所看到的一本女人之忏悔上摘出许多仿佛为自己而说的话。

这是罪孽么？隐瞒下去，一直到死。正因为孩子，许多人才感到月的全圆。正因为孩子，家庭才完全无缺。这秘密的深伏。正如人类整个生命秘密的深伏，爱情所透过的应比日光还深。……

想着，还是叹气。

她觉得人是太懦的人。

她的叹息同她的笑，包含的是一样成分。

三

到晚上，从信托公司回到家来的孩子父亲，特为母亲买了十个泥佛，作一包，拿回来时没有把包皮取去，就要母亲猜。

她猜了十样物件，完全不对。

到后内容发现了，比外祖母给孩子的还精巧玲珑。

她吃惊的望着孩子的父亲。

这父亲，真像是为孩子的原故把这东西买来给母亲，以为得到这泥佛的她当无量欢喜了。

他说：

“我看你像孩子，我就买这个来给你玩。”

作母亲的笑。他又说：

“这是纪念这母亲对于孩子的周年。”

她脸上忽失了色。他还不觉到，又说：

“这是纪念我们的爱情。”

她稍过了一阵伏到床上睡了。

时间还早，他怕是因为孩子苦了她，不让她这时就睡，邀她去公园玩，不带孩子，说是有话同她要说。她想了一会，摇头，说懒。

她不去，叹叹气，但是站起了身。

“不爽快，为什么事？”

“我不为什么。”

“我们去玩玩，会好。”

“我不去。”

“我有话要到那里说。”

“当真么？”

“我并不说过谎。”

她凝眸望到这可怜的父亲，望了一会，眼睛有了潮湿，赶忙藉故走到后面房间去看孩子。

他们不久就到了公园。

“夜里的公园，是年青情人的地方，我们好像已不合式了。”

他这样当笑话说着，挽了默默无言的她从一条夹竹桃编成的窄路上走到水池边。树下的人影重叠，似乎正在那里享受这美景良宵。池旁四围也有不少的人，各人像都在咬耳朵说着那使听者一方面心跳的话。间或一尾塘鱼泼剌在水面一响，大家又才把精神分移到水面来。

“这里仍然无聊，走别处去。”

女人不置可否的又随了他走上一个人造的假山。到了山上看满园的灯，在树梢，本来非常有趣，他就站到那里各处望，她也各处望，心却不在灯。

“素，你为甚不愉快？”

“……”她摇头。

“是不是病了？”

“……”她摇头。

“白天我看你极高兴，到晚上为什么就这样子？”

“……”仍然是摇头。

她没有想到这时的难受。她简直想逃走了。

但是他，虽然看得出她不畅快，可不知道这理由。这好丈夫决不至于想到提起孩子就使她心上起一种骚扰。

他想变更一个方法，提出他们共同所有的孩子来讨论，谁知只说出孩子两字，她仿佛触了电，一直冲下假山去了。

到山脚下他把她追上了，他拦住了她。他的态度是沉重的，他的言语同态度一样。他说：

“为什么？什么事把我们生活扰乱到这样了？我做错了什么事你听别人说到么？我欺骗了你么？”

“不！”

“你只是不，要我怎么办？”

“要你么？”她想着，把话凝住。她故意作笑样子。

他迫她说明白。他说无论什么都行，只要说明白。

她还是没有说明白了什么，她只告他完全是因为自己，若是他能离开她，或者让她独自回家，不要用温柔来虐待她，她到明天就把一切不快消失了。

这话听来自然免不了他稍稍生气。但他到后仍然就照她办，要她回去，答应他一人去看电影，看完电影就不回家，到同事的家去住一晚。

他们走出公园，他预备送她到家她也不要。

“你去吧，我自己回去。你明白我的脾气，必定能够原谅我。”

说是原谅，那也只不过是无办法那么情形，迨到他目送着任性的她走去，他感觉到一种凄凉，叫街车到 X X 电影场去了。

她回到家中就躺到床上去哭。

她哭得时间很久。她不需要什么，只叫肆无忌惮的流泪。直到小孩子在后房也哭了，她才去看视小孩。

她笑，叹气，流泪，都不是另外人能知道的。

第二天怀了一夜不安宁的心的父亲，七点钟即回到家来，孩子正在母亲怀中吃奶。

孩子喊爸爸，爸爸看到母亲脸上有笑容，也笑了。

第二章

一

十八年以前，这母亲还只有八岁。在生长的 X 县，过得是平常中户人家儿女的生活。家中有一对爸妈，一个外祖母，一个未出嫁的姑母，两个弟妹，还有一个女佣人。

冬天，陪外祖母在火炉边烤火，得便又同弟妹悄悄的走到后院雪地去印罗汉。或者敲下缸中的冰，用草管吹一眼，将绳子穿过，提起当锣。或者在灶肚热灰中烧红薯，烧板栗。在这些日子中正事是纺纱，把成条棉花纺细纱，一切学到大人作。春天来了，照本地人春天的娱乐，消磨了一个春天。夏天秋天全如此过去。一些不变的她已经是八岁了。八岁大的她，那时家中取名叫作大妹，因为在孩子中年纪顶大。这大妹那时知道一年四季，春夏秋冬，迎冬，过年，端午节，吃新，中秋节，重阳节，冬至节，腊八佛生日。各样佳节循序而来，每遇到这种日子家中就有各样好东西吃，孩子们，年纪就再长，对于这些事看来是顶容易记到也当然了。

她孩子时代过得并不很坏。

那年六月，本地天干无雨，田禾成草。照中国内地半开化民族习惯，落雨的权柄操在天上与河中：天上玉皇可以随意颁雨，河中龙王也能兴云作雨。不知何年何月，地方上居然有聪明人想得出这样好计策，有方法使玉皇落雨了，这方法又分软求与反激两种：软求为设坛打醮，全城封屠，善男信女派代表磕头，坛外摆斋素筵席七天，给众首事僧道吃，贴黄榜，升旗，燃天腊，施食，以至于在行香时各家把所有宝物用托盘托出，满城走，像开展览会，（行香中少不了观音一座）据说因此一来本地就风调雨顺国泰民安了。求雨的反激办法可就简便洒脱多了，这个只要十个本地顽皮的孩子同一只狗，一张凳，一付破烂锣鼓就行。他们把狗用草绳绑到椅上，把狗头上戴一杨柳圈，两三人抬起这体面的首领满街走，后面跟随了喧阗的锣鼓，孩子们全是赤膊，到各家门前讨雨，每家都把满瓢满桶的水往这一群孩子同高据首席的公狗浇去，另一意义则似乎天上玉皇见了这情形，以为地下有革命行为，想推翻玉皇，有大阴谋在，所以就动怒落雨。

至于使龙王落雨呢？办法不同了。这仍然是孩子们的事，因为本地方大人只知道磕头吃斋赚钱三件事，孩子们用草扎龙，或者五节，或者三节七节，大小看能力所在。把草龙扎成，仍然是用锣鼓为宣传，先到河中请水，请了水，就到各家去讨雨。一面因为天热，这些平时成天以跑到河中为消遣的顽童，对于水的淋头淋身，也具有一种比打醮首事人还诚心的需求，所以各个人家都不能吝惜缸中的清水。他们有时还把龙舞到郊外四乡去，因为乡下人礼节除了款待他们的清水外还预备得有点心吃，所以草龙下乡成为一种必需的事。

六月无雨，五月已打过了清醮，檀香降香据说用了不少，当地还是每天赤日当空，毫无雨意。打过醮，当磕头的磕头，当吃斋的吃斋，还有那当赚钱的也并不放过好机会赚了一些钱，到后来尚不落雨，当地官绅学各界便毫无办法了。孩子们明白了地方上有身分的人责任已尽，轮到他们头上来了，就出现了不少草龙。在白日汤汤的大街小弄上，各处皆不缺少热闹欢喜的声音。孩子们勇敢不凡，各具赴汤蹈火的气概成天在街上来去。

街上各处全湿了。洒过水后的街，为天空太阳所晒，石板上发烟，行路人皆俨然有行雨初过的感觉。

属于南门城沿一街的草龙一条，各处走，到后到了本文那大妹的家中院子里停住了，孩子们同声嘶嚷，请赏雨。皮面为水所湿的鼓作声蓬蓬，孩子们无水不能出门。

孩子们全出来看。

"龙来了，要水。"

大妹同一个幼弟就重复跑进屋。

"龙来了，要水！"

"水来了！"

果然来了，女佣人提了水桶从厨房走来，大妹拿葫芦作成的小瓢，舀桶中的水，向院中龙身浇去。

"这是不行的，要大雨。"

"你们转，我浇一天。"

"要大雨，龙口干，这样不行！"

大妹稍稍生了气，喊张嫂，拿大瓢出来。张嫂用大瓢浇，小妹还是用小瓢。

浇了一桶不够，还要第二桶。

到后又是第三桶。

到后舞龙头的人，看出用小瓢浇水的是上月装观音的人了，这发现，使他惊讶。

"这是观音，这是观音，你们看！"

大家都认出大妹是观音了。大妹害了羞，把瓢摔到地下跑了。孩子们，撒起赖来，非观音再浇水一桶不行。站到石磴上口含京八寸烟管的是大妹父亲，先是不做声，看，这时他见到这些孩子们太放肆了，就走到水桶边来把水桶提起，把半桶水倾到作龙头的那孩子头上去。

在本地方，称人为美人，不说像仙人，是只说够得装观音菩萨的。

大妹的确在那年五月清醮曾装过观音一次。

二

生长得标致苗条，是有理由给本地方老太太们以“太好看了只怕短寿”那样批评的方便的。但不消说凡是老太太们说的话都是罔诞[①]的话，见到了大妹，是无一个老太太不想把她娶过家来作媳妇的。

本地方小孩子，是也以把观音定作未婚妻为乐事的，所以在家娇养一点的孩子，遇到家中问他是不是愿意要观音做妻时，纵红脸走去，不愿答应，但心中已十分满意了。

过了十年，这观音便作成了一个老太太的媳妇，一个青年汉子的妻了，结婚情形一如本地风俗，杀猪挂红，摆席请客，两个吹唢呐的人穿破烂红彩衣服，歪戴起插有鸡毛的执事帽，坐到门外，睁着仿佛发了瘾的眼睛，在每一个客人进门时节都鼓胀了腮帮，吹他那一套庆升平欢迎调子。

大妹的丈夫呢，是当年舞草龙头那孩子，如今正赶中学毕业，把太太娶来，凑成双喜，结果使自己忙得不成样子，把家中人心中各塞满了幸福。款待客人，用了将近一千块钱，得了一堂屋红绸纸喜幛喜对，来的客人不曾吃酒，无事作，就把赏鉴这礼物当消遣。

十年来国家换了无数坐朝的人，本地方也影响到了闹房比先前更坏的样子了，虽仿佛男女皆为新时代人物，当晚上，丈夫当年的同志，想起了往年的事，还是非逼到作新郎的仍然作草龙的头尽新娘子泼茶到头上不可。这高雅的游戏还得了少数上了年纪而有童心平时以礼教自持的人的赞助。一切作过，客人应当感到无聊了，这观音才能同龙头对面坐下。观音坐在床边，大的新的木床，漆的颜色是朱红，在新人背后是叠到六层红绿颜色锦被。

她不害羞，不怕，是因为在数年前定下婚以后常常见到的原故，他在联合中学念书，而她也在坤范女中上课。但她有一种拘束，她明白这不是一个平常日子。

他问她：

“倦了没有。”

她不做声。

“你今天真像观音。”

她不做声，笑。

“累死我了，一些讨厌东西。”

她又笑了。

“笑什么？”

她低低的说：

“我笑你作龙头那年，被爹把一桶清水倒到头上打发出门的事。”

“是正因为那天才有今天的。”

“那时你是一个小痞子。”

“你今天才真是观音。”

她不作声，他又说：

“观音下凡，你想我多快活。”

“我只怕因为成天在你面前，就是活观音也有使你厌烦的一天的。”

“蜡烛还燃，我可以赌咒。”

“可是今天还不是赌咒的日子，不许说这样话。”

“今夜只许说你真好看，我知道。”

“说谎话骗自己，同说谎话骗人是很少分别的。”

“我是在骗我自己么？我不承认！”

“凡是这时否认的另一时都会自然承认。”

他不说话了，心里有点微寒。

她看到他情形，心中好笑。

过一会，她自言自语说。

“一桶水还不够，一瓢水就痴了，还要赌咒！”

“我真不是了解女人的人。”

“不了解女人的人，不一定是不好的丈夫。”

这就轮到他笑了。

这丈夫，当真不缺少了解女人的天才，而在过后生活中不失其为好丈夫的。

新妇的美丽成为本地人批评女人谈话的标准。

能够在丈夫跟前做一个好妻的人，照例算不得一个家中好媳妇，所以他们结婚一年，丈夫在ＸＸ升了一个会计学校，这观音也随了丈夫在ＸＸ住下与家中分开了。两方面家中都可以每年供给一点钱，所以他们到ＸＸ后日子过得并不很窘。

因为没有小孩子累赘，她到ＸＸ也进了一个女子中学读书，白天上学，晚上仍然回家来住在一处。可是到丈夫从会计学校毕业以后，不知何故她还只是中学三年级学生。丈夫旋即被那亲戚介绍到信托公司作职员，她率性就不再读书了。

生活的转向，是为了丈夫的事业。丈夫一有了事业，她一出了学校，便常常同到一些同事的太太们过从，照例这些太太们是除了养孩子管家以外，每天都得邀同伴四位打一点麻雀牌，她因此到了ＸＸ数年以后，性情变成与一般太太们一样，把出嫁时聪敏女儿心情完全消失，成为过着平常日子也似乎非常幸福的妇人来。

丈夫虽有时也察觉到像结婚一年中妻的可爱处已无从找寻，但这是谁过失？而且他，这在事业中只知道安定为人生幸福，每到月底便往公司会计股签名拿薪水回家的好丈夫，所需要的也就正是一个目下情形的主妇。她是正如应他的需要，把自己成为那样各处全不难发现的妇人型的妇人了。

本来是清瘦的她到后是稍稍显得肥胖了。

在平稳生活中过着日子的他们，所有可以间或稍稍扰乱到心上的只是缺少一个小孩。在ＸＸ的几年中大事可以记下的是她的父亲死了，妹出嫁了，使她有一种机会想起在远处生活的母亲因而流泪。不过纵有流泪的事在生活中搅扰，她没有方法可以使丈夫在某一时节不带笑的说“你真胖了”的。

三

某一年，家中还只是两个人。时间是冬天，ＸＸ落雪，雪特别大，每天早上丈夫出门都得用皮领大衣蒙了颈上车，她在这样日子中只成天在家中炉子边烤火，因为天气太冷，出门打牌也不常有了。

在这样大冷天气的一个星期日，丈夫不办公，也不出门，两人围炉谈了一些小绅士所知道的范围以内的闲话。然他想要邀她到一个城南的ＸＸ公园去玩，她也正有这样意思，就穿了她缝就不久的新狐外套，两人坐车到ＸＸ公园去。

这次出门带了一个意外的欢喜回家，在园中看梅，他们遇见了一个人。这人是在当这夫妇结婚那一年吃过喜酒，把时间再回溯上去，又是某一年热天扎草龙求雨时舞过龙尾的。他们是老朋友。没有遇到他以前，这夫妇不知道他是在什么地方去了，他却也没有听人说到这夫妇是在ＸＸ。他才来ＸＸ不久，还没有从别处打听到他们的住在此处的消息，无意中，在公园却碰头了。

当时这夫妇是不认识到他了的。他倒容易认得到这夫妇。因为他听到他们说话，看到他们的脸貌，还有一些痕迹可以找出这过去两人的轮廓，他冒失的打了招呼。

大海中的叶子，因为风也有飘在一处的时候。他们是同叶子一样晤了面聚在一起的。

当天这夫妇就把这客人款待到家中。客人原来是从哈尔滨一个机关派来往ＸＸ，作为办事处代表的。各人道及一切，各人才知道过去近十年来的事情。在客人眼光中，主人夫妇，已仿佛完全不是印象中的夫妇了，然而对于她，客人当然是另外就感到一种亲昵又另外感到一种惆怅的，因为客人还是独身，在这一个家庭中当然有一点反省的惆怅，这惆怅又似乎只是主人所给，而从主妇方面作客，可以取回。

在客人面前，这作主人的处处显示好丈夫的风度，客人为此总有点不安。他虽然是同他们吃饭谈天，他想到一些事都据说是聪明人不应想的事。他依稀觉到这女人已没有保留在他印象中的完全，对于美人迟暮自不免兴一种感伤，但他若想想他自己，也到了一礼拜不修脸就不成样子的人，他就觉得未来生活渺茫，把自己安顿到一极可笑的故事的拟想上为必要了。

那好丈夫在晚上把客人陪送到客人自己的住处回来后，还是同她谈客人小时的故事，因为这故事，半是丈夫自己的，一半是她高兴议论到的，所以她没有把他的兴味减少，还帮助了他一些记忆。

谈到草龙的故事，丈夫说出这样的话：

“当年他赌了咒，说不把你讨到家中不是人。我同他在路上还有这个话谈到，他笑。他当真没有结婚，但当然不是为你。”

这话是附到为她浇水以后草龙出门时说的。在丈夫的感觉上，世界上完全是好人，朋友则是好人中的好人，说到这话，不过是间接证明这好朋友的可爱罢了。一个不懂爱情的人虽结婚多年，对于恋爱的知识，是正如药剂师在药瓶间知识一样，知道药可以使人生死却并不很分明医理知道某病人所需药的分量的。

她呢，她听到丈夫的话也只有笑。使未来的生活陡临断崖，动心怵目，她不能负多少责任。一个女子是在给与，她是在尽了丈夫所给她爱情的力保护到自己，到后也给了她所能给的把丈夫这朋友了。

“他不应当说这种话。”在过后，她虽没有这样把自己所作的事卸到丈夫今天所说的话上心思，但若他不曾说过前面那故事，她为保护自己，会比她所能做过的还见坚固。客人到后来其所以与她作了些任性的事，直到留下这污点的还是一个小小生命，仍然不是她一人的罪过！

四

好丈夫不在身边，家中只有客人同主妇的她，这是每天的事。

时间是春天。

春天的下午。在客厅中可以望到院中的丁香。还可以望到新绿的草木，也嗅得到土的芬芳气息。

似乎因为客人的原故她比起往日来年青了许多，这青春的复回，是客人同丈夫皆已于无意中发现，而自己则能在一些琐碎事情上感到趣味也可以作这证明的。

客人每天来谈话，在家中等候那好丈夫从公司回来，一同在家中吃饭，或者一同到公园去消磨美丽动人的黄昏。

在女人心中客人所占的位置，从客人方面已觉得与“客”稍稍两样了。

但客人为受过高等教育的人，不缺作人的理智，热情的控制，有时说来真还可以使人佩服。像客人性格那样的男子，却并不是世俗所谓走冒险路径的男子。如果不是这好丈夫，他是不至于忽然失去这力量，可以在生活上始终保持一种可尊敬的谨纯印象给所遇到的一切人的。就是任何时候，这好丈夫，也就从不至于对这朋友人格有所疑惑，他没有想到这个朋友是做得出惊人事业的朋友，他见到朋友的拘谨，有时觉得很可怜，还劝过她应当在一种亲洽中把这朋友的拘谨除去才是。他这样说时不消说是见到她的窘态，还以为因自己的话没有得到女人的了解，很可惜。他料想不到是他们同时把他没有提及的也做到了。

因为单是两人谈话也成为每日的事，所以所有可以谈到的话在他们之间是无有不谈了。他们谈到生活，谈到各种各样的生活。他们谈到生活的意识，与社会意识，以及个人对生活的态度。他们把旁人的生活引为谈话的主题。他们有时又谈到婚姻在每一个人身上所有不同的意义。两人正因为似乎得到丈夫的信任，所以本来应稍存节制的地方也没做，到某一时候，两人才吃惊似的互相各自检察自己，所发现的却是单为了这苦痛的担负，各人皆没有否认这恋爱的勇气，终于不能自拔一同下沉到一个深渊中去了。

直到经过这孩气的行为顶点以后，两人再互相各自检察自己，又才觉得他们都破坏了一些不可补救的东西，在生活上生出了一个见不到的罅隙了，他们就带着悔恨，仍然更放肆的过了一个春天。

作女人的负荷照例是较男子为多，她在未得到以前就知所得的不是谅解，不是热情，将只是一些空虚。没有证实这空虚时，她曾用了各样的力救拔自己与罪恶分手，保全自己的灵魂。她这样作过，她其所以终于失败，还是她那丈夫。天下事再没有一个丈夫比缺少嫉妒为害事了，他的大量只是推她与自己远开，与另一人接近。她当时只要丈夫能稍稍节制到自己，她就不至于同那朋友在这火边戏弄为火灼伤的情形中了。

当她把关于本身近月来所得到的影响告给那入幕之宾时，那人像是第一次才想到好丈夫；为好丈夫着想，他心中燃烧着惭愧。他没有话说，但慌张的地方终不能勉强掩饰。

她看到这情形稍稍生了一点气。

“做男子的人，有用处只是在第一次要女人顺从他作那呆事，到以后，就本来是十分聪明的情人，也变成庸俗自私的汉子了。”假如她这样子说。

“你骂得对，我是无用处的。”他就将这样答应她。

“以我想呢，你如有胆量就把我带走。”她这样想到，可不说。

“我未尝不可以同你走去，但那好丈夫并不与你有理由分手，而且我敢说，你爱我只是一种游戏，不过一时兴趣，至于他，那是你们互相爱恋的人，他是使你在世界上知道幸福的丈夫。”这男子，他也这样想过的，他想的实在不错，他的思想虽有一时近于糊涂，如今可正确了。

全因为是人太聪明了，至少是到这个时候人忽然见出聪明的必需了，为了另一生命的存在，他们都在所经过的春天认了过失；他们都追悔，都全无主张，呼吸也非常窘迫那样沉默不语。

到后她就冷笑，他望到她笑却不问她。

他猜得出这冷笑意义。他感到破灭的悲哀，好像看得出起先是两人同时下沉，如今却两人皆停在悬空，相距渐远，再迟就会不见了。他估计了一会，截然的向她说道：

“原谅我，这是我的过失。我缺少顽固，所以不能同你作那永远一处的打算。我这时觉悟了。你为我为他都好好保重。我要走了，于我们大家的利益着想，只有这样一个办法是完全办法。”

她思索这完全的意义。她没有说过一句把他留到下午的话。她用很凝静的眼光，望到这个人的瘦脸，到后，返身把头伏到沙发靠背上去了。

他以为她是在流泪，重复用那已成习惯的爱抚去安慰她，没有话说，用手摩她的头发，她抬起头来仍然凝静望他。

“我的主张是你痛心的原由么?”男子说后自己也沉入了悲伤状态中。

女人说：“没有这种事。”她又在心上说，“你们男子，一个男子都不缺少这种机智。”但她没有把这个近于讽刺的话说出，她走到窗边去看花，就说："谢了。一定的，结子缀在枝子是将来的事，是眼前的事。"说了，很凄凉的叹着气。

那男子，仿佛想在这一句怨诽言语上加以自饰，他说："全是风。"

女人不应，也听到了。她只对于这话照样了一遍：

"全是风。"

两人于是哑静了许久。仿佛同在思索那另一时节的"风"。仿佛都明白风也成为过去了。

男子想走，不行，他知道自己如是走出，剩下的她必将用流泪的眼迎接信托公司回家的好丈夫，他们的事必定反而复杂棘手。他就坐在那大椅上等候好丈夫回家，他一面思维，如何可以把两人间的间阻除去。但他不久仍然走了。

…………

他离开ＸＸ了。她能了解他。还出于他意料以外的是她竟在好丈夫面前如何把他行为近于露骨处加以遮掩，而她在丈夫面前，又从不流过眼泪一次，她明白忏悔完全是一种仍免不了孩气的行为，为了求一些爱她的人安宁，她尽她所能作伪的力把惭愧隐藏心的一角，才是不贞的妻对于好丈夫所应做的事。

过一阵她告了好丈夫一个喜信，他陪她到一个医生处去检验，因这喜信得到医生的证实，丈夫的行为处处更使她看来可怜。

这未来的父亲对这未来的母亲说的话，商量到的事，以及在小孩子身上的作的空洞的计划，都使她只能用极难为情的苦笑作一陪衬。在痴呆与容忍两事上作一观察，这两个人皆在一种极伟大的生活中过了一些日子。

五

这孩子，赋了一个特殊名义活到世界上了。

她为了孩子，为了孩子的父亲，做她所应当做的，慢慢的把那过去的事情忘去，纵有时想起那人时也不至于十分难堪了。

稳定的事业，实惠的妻，玉雪的儿子，使这父亲感觉到生存的幸福。凭这理由他就发起了胖。

第三章

一

母亲自从有了孩子以后，便把做母亲的职务折磨到自己，虽丈夫事业情形可以雇一奶妈，但她另有意义不愿意把孩子交给奶妈手中。

她从孩子还在腹中与那客人分手以后，便无那人的消息。那人似乎为了一种男子们所能做到的忏悔过着此后的日子，所以她，最合理的应取的手段，也就是把这男子忘掉一种事可做了。

她是借重孩子同孩子父亲，的确把过去的事已经渐渐忘却了的。一年来她做了母亲，凡是一个母亲必需的温柔慈爱在她全不缺少。她爱孩子，用完全的不折不扣的爱。她做的事总使那父亲高兴；使家庭空气良好，而自己也能从种种行为中找到一种新的依据。

把已作过的事当做苦恼的根源；而又时时从这源头挹取苦恼，这是近于太聪明了一点的妇人的事。至于这母亲，她并不是这种不知做人意义的人，所以纵有时把这个[illegible]发现，但即刻也就用别一种东西掩盖过了。

就是孩子得到外祖母从远处寄来礼物，父亲从朋友处过夜那日子的第二天，父亲回家，当天放假，不办公，陪了母亲坐到客厅中逗孩子，这母亲就像完全忘了昨晚的事情那样，同孩子的父亲说到孩子的未来。

她是正因为父亲喜把孩子作说话主题，所以才这样作的。

母亲希冀孩子长大作军人。她的见解不是父亲明了的。她说：

“让他从军，习军事，当兵，都好。”

父亲奇怪这样提议。他反对。

“这为什么事，我的儿子不是为那些军阀养的。”

“我是为他想出路。”

“出路是读书。我要尽我的作父亲的力，使他受完全教育，有机会做较高尚的人。”

“你只觉得有知识是高尚。”

“为什么我们不能这样讲?”

“我近来心里总古怪，以为不当军人也得作工；一样可以多懂。”

“你要他多‘懂’，也不一定是做工就对。你瞧他那神气，简直是我一个样子，将来只恐怕仍然还是做父亲的事，有好太太，享福!”

她很痛苦的说：“享福！有好太太，儿子，完全的家庭，这是每一个男子都须要的。”她说完了就笑，她的笑，混合了讥讽怜悯的成分。她把本来还应说的“但不是每一个人都得到的”咽下去了。

那父亲见到母亲这样子，倒乐了，他说：

“素，你是在嫉妒我的幸福，你真是有小孩子趣味的女人。你想想，我为什么不应当在我生活上感到完全?我为什么不乐观?”

她心想“完全!”她只咬咬嘴唇。

他停了一会，自己干笑。他看到了她一点不高兴处，照规矩估计了一番，以为是猜对了，又自言自语的说道：

“他们羡慕我，你反而来嫉妒我，很有趣。”

她不做声。他望到她那不做声的样子，以为是因此使这母亲难过了，就更好笑，直到眼中出泪。这父亲是太忠诚了。他那胖，同他那由胖子而出发的憨处，都使女人感到一种说不分明的痛苦。

少年夫妇像六月的天气，因为热，变化多。母亲是本来想同他说一些关于孩子的话，希望遮去自己心上阴影的。一谈到孩子，那父亲言语同态度，都近于推她不得不回头望她所走过的路是怎样一条路。她又不愿自己这样在心上独自痛苦，她又不能使这痛苦与丈夫分担，她就问他昨天晚上怎么办，好让这父亲也有一个机会记到他自己完全中的微缺。

“我昨晚很痛苦。”他说。说时是一点也没有痛苦的意思了。“是因为你的脾气，我难受。我知道你想起你的妈，在乡下，老了。寂寞的老人，想来是太可念了。你是那种想法，你所以哭，讨厌我，我很清楚！我知道你过一天会好，是不是？你是有时太任性了一点，可是我了解你，我不至于十分难过。我们孩子长大了，请想想，那外祖母多高兴。”

她说：“我昨晚上哭了好久，正是想起妈。如今我不哭了，好了，我知道许多事哭是无用处的。”

“是的呀，我早就知道这个。同事中也常谈到这个。我以为爱烦恼只是自己以为是聪明人的情感，其实人再聪明一点呢，他是会明白只有笑在生活中是必需的。”

说这话的他，是不曾在生活中言行矛盾过的。他过去这样，眼前这样，未来也不会不这样。不过什么时候他要真真知道了她，恐怕他就不能这样了。他这时对于自己所说起的真理，很起了感动，就用孩子的态度，睁目问孩子：

“奇，小痞子，你以为怎么样？”

小孩子见父亲作猫样子给他看，乐得发欢，随意乱叫。

“嗨，你是爸爸的同志。你瞧你那一副神气。你懂我的话。是的，我们应当笑，爸爸成天笑，妈也成天笑，宝宝就长大成人了。”他回头向母亲，“孩子明白，这小东西聪明得很，他一定明白。”

女人说：“是的，他一定明白，你也一定明白。总有那样一天。……”

他听到她这话虽稍稍惊愕，但即刻又转向小孩子，同小孩子说：“母亲是因为你反而常常同我生气的，这个我可不明白！”

她承认了她同他说话的计划只有自己失败，她就哑了口，尽他用一些听来很可怜的蠢话逗孩子发笑。

这父亲看了孩子又看孩子的母亲，他的快乐的分量不是天秤可以称量得出。

二

这母亲过的日子与许多心上负疚的妇人过的日子一样。她先是想用说话救济自己，以为这是各种方法中最好的方法，到后是因为一说话反而还给了那触着伤处的方便，她便成为凝静沉默寡于言笑的人了。

不过，故意的多言，与自然的沉默，这分野，在这好丈夫眼中是完全看不出其他意义的。他常常自谦似的说自己原是不了解女人的人，然而处处他有着那“孩子母亲只有我知道”的自信，这无害于事的自信，把这个人安顿到完全的幸福中，好像他除了感谢命运以外，便没有其他事情可做。

他说的“我知道你脾气”，为了拥护这一点，遇到她不说话，他也就不强到同她说话。他在她身旁挑逗孩子玩，说那与孩子一般的痴话，他的话又像只不过说给自己听听，说厌了，打了几个哈欠，照通常胖子的体裁就躺在沙发上睡了。

母亲望到这好人的甜睡的姿态，想起昨晚的失眠，又想起自己还是这样任性，就在心上责备自己。

她想他这时做的梦，必定是与日常生活一般感到完全的梦。不错的，他常是这样放肆的做了一些好梦的。他常常梦到有了五个孩子，本来在日里他在她面前解释孩子男女的数目时，他当她说的还是男孩三个女孩两个，但做梦，却成为男孩四个女孩一个了。他又常常梦到成为公司的科长，加薪晋级，这应当是事实所许可的，所以醒来还曾拿这话同她说过，不谎不饰。

尽这父亲做梦下去，孩子不久也睡着了，只她清醒的守在这父子身边。她是永远清醒的人。虽然在白日里为娱悦自己她也仍然有她的梦，不过这梦都很少为未来的憧憬，只是故事的重现罢了。

她这时就梦到一个故事。在这客厅里只是自己一个，她正在等候一件命运所颁赐给她的衣裳；略略显得心焦。

人来了，一个不可缺少的角色，一个提到名字就心跳的人物，她用了近月以来在丈夫许可以外的热情款待了客人，使客人坐到丈夫现在所睡的沙发上去。

他们说话。似乎是她这样开始；——

“昨天回去怎么样？”

“……”他用一个微笑作这追问的答语。

她没有得到满意的答复，稍稍有点不放心。她站起来走到壁间去检察那钟，就是现在还是每日任何时也没有偷懒停止过下垂的摆的那个挂钟。她接着又看花瓶的花枝。他赞美了花。他在她面前说：

“今天的花比昨天好。”

她用着非恋人不懂的两重意义答道：

“今天的人与花相反。”

他笑，心想：“女人的聪明到底不是男子所及。”到后就故意说：

“这个话，使我不能补充和解释，我是窘倒了。”

她不相信，不承认。“什么也没有可以把你窘倒的事。被爱情绊脚的男子，是爬起以后就全无痛苦走上他自己的路的，你也是这样的人。”她就这样想到，筹对付这在诡诈中躲闪的男子。

他呢，似乎是男子中的男子。话的解释是说他完全像某一种人，暧昧的欲望推之向前，理性的绳索又拖之向后，他不用力袒护谁，就徘徊在这歧途，看风转帆。他永远是冷静的，同时又永远是糊涂的。他放弃了男子的权利，然而又处处不忘到女人的好处。他知道在某一情形下局面便成为惊心动魄的局面，但他怯于这风波，便不把自己作成不可少的人物。他有攫取的野心，可并不伸手。他想借重那好丈夫的友谊保护自己，但他同时也正就利用这友谊使自己与她走近危险的井边。

他们都知道的是各人皆负着下沉的责任，各人皆很苦闷，皆想从敷衍中把时间延长，来一件意外事帮助他们与罪恶离开。

她看透自己也看透他人。她那时想起了好丈夫的说话，她问他。她说：

“我听说你赌过咒，要一个人作你的妻。”

他就红脸了，可不分辩，答应道：

“是的，有这样孩气事情。”

“我觉得不算孩气。”她那么说，给了他接下说话的机会。

“不算孩气也完了。”

“完了么？”

“完了。”

“……”她不说出口了，她向他笑。她用笑摇撼他的心，使他感到大海中波涛的汹涌，头目眩晕。

她有意这样作，凡是一个女子所取的手段她也取了，并不是她的过失。

他经这一笑便如中了伤的兽，只能用极可怜的眼光瞻望四方。他已作着近于下跃的姿势；还不乏希望救援，所以曾走到门前又返了身。

“我走不去了，你看到。”他意思像如此向她解说，他似笑非笑的走到她身边去。

她一瞥，急急到屋角一个圆椅上坐下了，她也有点忙乱。

他仍然向她走去。到后是坐到沙发上了，到后是人全糊涂了。

“你还要再孩气一点么?”

“是的，不孩气不行。”

他们就这样做了一些体裁极新的事情。

他们就放肆了一会。在较后一个时候神气丧沮的情形中互相摇头无语。

他应当等候那另外的他回来，也不等候，就走了。

她怎么样呢？要明白的她已经明白了。她把一些理合吝惜的东西在兴头中慷慨了。她有一种悭吝人第一次挥霍以后的痛快情绪。她似乎在一种勇敢行为中休息，还可隐约听到喝彩的余音。她到后，就想起了那另外的每日挟了大黑皮包到下午四点回来的人，伤起心来，强项不去，所以不顾一切恣肆的哭了。

…………

她的梦比孩子与孩子父亲先醒。

她走到孩子摇床边，望到孩子的安详的睡脸，把一滴忏悔的眼泪落到孩子的小手上，就忙用口把这眼泪吮去。

她清醒的守着这两个在她看来似乎不幸的父子。

三

一个平常的女子，常常陷到矛盾的自谴中，又常常为一些无益于生存的小事难受。她也是这样的女子。

她哭，她笑，她做一些看来似乎够荒唐的梦就吃惊。但当到把自己置身到那荒唐情境中时，又很感动的几乎还天真的扮演了那一角。她是没有可疵议的，因为世界上女子全是这样。她也没有特别使人可以称赞的地方，因为她对付事情并不与其他女子两样。许多妇人在环境中成为可作闲话的材料，这母亲，在她的环境中，也就把她成为这样一个故事的中心人物了。

第二天，她沉默得如佛。她正因为沉默反而得到清静，不说话，也就不再听到那做父亲的提到孩子的种种了。不说话，她只是不让这父亲提到孩子而已，她自己却没有把孩子放下。

她没想到将来，孩子那时长大成人了，对母亲的事微有所知，那便是……

她又这样想："父亲会代为辩护这不可信的消息。"就笑。

哭，笑，心跳，红脸，在不可数的反复里，孩子是一天比一天长大了。

①罔诞，吊儿郎当。

月下小景

《月下小景》集1933年11月曾由上海现代书局出版。1936年5月全书辑入《从文小说习作选》。

题　记

这只是些故事，除《月下小景》在外，全部分出自《法苑珠林》所引诸经。我因为在一个学校里教小说史，对于六朝志怪，唐人传奇，宋人白话小说，在形体方面，如何发生长成，加以注意，觉得提到这个问题的，有所说明，皆不详尽，使人惑疑。我想多知道一些，曾从《真诰》、《法苑珠林》、《云笈七签》诸书中，把凡近于小说故事的记载，掇辑抄出，分类排比，研究它们记载故事的各种方法，且将它同时代或另一时代相类故事加以比较，因此明白了几个为一般人平时所疏忽的问题。另外又因为抄到佛经故事时，觉得这些带有教训意味的故事，篇幅不多，却常在短短篇章中，能组织极其动人的情节。主题所在，用近世眼光看来，与时代潮流未必相合。但故事取材，上自帝王，下及虫豸，故事布置，常常恣纵不可比方。只据支配材料的手段组织故事的文体而言，实在也可以作为“大众文学”，“童话教育文学”，以及“幽默文学”者参考。我有个亲戚张小五，年纪方十四岁，就在家中同他的姐姐哥哥办杂志，几个年青小孩子，自己写作，自己钞印，自己装订，到后还自己阅读。也欢喜给人说故事，也欢喜逼人说故事。我想让他明白一千年以前的人，说故事的已知道怎样去说故事，就把这些佛经记载，为他选出若干篇，加以改造，如今这本书，便是这故事一小部分。本书虽署明“辑自某经”，其实则只可说是就某经取材，重新处理。不过时下风气，抄袭者每每讳言抄袭，虽经明白摘发，犹复强词夺理，以饰其迹。其言虽辩，其丑弥增。张家小五是小孩子，既欢喜作文章，受好作品影响的机会必多，我的意思，却在告他：

“说故事时，若有出处，指明出处，并不丢人。”且希望他能够将各故事对照，明白死去了的故事，如何可以变成活的，简单的故事又如何可以使它成为完全的。中国人会写“小说”的仿佛已经有了很多人，但很少有人来写“故事”。在人弃我取意义下，这本书便付了印。

二十三年七月二十五青岛

这些故事照当时估计，应当写一百个，因此写它时前后都留下一个关节，预备到后来把它连缀起来，如《天方夜谭》或《十日谈》形式。

但我的时间精力不许我那么办，到后来不特不便再写下去，即如写成了陆续在《新月》、《现代》发表的几篇。想把文字修改整齐一下也不容易，就匆匆付印了，这是这本书内容前后不大接头的原因。现在过了三年，这本书还是只能在字句间秩序上略微改动情形下付印，心中觉得很难受。

二十四年十一月二十七日北京

月下小景

初八的月亮圆了一半，很早就悬到天空中。傍了ＸＸ省边境由南而来的横断山脉长岭脚下，有一些为人类所疏忽历史所遗忘的残余种族聚集的山砦。他们用另一种言语，用另一种习惯，用另一种梦，生活到这个世界一隅，已经有了许多年。当这松杉挺茂嘉树四合的山砦，以及砦前大地平原，整个为黄昏占领了以后，从山头那个青石碉堡向下望去，月光淡淡的洒满了各处，如一首富于光色和谐雅丽的诗歌。山砦中，树林角上，平田的一隅，各处有新收的稻草积，以及白木作成的谷仓。各处有火光，飘扬着快乐的火焰，且隐隐的听得着人语声，望得着火光附近有人影走动。官道上有马项铃清亮细碎的声音，有牛项下铜铎沉静庄严的声音。从田中回去的种田人，从乡场上回家的小商人，家中莫不有一个温和的脸儿，等候在大门外，厨房中莫不预备有热腾腾的饭菜，与用瓦罐炖热的家酿烧酒。

薄暮的空气极其温柔，微风摇荡，大气中有稻草香味，有烂熟了山果香味，有甲虫类气味，有泥土气味。一切在成熟，在开始结束一个夏天阳光雨露所及长养生成的一切。一切光景具有一种节日的欢乐情调。

柔软的白白月光，给位置在山岨上石头碉堡，画出一个明明朗朗的轮廓，碉堡影子横卧在斜坡间，如同一个巨人的影子。碉堡缺口处，迎月光的一面，倚着本乡寨主独生儿子傩佑；傩神所保佑的儿子，身体靠定石墙，眺望那半规新月，微笑着思索人生苦乐。

“……人实在值得活下去，因为一切那么有意思，人与人的战争，心与心的战争，到结果皆那么有意思，无怪乎本族人有英雄追赶日月的故事。因为日月若可以请求，要它停顿在那儿时，它便停顿，那就更有意思了。”

这故事是这样的：第一个ＸＸ人，用了他武力同智慧得到人世一切幸福时，他还觉得不足，贪婪的心同天赋的力，使他勇往直前去追赶日头，找寻月亮，想征服主管这些东西的神，勒迫它们在有爱情和幸福的人方面，把日子去得慢一点，在失去了爱心只为忧愁失望所啮蚀的人方面，把日子又去得快一点。结果这贪婪的人虽追上了日头，却被日头的热所烤炙，在西方大泽中就渴死了。至于日月呢，虽知道了这是人类的欲望，却只是万物中之一的欲望，故不理会。因为神是正直的，不阿其所私的，人在世界上并不是唯一的主人，日月不单为人类而有。日头为了给一切生物的热和力，月亮为了给一切虫类唱歌，用这种歌声与银白光色安息劳碌的大地。日月虽仍然若无其事的照耀着整个世界，看着人类的忧乐，看着美丽的变成丑恶，又看着丑恶的称为美丽，但人类太进步了一点，比一切生物智慧较高，也比一切生物更不道德。既不能用严寒酷热来困苦人类，又不能不将日月照及人类，故同另一主宰人类心之创造的神，想出了一个办法，就是使此后快乐的人越觉得日子太短，使此后忧愁的人越觉得日子过长，人类既然凭感觉来生活，就在感觉上加给人类一种处罚。

这故事有作为月神与恶魔商量结果的传说，就因为恶魔是在夜间出世的。人皆相信这是月亮作成的事，与日头毫无关系。凡一切人讨论光阴去得太快，或太慢时，却常常那么诅咒：“日子，滚你的去吧。”痛恨日头而不憎恶月亮，土人的解释，则为人类性格中，慢慢的已经神性渐少，恶性渐多。另外就是月光较温柔，和平，给人以智慧的冷静的光，却不给人以坦白直率的热，因此普遍生物皆欢喜月光，人类中却常常诅咒日头。约会恋人的，走夜路的，作夜工的，皆觉得月光比日光较好。在人类中讨厌月光的只是盗贼，本地方土人中却无盗贼，也缺少这个名词。

这时节，这一个年纪还刚只满二十一岁的砦主独生子，由于本身的健康，以及从另一方面所获得的幸福，对头上的月光正满意的会心微笑，似乎月光也正对了他微笑。傍近他身边，有一堆白色东西。这是一个女孩子，把她那长发散乱的美丽头颅，靠在这年青人的大腿上，把它当作枕头安静无声的睡着。女孩子一张小小的尖尖的白脸，似乎被月光漂过的大理石，又似乎月光本身。一头黑发，如同用冬天的黑夜作为材料，由盘据在山洞中的女妖亲手纺成的细纱。眼睛，鼻子，耳朵，同那一张产生幸福的泉源的小口，以及颊边微妙圆形的小涡，如本地人所说的接吻之巢窝，无一处不见得是神所着意成就的工作。一微笑，一眏眼，一转侧，都有一种神性存乎其间。神同魔鬼合作创造了这样一个女人，也得用侍候神同对付魔鬼的两种方法来侍候她，才不委屈这个生物。

女人正安安静静的躺在他的身边，一堆白色衣裙遮盖到那个修长丰满柔软溢香的身体，这身体在年轻人记忆中，只仿佛是用白玉，奶酥，果子同香花，调和削筑成就的东西。两人白日里来此，女孩子在日光下唱歌，在黄昏里与落日一同休息，现在又快要同新月一样苏醒了。

一派清光洒在两人身上，温柔的抚摩着睡眠者全身。山坡下是一部草虫清音繁复的合奏。天上那半规新月，似乎在空中停顿着，长久还不移动。

幸福使这个孩子轻轻的叹息了。

他把头低下去，轻轻的吻了一下那用黑夜搓成的头发，接近那魔鬼手段所成就的东西。

远处有吹芦管的声音。有唱歌声音。身近旁有班背萤，带了小小火把，沿了碉堡巡行，如同引导得有小仙人来参观这古堡的神气。

当地年青人中唱歌圣手的傩佑，唯恐惊了女人，惊了萤火，轻轻的轻轻的唱：

龙应当藏在云里，
你应当藏在心里。
…………

女孩子在迷胡梦里，把头略略转动了一下，在梦里回答着：

我灵魂如一面旗帜，
你好听歌声如温柔的风。

他以为女孩子已醒了，但听下去，女人把头偏向月光又睡去了。于是又接着轻轻的唱道：

人人说我歌声有毒，
一首歌也不过如一升酒使人沉醉一天。
你那傅了蜂蜜的言语，
一个字也可以在我心上甜香一年。

女孩子仍然闭了眼睛在梦中答着：

不要冬天的风，不要海上的风，
这旗帜受不住狂暴大风。
请轻轻的吹，轻轻的吹；
(吹春天的风，温柔的风，)
把花吹开，不要把花吹落。

小砦主明白了自己的歌声可作为女孩子灵魂安宁的摇篮，故又接着轻轻的唱道：

有翅膀鸟虽然可以飞上天空，
没有翅膀的我却可以飞入你的心里。
我不必问什么地方是天堂，
我业已坐在天堂门边。

女孩又唱：

身体要用极强健的臂膀搂抱，
灵魂要用极温柔的歌声搂抱。

砦主的独生子傩佑，想了一想，在脑中搜索话语，如同宝石商人在口袋中搜索宝石。口袋中充满了放光炫目的珠玉奇宝，却因为数量太多了一点，反而选不出那自以为极好的一粒，因此似乎受了一点儿窘。他觉得神祇创造美和爱，却由人来创造赞誉这神工的言语。向美说一句话，为爱下一个注解，要适当合宜，不走失感觉所及的式样，不是一个平常人的能力所能企及。

“这女孩子值得用龙朱的爱情装饰她的身体，用龙朱的诗歌装饰她的人格。”他想到这里时，觉得有点惭愧了，口吃了，不敢再唱下去了。

歌声作了女孩子睡眠的摇篮，所以这女孩子才在半醒后重复入梦。歌声停止后，她也就惊醒了。

他见到女孩子醒来时，就装作自己还在睡眠，闭了眼睛。女孩从日头落下时睡到现在，精神已完全恢复过来，看男子还依靠石墙睡着，担心石头太冷，把白披肩搭到男子身上去后，傍了男子靠着。记起睡时满天的红霞，望到头上的新月，便轻轻的唱着，如母亲唱给小宝宝听催眠歌。

睡时用明霞作被，
醒来用月儿点灯。

砦主独生子哧的笑了。

“……”

“……”

四只放光的眼睛互相瞅定，各安置一个微笑在嘴角上，微笑里却写着白日中两个人的一切行为，两人似乎皆略略为先前一时那点回忆所羞了，就各自向身旁那一个紧紧的挤了一下，重新交换了一个微笑，两人发现了对方脸上的月光那么苍白，于是齐向天上所悬的半规新月望去。

远远的有一派角声与锣鼓声，为田户巫师禳土酬神所在处，两人追寻这快乐声音的方向，于是向山下远处望去。远处有一条河。

“没有船舶不能过那条河，没有爱情如何过这一生？”

“我不会在那条小河里沉溺，我只会在你这小口上沉溺。”

两人意思仍然写在一种微笑里，用得是那么暧昧神秘的符号，却使对面一个从这微笑里明明白白，毫不含胡。远处那条长河，在月光下蜿蜒如一条带子，白白的水光，薄薄的雾，增加了两人心上的温暖。

女孩子说到她梦里所听的歌声，以及自己所唱的歌，还以为他们两人皆在梦里。经小砦主把刚才的情形说明白时，两人笑了许久。

女孩子天真如春风，快乐如小猫，长长的睡眠把白日的疲倦完全恢复过来，因此在月光下，显得如一尾鱼在急流清溪里。

只想说话，全是说那些远无边际的，与梦无异的，年青情人在狂热中所能说的糊涂话蠢话皆完全说到了。

小砦主说：

“不要说话，让我好在所有的言语里，找寻赞美你眉毛头发美丽处的言语！”

“说话呢，是不是就妨碍了你的谄谀？一个有天分的人，就是谄谀也显得不缺少天分！”

“神是不说话的。你不说话时像……”

“还是做人好！你的歌中也提到做人的好处！我们来活活泼泼的做人，这才有意思！”

“我以为你不说话就像何仙姑的亲姊妹了。我希望你比你那两个姐姐还稍呆笨一点。因为得呆笨一点，我的言语字汇里，才有可以形容你高贵处的文字。”

“可是，你曾同我说过，你也希望你那只猎狗敏捷一点。”

“我希望它灵活敏捷一点，为的是在山上找寻你比较方便，为我带信给你时也比较妥当一点。”

“希望我笨一点，是不是也如同你希望羚羊稍笨一样，好让你嗾使那只猎狗咬我时，不至于使我逃脱？”

“好的音乐常常是复音，你不妨再说一句。”

“我记得到你也希望羚羊稍笨过。”

“羚羊稍笨一点，我的猎狗才可以赶上它，把它捉回来送你。你稍笨一点，我才有相当的话颂扬你！”

“你口中体面话够多了，你说说你那些感觉给我听听，说谎若比真实更美丽，我愿意听你那些美丽的谎话。”

“你占领我心上的空间，如同黑夜占领地面一样。”

“月亮起来时，黑暗不是就只占领地面空间很小很小一部分了吗？”

“月亮照不到人心上的。”

“那我给你的应当也是黑暗了。”

“你给我的是光明，但是一种炫目的光明，如日头似的逼人熠耀。你使我糊涂。你使我卑陋。”

“其实你是透明的，从你选择谄谀时，证明你的心现在还是透明的。”

“清水里不能养鱼，透明的心也一定不能积存辞藻。”

“江中的水永远流不完，心中的话永远说不完：不要说了。一张口不完全是说话用的！”

两人为嘴唇找寻了另外一种用处，沉默了一会。两颗心同一的跳跃，望着做梦一般月下的长岭，大河，砦堡，田坪。芦管声音似乎为月光所湿，音调更低郁沉重了一点。砦中的角楼，第二次擂了转更鼓，女孩子听到时，忽然记起了一件事。把小砦主那颗年青聪慧的头颅捧到手上，眼眉口鼻吻了好些次数，向小砦主摇摇头，无可奈何低低的叹了一声气，把两只手举起，跪在小砦主面前来梳理头上散乱了的发辫，意思想站起来，预备要走了。

小砦主明白那意思了，就抱了女孩子，不许她站起身来。

“多少萤火虫还知道打了小小火炬游玩，你忙些什么？走到什么地方去！”

“一颗流星自有它来去的方向，我有我的去处。”

“宝贝应当收藏在宝库里，你应当收藏在爱你的那个人家里。”

“美的都用不着家：流星，落花，萤火，最会鸣叫的蓝头红嘴绿翅膀的王母鸟，也都没有家的。谁见过人蓄养凤凰呢？谁能束缚着月光呢？”

“狮子应当有它的配偶，把你安顿到我家中去，神也十分同意！”

“神同意的人常常不同意。”

“我爸爸会答应我这件事，因为他爱我。”

“因为我爸爸也爱我，若知道了这件事，会把我照 X X 人规矩来处置。若我被绳子缚了沉到地眼里去时，那地方接连四十八根箩筐绳子还不能到底，死了做鬼也找不出路来看你，活着做梦也不能辨别方向。”

女孩子是不会说谎的，X X 族人的习气，女人同第一个男子恋爱，却只许同第二个男子结婚。若违反了这种规矩，常常把女子用石磨捆到背上，或者沉入潭里，或者抛到地窟窿里。习俗的来源极古，过去一个时节，应当同别的种族一样，有认处女为一种有邪气的东西，地方酋长既较开明，巫师又因为多在节欲生活中生活，故执行初夜权的义务，就转为第一个男子的恋爱。第一个男子因此可以得到女人的贞洁，就不能够永远得到她的爱情。若第一个男子娶了这女人，似乎对于男子也十分不幸。迷信在历史中渐次失去了本来的意义，习俗保持了古代规矩下来，由于 X X 守法的天性，故年青男女在第一个恋人身上，也从不作那长远的梦。“好花不能长在，明月不能长圆，星子也不能永远放光”，X X 人歌唱恋爱，因此也多忧郁感伤气分。常常有人在分手时感到“芝兰不易再开，欢乐不易再来”，两人悄悄逃走的。也有两人携了手沉默无语的一同跳到那些在地面张着大嘴，死去了万年的火山孔穴里去的。再不然，冒险的结了婚，到后被查出来时，就应当把女的向地狱里抛去那个办法了。

当地女孩子因为这方面的习俗无法除去，故一到成年家庭即不大加以拘束，外乡人来到本地若喜悦了什么女子，使女子献身总十分容易。女孩子明理懂事一点的，一到了成年时，总把自己最初的贞操，稍加选择就付给了一个人，到后来再同第二个钟情的男子结婚。男子中明理懂事的，业已爱上某个女子，若知道她还是处女，也将尽这女子先去找寻一个尽义务的爱人，再来同女子结婚。

但这些魔鬼习俗不是神所同意的。年青男女所作的事，常常与自然的神意合一，容易违反风俗习惯。女孩子总愿意把自己整个交付给一个所倾心的男孩子，男子到爱了某个女孩时，也总愿意把整个的自己换回整个的女子。风俗习惯下虽附加了一种严酷的法律，在这法律下牺牲的仍常常有人。

女孩子遇到了这乡长独生子，自从春天山坡上黄色棣棠花开放时，即被这男子温柔缠绵的歌声与超人壮丽华美的四肢所征服，一直延长到秋天，还极其纯洁的在一种节制的友谊中恋爱着。为了狂热的爱，且在这种有节制的爱情中，两人皆似乎不需要结婚，两人中谁也不想到照习惯先把贞操给一个人蹂躏后再来结婚。

但到了秋天，一切皆在成熟，悬在树上的果子落了地，谷米上了仓，秋鸡伏了卵，大自然为点缀了这大地一年来的忙碌，还在天空中涂抹华丽的色泽，使溪涧澄清，空气温暖而香甜，且装饰了遍地的黄花，以及在草木枝叶间傅上与云霞同样的眩目颜色。一切皆布置妥当以后，便应轮到人的事情了。

秋成熟了一切，也成熟了两个年青人的爱情。

两人同往常任何一天相似，在约定的中午以后，在这古碉堡上见面了。两人共同采了无数野花铺到所坐的大青石板上，并肩的坐在那里，山坡上开遍了各样草花，各处是小小蝴蝶，似乎对每一朵花皆悄悄嘱咐了一句话。向山坡下望去，入目远近皆异常恬静美丽。长岭上有割草人的歌声，村砦中有为新生小犊作栅栏的斧斤声，平田中有拾穗打禾人快乐的吵骂声。天空中白云缓缓的移，从从容容的动，透蓝的天底，一阵候鸟在高空排成一线飞过去了，接着又是一阵。

两个年青人用山果山泉充了口腹的饥渴，用言语微笑喂着灵魂的饥渴。对日光所及的一切唱了上千首的歌，说了上万句的话。

日头向西掷去，两人对于生命感觉到一点点说不分明的缺处。黄昏将近以前，山坡下小牛的鸣声，使两人的心皆发了抖。

神的意思不能同习惯相合，在这时节已不许可人再为任何魔鬼作成的习俗加以行为的限制。理知即或是聪明的，理知也毫无用处。两人皆在忘我行为中，失去了一切节制约束行为的能力，各在新的形式下，得到了对方的力，得到了对方的爱，得到了把另一个灵魂互相交换移入自己心中深处的满足。到后来，于是两个人皆在战栗中昏迷了，喑哑了，沉默了，幸福把两个年青人在同一行为上皆弄得十分疲倦，终于两人皆睡去了。

男子醒来稍早一点，在回忆幸福里浮沉，却忘了打算未来。女孩子则因为自身是女子，本能的不会忘却当地人对于女子违反这习俗的赏罚，故醒来时，也并未打算到这砦主的独生子会要她同回家去，两人的年龄还皆只适宜于生活在夏娃亚当所住的乐园里，不应当到这“必需思索明天”的世界中安顿。

但两人业已到了向所生长的一个地方一个种族的习俗负责时节了。

“爱难道是同世界离开的事吗？”新的思索使小砦主在月下沉默如石头。

女孩子见男子不说话了，知道这件事正在苦恼到他，就装成快乐的声音，轻轻的喊他，恳切的求他，在应当快乐时放快乐一点。

> ＸＸ人唱歌的圣手，
> 请你用歌声把天上那一片白云拨开。
> 月亮到应落时就让它落去，
> 现在还得悬在我们头上。

天上的确有一片薄云把月亮拦住了，一切皆朦胧了。两人的心皆比先前黯淡了一些。砦主独生子说：

> 我不要日头，可不能没有你。
> 我不愿作帝称王，却愿为你作奴当差。

女孩子说：

“这世界只许结婚不许恋爱。”

“应当还有一个世界让我们去生存，我们远远的走，向日头出处远远的走。”

“你不要牛，不要马，不要果园，不要田土，不要狐皮褂子同虎皮坐褥吗？”

“有了你我什么也不要了。你是一切；是光，是热，是泉水，是果子，是宇宙的万有。为了同你接近，我应当同这个世界离开。”

两人就所知道的四方各处想了许久，想不出一个可以容纳两人的地方。南方有汉人的大国，汉人见了他们就当生番杀戮，他不敢向南方走。向西是通过长岭无尽的荒山，虎豹所据的地面，他不敢向西方走。向北是本族人的地面，每一个村落皆保持同一魔鬼所颁的法律，对逃亡人可以随意处置。只有东边是日月所出的地方，日头既那么公正无私，照理说来日头所在处也一定和平正直了。

但一个故事在小砦主的记忆中活起来了，日头曾炙死了第一个ＸＸ人，自从有这故事以后，ＸＸ人谁也不敢向东追求习惯以外的生活。ＸＸ人有一首历史极久的歌，那首歌把求生的人所不可少的欲望，真的生命意义却结束在死亡里，都以为若贪婪这“生”只有“死”才能得到。战胜命运只有死亡，克服一切惟死亡可以办到。最公平的世界不在地面，却在空中与地底：天堂地位有限，地下宽阔无边。地下宽阔公平的理由，在ＸＸ人看来是可靠的，就因为从不听说死人愿意重生，且从不闻死人充满了地下。ＸＸ人永生的观念，在每一个人心中皆坚实的存在。孤单的死，或因为恐怖不容易找寻他的爱人，有所疑惑，同时去死皆是很平常的事情。

砦主的独生子想到另外一个世界，快乐的微笑了。

他问女孩子，是不是愿意向那个只能走去不再回来的地方旅行。

女孩子想了一下，把头仰望那个新从云里出现的月亮。

水是各处可流的，
火是各处可烧的，
月亮是各处可照的，
爱情是各处可到的。

说了，就躺到小砦主的怀里，闭了眼睛，等候男子决定了死的接吻。砦主的独生子，把身上所佩的小刀取出，在镶了宝石的空心刀靶上，从那小穴里取出如梧桐子大小的毒药，含放到口里去，让药融化了，就度送了一半到女孩子嘴里去。两人快乐的咽下了那点同命的药，微笑着，睡在业已枯萎了的野花铺就的石床上，等候药力发作。

月儿隐在云里去了。

黄罗寨故事二十一年九月二十二在青岛写成

本篇发表于1933年2月1日《东方杂志》第30卷第3号。署名沈从文。

寻　觅

在这故事前面那个故事，是一个成衣匠说的，他让人知道在他那种环境里，贫穷与死亡如何折磨到他的生活。他为了寻找他那被人拐逃的年青妻子，如何旅行各处，又因什么信仰，还能那么硬朗结实的生活下去。他说："我们若要活到这个世界上，且心想让我们的儿子们也活到这个世界上，为了否认一些由于历史安排下来错误了的事情，应该在一分责任和一个理想上去死，当然毫不踌躇毫不怕！"成衣人把他一生悲惨的经验，结束到上面几句话里后，想起他那个活活的饿死的儿子，就再也不说什么了。

他说过这故事以后，在场众人皆觉得悒郁不欢。这不幸故事，使每个人都回想到自己生活中那一分，于是火堆旁边，忽然便沉默无声了。成衣人看清楚了这种情形，十分抱歉似的，把那双为工作与疾病所磨坏的小小眼睛，向这边那边作了一度小心的溜望，拉拉他那件旧袄，怯生生的说道：

"大爷，总爷，掌柜的，你们帮我个忙，替我说一个好听的故事吧。不要为了我这个故事，把各人心窝子里那点兴头弄掉。不要因为我这种不幸的旅行，便把一切旅行看成一种灾难。来（他指定了一个人说），大爷，你年纪大，阅历多，不管怎么样，你说个故事。你说说你快乐的旅行也成。帮我一个忙，帮我一个忙。"

这被指定的人是一个穿着肮脏装束异样的瘦个子，脸上野草似的长着一丛胡子，先前并不为任何人所注意，半夜来他只是闭了个眼睛低下头在那里烤火，这时恰好刚把眼睛睁开，把头抬起，就被那成衣人指定了。他见成衣人用手向他戳点了两下，似乎自己生平根底已被成衣人所看出，故微受惊吓模样，身体收缩了一下。他好像有点吃惊，又好像在分辩，“怎么，你要我说我的旅行原因吗？你是这种意思吗？”他并不作声，神气之间却俨然在那么询问。

那成衣人口气甜甜的说：

“大爷，说一个，说一个。”

他微笑了一下，一时还似乎无勇气站起来，刚好把身体举起又复即刻坐下了。成衣人当真好像看准了他，知道在场众人只有他说出的经验，能使大家忘掉了旅行的辛苦，就催促他，请求他，且安慰他。成衣人说：

“大爷，你说一个，随便说一个。这里全是好人忠厚人，全眼巴巴的等着你，你会说的，你不用怕，不用羞。”

这胡子倒并不怕谁，也不为自己样子害羞，既要他说，他也明白这时应该轮及他来说了。他把一只干瘪瘪的手伸出去，作出一个表示，安置了成衣人，就大大方方，说了下面的故事。

某处地方有个家资百万的富翁，家中有十个坚固结实的仓库，仓库中分别收藏聚集了无数金银宝贝，衣料食物，并各种各样东西。家中有一百男奴，有一百女奴。地窖中有一地窖的美酒。马厩中有打猎的马五十匹，驾车的马五十匹。花园中栽种了无数名花甘果，花树上有各种禽鸟，叫出种种声音。兽栏里畜养了各样野兽。鱼池里喂有古怪的金鱼，银鱼，五色异鱼。两夫妇将近四十岁时，方生养一个儿子，这个儿子的教育，自然周到万分。当那独生子年纪到十八岁时，父母因为他生长得过于美丽，以为必得一个标致无比的女人，作为他的妻子，方不辜负这孩子一生。因此，就聘请了国内精巧匠人，用黄金仿照古代典型美人的脸目身材，铸造了金像一躯，派人抬往国内各处地方去，金像下刻了一篇宣言，最重要的几句话是：

> 若有女人美丽如金像，自信上帝创造她时手续并不马虎的，就可以作ＸＸ地方百万富翁独生子的妻子，享受那分遗产，以及由于两人青春富足可以得到的一切幸福。

恰好那时节另外某个地方，某个公爵的独生女儿，父母也因为女儿生长得过分美丽，成年时不肯随便嫁人，以为必得一个世界上顶美的男子，方配得到这个女儿的爱情，也正聘请了聪明匠人，用白银仿照古代典型男性，铸一理想男子的大像，同时通告各处，以为这世界上若有男子完美若此，自信上帝创造他时并不草率，就可跑来ＸＸ地方，向有爵位的某某独生女儿求婚。

双方得到了这个消息以后，且互相皆看到了那个标准造相，以为这分姻缘，非常合式凑巧，因此各聘请了有身分的媒妁，交换了几次意见，就议妥了两个年青人的婚姻。

为时不久这年青男子娶了那美貌女人，同时还承袭了一个受人尊敬的爵位。从此一来，他便仿佛是人类中最幸福的人了。

但刚满半年以后，这幸福就有了缺口，原因这样发生：有一天本地起了大风，大风中吹来一条白色毯子，悬挂在庭院里大树上，把毯子取下看看，精致美妙完全不像人工作成。派人拿向各处询问，无人能够说出它的名字，也无人明白它的出处。过不久，天上第二次又起了大风。风中又吹来九色金蕊大花一朵，那花大如车轮，重只三两，香气中人，如喝蜜酒。旋又派人拿这花到各处询问，仍然毫无结果。又过一阵，第三次大风起时，却吹来一本古书，那书说到另外一个国家的一切情形，关于那条毯子，也可知道就是朱笛国人宫内所用的毯子，那朵大花，就是朱笛国王后宫花园萎落的花。

那本书还说朱笛国有五色奇花，大的如车轮大，小的如稗子小，大花轻如毛羽，小花重如水银，花朵皆长年开放，风吹香气，馥郁一国。那地方有马，日行千里。那地方有栗枣，大如人头，甘如蜜蔗。那地方有藕，色如白玉，巨如屋梁。那地方有草，各处丛生，摘断时流汁如奶，味道如蜜。那地方有各种雀鸟，声音柔美溜亮，胜过世上最好的歌喉。那地方富足异常，使用人力，毫无问题，故国王宫殿，全为本国人民乐意代为建筑，却仿天宫式样作成。那地方由于自然生产丰富，人民皆自重乐生，既无盗贼，也无牢狱。

朱笛国所有情形，既可从这本书知个大略，国土方向距离，又从那本古怪书籍后面一幅古代地图上依稀可以估计得出。这三样东西，引起了年青人无数幻想。那年青人自从明白地面上还有一个这样国家后，一切日常生活便不大能引起他的兴味，日子再也过得不是幸福日子了。他总觉得还缺少些东西，他为这件事把性格也改变了不少。

为了要求满足自己的欲望，过不久，这年青人就独自悄悄的离开了家中一切，携带了那三件东西，向那个古怪地方走去了。

他经过了无数苦难，跋涉了整整三年，方跑到一个城市，这城市照地图方向上看来，应当就是古朱笛国。他进到那个大城，傍近那个国王宫殿时，看看宫殿大门，全是刻花金属镶嵌而成，宫殿围墙，全是磨光白玉作成。他就请求守门官吏，入通消息，请他代为陈明，自己来到这里的各种因缘。

因为国王旅行，多年不回，一切国事，皆由公主处置。门官禀告以后，为时不久，年青人就用远国来宾身分，被一个御前侍从，领导进宫，谒见公主。

进宫中时，侍从在前带路，年青人后面跟随，不久到一大门，刚近大门，就有两个异常活泼白脸长眉的女孩子，把门代为推开。两人从一白色厅堂过身，一切全用白银作成，过道一旁，只见到一个女人，脸儿身材，俏俊少有，坐在白银榻上，纺取白银丝缕。年轻体面丫环十人，皆身穿白色丝质柔软长袍，在旁侍立。

年青人以为这一定是那个公主了，就问侍从：

“这是第几公主？”

那领路侍从说：

“这是守门宫婢，不是公主。”

又走一阵，到第二道大门，仍然有人代为开门。进门以后，从一黄色厅堂过身，一切全用黄金作成。过道旁边，又见一个女人，神韵飞扬，较前尤美，坐在黄金榻上，拈取黄金微尘。左右丫环，计二十人，身穿黄色丝质柔软长袍，在旁侍立。

年青人以为先前不是公主，现在定是公主了，就问侍从：

“这是不是公主？”

领导侍从又说：

“这是守门宫婢，不是公主。”

又走一阵，到第三座大门，开门如前。进一紫色厅堂，一切全用紫玉砌成。过道旁边，一个身穿紫霞鲛绡衣服的女人，艳丽如仙，雅素如神，坐在紫琉璃榻上，割切紫玉薄片。左右丫环，计三十人，服装皆紫，质类难名，在旁侍立，静寂无声。

年青人刚欲开口，侍从就说：“这些全是丫头，我们赶快一点，公主在宫里等候业已很久！”

两人再继续走去，到一大厅，宽广可容三千舞伴对舞，只见地下各处皆是白獭海豹，静美可怜，各处且有冰块浮动，如北冰洋。那时正当大暑六月，厅中寒气尚极逼人。年青人先前还以为那是水池，不能通过。那御前侍从就告他这不碍事，可以大步走过，同时心想坚其信实，就从腕上脱取一只黄金嵌宝手镯，尽力掷去，宝镯触地，铿然有声，年青人方明白原来这是一个极大水池，上面盖有一片极大水晶，预备夏天作跳舞场所用。两人于是方从上面走过，直到内殿。到内殿后，进见公主，只见公主坐在殿中百二十重金银帏帐里，用翡翠大盘贮香水浣手。殿中四隅有各种小巧香花，从上缓缓落下。有一秀气逼人的女孩，身穿绿色长袍，站在公主身旁，吹白玉笙，奏东方雅乐中“鹿鸣之章”，欢迎远客。有一极小白猿，偎依公主脚下，轻啸相和。

宾主问讯一阵以后，年青人听说朱笛国王离开本国，出外旅行，业已三年不归，就问公主，国王究为什么原因，抛下王位，向他处走去。

公主不及作声，那小小白猿就告给年青人国王出国旅行的理由。

“你若满足身边一切，你不会来到这里。国王一人悄悄离开本国土地人民，不知去处，原因所在，也不外此。”

年青人如今亲眼见到这个国王豪华尊荣，正以为人类最好地方，莫过于此，谁知作国王的，还不满足，也居然离开王位，独自走去。他亟想从公主方面多知道些事情，随即向公主问了一些话语。公主想起爸爸久无消息，不知去向，故虽身住宫中，处理国事，取精用宏，豪华盖世，但仍然毫无快乐可言。如今被远方来客一问，更觉悲哀，就潸然流泪不止，无话可说，不能不安置来客到馆驿里，准备明天再见。

第二天年青人重新被召入宫，却已见到国王，原来国王悄悄出外，旅行三年，昨天又悄悄回到本国。公主见国王时，就禀告国王，有一远客，步行三年来到本国，故国王首先就召年青人入宫谈话。

见国王时，国王明白年青人旅行原因，与自己旅行原因，皆为同一动机，两人便觉十分契合。原来这国王旅行，也为一本古书而起。那书上记载一个名为白玉丹渊国的地方，人民如何生活，如何打发每个日子，万汇百物，莫不较之朱笛国中自然丰富。这朱笛国王，由于眼前一切，不能满足，对于远国文明，神往倾心，方毅然抛弃一切，根据书中所说方面，追寻而去。

年青人问国王旅行真正意思时，国王不即回答，就拿出那本古书，让年青人阅读。那本书第一页写了这样一行文字：

《白玉丹渊国散记》

以下就是那本书中所写的话语：

中国的西方是朱笛国，朱笛国的西方是白玉丹渊国。那里有一片土地，一个国家。那地方面积是正方形，宽广纵横各五千里。国境中有森林，河流，大山。各处有天然井泉，具有各种味道，味道甘美爽口，颜色或者透明如水晶，或者色白如牛奶羊奶。那地方各处皆生小草，向右盘萦，细如头发，色如翡翠，清香如果子，柔软如毡毯。那地方平处用脚一踹时，就凹下三寸，把脚举起，地又无高无低，平复如掌。

那地方无荆棘，无沟坑，无杂草乱树，也无蚊虻蛇虫。那地方阴阳和柔，四时如春，百花常开，无冬无夏。

那地方人民身体相貌，皆差不多，生活服用，也无分别。人人常壮实活泼，皆如二十来岁。人人口齿洁白整齐，不害牙痛。头发极黑，光滑柔美，不长不短，不生垢腻。那地方有树名曲躬树，叶叶重叠，层次无数，天落雨时，从不漏湿，所有人民，皆在下面过夜。那地方又有香树，高大奇异，开花极香，花落结果，果实成熟时，就自行堕地，皮破裂开，里面有种种用具，大小适用，以及各样颜色衣服，莫不美丽悦目。又有较小香树，高低略同平常橱柜相似，长年开花结果，果大如碗，其中有各式点心，各种美酒，也间或有古董玩器，十分精美雅致。那地方人民一切需要皆可取给于地面树上，不开矿，不设工厂。那地方生自然粮食，不必撒种，自生自熟，且无糠穇，色如玉花，味极厚重，又有清香。那种自然粮食既可取用不竭，又有自然锅釜，同发火宝珠。宝珠名为“焰光宝珠”，把自然粮食放入锅中，焰光宝珠安置锅下，饭煮熟时，珠也无光息热。凡想吃饭，见人坐席，就可加入恣意取吃。主人不起，饭便不完，主人略起，饭就完事。吃完饭时，只须略挖地面，便可把一切餐具，埋于地下，下次用时，再换新物。煮饭既不假樵火，不劳人工，吃后又不必洗碗，故方便洒脱，无可与比。

那地方共有四百个湖泊，皆如天然浴池，各个纵广或十里，或五里，或一里。池底坦平，其下皆平铺金砂和各种细碎宝石，四面有七重金属栏杆围绕，栏杆上各嵌七色宝石，入夜各放异光，不必再用灯烛。池水从地底渗出，从暗道流去，颜色透明，永不浑浊，温暖适如人意，即或久浸水中，也如在空气中。浮力又大，极深处全不溺人。那地方人民全部傍池边住下，白日里无事可作，多在池中划船，船用沙棠香木作成，用轻金装饰一切，色线皆雅致不俗。各人乘船中流娱乐，唱歌奏乐，聚散各随己意。想入池中游泳时，脱衣各放岸边。浴毕上岸，随意取衣，先出先著，后出后著，不必选认原来衣服。若谁想换一新衣，只须向近身处树边走去，摘一果实，把壳挤碎，就可按照自己意思，得一新衣。

那地方人民一切既由上帝代为铺排，不必费事，皆可自由娱乐，打发日子。每日浴后便常常从果树中选取管弦乐器，到鸟雀较多处去，与枝头雀鸟，合奏乐曲。若想换一地方时，雀鸟能如人意，各自先行飞去等候。

那地方大小便时，脚下土地，就自行拆开，成一小坑，完事以后，地又合拢。

那地方每到中夜，天空有清净白云带来甘雨，匀匀落下。落雨时如洒奶汁，草木皆知其甜。全国各处得到这种雨水以后，空气便如用一奇异东西滤过一次，异常干净，地面则柔软润泽，毫无灰尘。落雨过后，天空净明浅蓝，大小星辰，错落有致，清风把温柔澹和香气从各方送来，微吹人身，使人举体舒畅，无可仿佛，在睡梦中，皆含微笑。

那地方人民也有欲心，惟各有周期，不流于滥。欲心起时，男子爱一女人，只需熟视所爱女人，过一阵后，就离开女人，向曲躬树下跑去，若女人同时也正爱慕这个男子，必跟随身后走去。两人到树下后，若为血缘亲属，不应发生情欲，树不曲荫，便各自微笑散去。若非亲属，树在这时候低枝回护，枝叶曲荫，顷刻之间，就可成一天然帐幕，两人便在这帐幕里，经营短期共同生活，随意快乐，毫无拘束，一天两天，或至七天，兴尽为止，然后各自分手。妇人怀妊，七天以后就可分娩，生产时节，既不痛苦，也不麻烦。不问所生是男是女，全可抱去安顿到四衢大道之旁，不再过问。小孩因为饥饿啼哭时，路人经过身旁，就伸出指头，尽小孩含吮，指尖有极甜奶汁，使小孩饱足发育。过七天后，小孩长成，大小已与平常人无异，便可各处走动。

那地方无法律，无私产，无怨憎。

那地方也有死亡，遇死亡时，身旁之人，以为这人自然数尽，从不悲戚。既无亲属，也无教法，便从无倾家荡产埋葬死人习气。人死以前，这人自能明白，故自己先在水中洗涤全身，极其清洁，走到无人处躺下，气绝以后，即刻就有一只白色大鸟，飞来帮忙，把这死人收拾完事，不留踪影。

…………

朱笛国王就只为了这本书上所载一切情形，轻视了他的王位，抛下了他的亲属与臣民，离开了他的本国，足足旅行了三年，方才归来。

那年青人既明白了国王旅行的事情以后，就同国王说：“何所为而去，我已明白，何所得而来，还请见告。”

那国王就为年青人说出他旅行前后的经验：

当我既然知道了地面上还有这样一个方便国家后，我就决心独自向地球上跑去，预备找寻这个古怪国土。我同你一样，整整走了三年，过了无数的大河，爬过无数的高山，经过无数的危险，有一天我终于就走到那个地方了。

到那地方时看看一切都恰恰与那本书上所记载的相合。地面生长的奇树，浴池的华美，以及一切一切，无事无物不可以同书上相印证。可是只有一件事情完全不同，就是那地方无一个人不十分衰老，萎靡不振。到后一问，方知道原来这地方三年前大家还能极其幸福好好的过日子下去，当时却有一个人民，在睡梦中，看到一本怪书，书中载了无数图画，最末一页方有这样一个极小的字“死”。他自己也不知道为什么就认识这个字，且为什么懂到了这个字的意义。这人醒来很觉得惆怅，就做了一首《赞美长生快乐》的歌曲，各地唱去。从此一来，无人不感觉到死亡的可怕，由于死亡的意识占据到每个人心上，就无人再能够满足目前的生活。各人只想明白什么地方有不死的国土，什么方法可以不死，又无法去同安排这个世界的上帝接头，故三年来全国人民皆在忧愁中过去，一切生活总不如法，各人脸上颜色也就衰老憔悴多了。

朱笛国王到白玉丹渊国时，恰正是那个国土有人想过别一处去，找寻大德先知，向他质问“上帝所思所在”的时节，众人眼见朱笛国王颜色那么快乐，众人自视却那么苦恼，以为最快乐的人，当然也就是了解神的意见最多的人，故在朱笛国王来到本国，告给他众人衰老忧愁原因以后，就询问国王：

“什么方法可以使人快乐？什么方法可以使人不死？”

国王按照他那自己一分旅行的经验，以及在本国国王位上，使用物力时那点无上魄力而成的观念，就回答说：

“照我想来，对于你目前生活觉得满足，莫去想象你们得不到的东西，你们就快乐了。至于什么方法使人不死，我们身体既然由人类生养出来，当然也可由人类思索弄得明白，不过我现在可回答不出。”

几句话使白玉丹渊国一部分人民得到了知足的快乐，一部分人民得到了研究的勇气。那朱笛国王却为了自己的快乐，与另外自己还不明白的秘密，因此回返本国了。

国王把他自己那分经验说毕以后，想起一个得上帝帮助力量较少的人，既然还能够多知道些活在地面上快乐的哲学，一个年青人有时也许比年老人知道得更多，就向年青人说：

“知足安分是一个使我们活到这世界上取得快乐的方法，我已经认识明白，为了快乐，我就回到本国来了。你现在明白了这个，你不久也应当回你中国了。我且问你，我们若不知足安分，是不是还有什么方法得到快乐？我们若非死不可，是不是还有什么方法能使我们全不怕死？你告给我，你告给我。”

那年青人想了半天，方开口说：

“不知足安分，也仍然可以得到快乐，就譬如我们旅行。我们为了要寻觅我们的真理，追求我们的理想，搜索我们的过去幸福，不管这旅行用的是两只脚或一颗心，在路途中即或我们得不到什么快乐，但至少就可忘掉了我们所有的痛苦。至于生死的事，照我想起来既然向这世界极其幸福的人追寻不出究竟，或许向地面上那极不幸福的人找寻得出结果。”

这年青人回答了国王询问以后，就离开了那朱笛国。他回到了中国，却并不返家，由于他想弄明白为什么我们常常怕死，有什么方法又可以使我们就不怕死，且以为年青人有时或比年老人知道得多，极不幸福的人也许反明白什么是幸福。同时记起为了“有所寻觅而去旅行”的哲学，于是在全中国各处走去，一直飘泊了二十五年。

他的旅行并不完全失败，他在各样地方各种人堆里过了二十五年，因此有一天晚上，他当真得到了他所需要的东西，得到了这东西后，他预备回家去看他那美貌公爵妻子去了。

那胡子把故事一气说完，到这时节，稍稍停顿了一下，向成衣人作了一个友谊的微笑。众人中有人就问他：

“这年青人究竟得到了些什么，你又同年青人有什么关系，如何知道他的事那么详细清楚？”

那胡子望望说话的一个，微笑着，在笑容里好像说了一句话：“你要明白吗？你还不明白吗？”

另外也有人提出质问，那胡子于是便告给众人：

“那年青人旅行了二十五年，只是有一夜到一个深山中的旅店里，听到一个成衣匠说了一个故事，结尾时说了几句话。他寻觅了二十五年，也就正是想听听这样一种人说的这种话语。成衣匠说的不差。”胡子说到这里时便向火堆前那个成衣匠低低的询问，“你不是……这样说过的吗？你说过的。”他走过去把成衣匠拉起，让大家明白他所说的成衣匠就正是目前这个成衣匠。“我要说的那年青人所遇到的成衣匠就是他。他是一个男子，一个硬朗结实的男子。那年青人是谁，你们还要知道么？你们试去众人中找寻一下，不要只记着他三十年前的壮美风仪，他旅行了将近三十年，他应当老了，应当像我那么老了。”

原来这胡子就是正当年纪轻轻的时节，为了有所寻觅，离开了新婚美丽妻子同所有财富，在各处旅行了将近三十年的那个年青人。

为张家小五辑自《长阿含经》
《树提伽经》《起世经》
廿二年四月十七在青岛作
廿四年十一月廿六在北平改

本篇发表于1933年6月5日《青年界》第3卷第4期。署名沈从文。

女　人

因为在上次那个故事中，提到金像与银像，就有两个人同时站起，说他们也有个故事，故事中也有个年青男子，由于金像银像，与一美貌女子结婚，到后觉得生存不幸，方去各处旅行。其中还有一个国王，也因有所寻觅，曾经离开王位，各处旅行。但故事中人物虽多相同，故事内容可完全两样，想问在座众人，能不能让他们有个机会把故事说出来。众人既然不想睡觉，目的就在用各种各样希奇故事打发这个长夜，岂有反对道理。两人刚说完时，当然便有无数掌声，从火堆四近而起，催促两人开口，鼓励两人说话。

这两个人一老一少，装束虽显得十分褴褛，仪表可并不委琐庸俗。下面故事，就是这两个人共同说出的。

某处地方有一个年青男子，某处地方又有一个年青女人，这两人各因为生来特别美丽，各人就聘请了精巧匠人，用黄金白银铸了一躯理想情人的造像。像造成后，就派人抬去陈列到官路上，尽人观看，征求配偶。到后两人凭媒介绍，在极华贵庄严仪式中，订婚结婚。两人所有经过，全同前面那个故事提及的一对青年夫妇相似。这年青人结婚以后，生活十分幸福，自极平常。但时间不久，这年青人放下了本身各种幸福，独自远行异邦，却是另一原因。

那时有个国王，自命不凡，常常对镜自照，总以为自己美丽，超越今古。说实在话，从精神与外表两方面看来，那个国王也就与各处国王相差不多，全身成分，有百分之五的聪明，百分之三的风雅，其余便完全是一个吃肉喝汤的肉架子。国王欢喜用他那仅有的三分风雅，说他所会说的几句话语：

“罗马皇帝凯撒，曾经用他的武力，征服过这个世界，驾驭过这个世界，我敬重他，但我却不想同这种野蛮军人竞争一日长处。我将用我的美貌来管领我的国家。上帝对我特别关心，所以我在这世界地面上，也比任何一个美男子还更美。”

那国家所有臣民，也同现在这世界上许多国中作臣民的一般，由于精神方面缺少一种名为“骨气”的成分，对主子的方法，按照习惯，都认为各有随事阿谀的义务。各人得注意主上意思所在，常常捧场叫好。那国王既然并不想作凯撒，也不想作成吉思汗，为了不应戳穿这国王的糊涂自信，因此每次见国王对镜自照时，在朝众人，就异口同声，承认国王美观，于世界中，应当占一首席，且用这类阿谀，换去赏赐无数。

这国王既有一批亲信大臣，贡献颂祷，用阿谀作为每日营养。又有一个美貌王后，两人爱情也来得浓厚异常，故常自视为天下第一有福气人。

有一天，从别处贡来一头白色鹦鹉，这明慧乖巧禽鸟，能说七十二种方国语言，记忆中保留了三千五百个希奇故事，见多识广，博学有才，得过文学博士学位，曾在五个国王宫庭中作过上等清客。这鹦鹉未来之前，早就知道了国王脾气，一见国王，便故意表示异常惊讶，异常惶恐。国王还以为它初来宫庭，当然不大习惯，就极力安慰它，告它不要害怕。以为如今来到宫庭，尽可自由方便，不会使它感受拘束。且因为明白这鹦鹉极懂人性，就问它吃惊理由，究为何事。

那鹦鹉孰视国王许久，方说出它的巧妙奉承：

“我见过无数贵人，就从来不曾见过一个国王，能比陛下相貌更美丽动人，所以一见陛下，不觉踧踖失仪。”

那国王笑着说：

“美丽使人倾心，固属自然，但阁下经验阅历，世所希有，难道也为我的仪表感到迷惑吗？”

鹦鹉明白计已得售，就说：

“在日光下头，无人眼睛不感到眩耀。陛下美丽，同这一样。”

国王早已听说这鹦鹉见多识广，非同小可，在外国时已极出名，如今还为自己美丽所征服，故异常快乐。且以为鹦鹉应对审详，辞采温雅，即刻就对这个善于说谎的白鸟，厚有赏赐，且款待优渥，如礼大宾。

宫中女子，则因为聪明禽鸟，善说故事，且知道什么样子女人欢喜什么种类故事，便也对这鹦鹉十分欢迎。国王每天指派一个宫女，照料这只鹦鹉，每个宫女，都乐于得到这件差事。

有一天，国王午睡未醒，侍候鹦鹉的宫女，恰恰是个刚刚成年的女子，就在廊下同鹦鹉闲谈。这韶年稚齿的宫女，还不明白人间男女恋爱是些什么，就请它说个关于男女的故事听听。这鹦鹉懂得到这宫女所欢喜的正是些什么，轻轻的为宫人说红叶题诗的故事。又说红叶题诗的故事虽美，已过了时。最合时的应当是那用金像银像找寻情人的故事。说这故事时，它告给这个宫女，那两人如何美丽，如何年青，真算得这世界上“顶幸福”的人。说故事时，宫女同鹦赋都当作国王正在午睡，不会醒觉，并且话语又说得极轻，方以为绝不会为国王听去。谁知这个国王，每天午睡，并非当真去睡，就为的是每天可以偷听鹦鹉说的一切故事，原来他的睡眠是故意装成的。如今听鹦鹉说世界上居然还有一个男子，比他美丽，比他幸福，不觉妒心顿生，十分难受。

当时他不发作，到第二天早朝时，这国王询问御前各位大臣：

“我问你们，我是不是这世界上顶美丽的男子？”

大臣皆照往常那种态度，恭恭敬敬的回答：

“启禀陛下，您的的确确是这世界上顶美的男子。”

国王回头又问鹦鹉如前，鹦鹉也恭恭敬敬的回答：

“启禀陛下，您的的确确是这世界上顶美的国王。”

那个时节，国王手中正拿得有一面极贵重的青铜铸成嵌满宝石的镜子，气得手中只是发抖，把镜子奋力向阶石上摔碎以后，就指定两边大臣大骂：

“你们全是一群骗子，一群混蛋！你们好好说来，我究竟是不是这世界上最美的人？各说实话，若不说句诚实话语，我即刻叫刽子手割了你们的头颅悬到旗杆上去。”

朝臣眼见情形不妙，全吓坏了，事情来得过于突兀，不知如何奏答。若再说谎，保不定头颅就得割下；若不说谎，则过去所说谎话，如何自圆其说？一时皆发愣发呆，不知如何是好。

国王怒气冲冲的对那只鹦鹉说：

“你说实话。不说实话，你就也是一个骗子，我派人扯去你的毛羽，把你烤吃。”

那鹦鹉明白国王生气理由，必是昨天已把它向宫女所说金像银像故事听去。知道应当如何处置，方可使这国王和平，救出众人，救出自己。就从从容容答复国王道：

“国王平时只问我们：‘我是不是这世界上最美丽的国王？’众人齐说‘是’。照约翰傩喜博士《逻辑学》的方法说来，众人毫无罪过。照我看来，则世界国王，为数不多，国王的确可说是这世界上最体面漂亮的国王之一。虽在另一地方，还有一个平民，也很美丽；但这人只是一个平民，如何能够相提并论。至于国王若因这事便想把小臣烤吃，那真三生有幸，赴汤蹈火，所不敢辞。但国王应当找寻别的理由，不要以为由于这种罪过，使史官记载，不好下笔！”

国王由于平生骄傲，忽被中伤，原本十分愤怒，真想把这一群混蛋，全体杀头。这时一听这只聪明鸟儿解释，且引出名学代为证明，国王虽不明白约翰傩喜博士究竟是什么人，但听鹦鹉言之成理，也就释然于怀，不再介意了。

到后他向鹦鹉问明白那年青美丽平民的住处，立时就派遣了一个使臣，带了手草谕旨，把那年青人召来见面。

使臣骑了日行六百里的驿马，赶到年青人家中，宣告国王的圣旨，把年青人请去。年青人离开他那体面夫人时，因为新婚远离，互相眷恋，难于分别，故再三嘱咐及早归家，免得挂念。夫人且说，若不相信她的爱情，请他把门锁好，钥匙带走，回来时节再开那门。这年青人既然爱情浓厚，当然不会对于他的夫人有何相信不过处。年青人走到半路时，心想国王见召，必以为他聪明有才，请去商量国事，方记起临走过于匆忙，所有著作，也忘了带在身边，故同使臣商量妥当，赶忙回家取书。回到家中，却眼见那个貌美夫人，正同一个青年恋人骑马出游。年青人忿怒悒郁，无可自解，抵达国王都城时，业已憔悴消瘦，非复平时可比。使臣还以为必是路上过于劳顿，像那样子，不大好见国王，便把这年青人，安置到本国迎宾馆里，让他好好休息三天，再去报到。

那年青人住处比邻，就是国王养马的御厩，初到那天晚上，听到隔壁马房有个女人同那马夫头子说话。马夫问那女人："怎么今天你又可以出来？"女人就说："国王因为等候一个远客，独自在外住宿，故可悄悄出来相会。"再听一阵，年青人方明白原来这与马夫头子说话的，正是一国之尊的王后，年青人心中思量："一国王后，当国王给她一种方便机会时，她还想利用机会，同一马夫恋爱；何况我的妻子？"因此心中一腔闷气，即刻不知去处，心胸既廓然无复滞积，休息三天以后，额头放光，脸色红润，神采隽逸，更倍往昔。

进见国王时，国王业已听说年青人路途劳顿，萎靡不振。谁知一见颜色，精神焕发，不可仿佛。国王惊讶之至，就问年青人究因何事，忽然憔悴，又因何事，忽然充腴。年青人不想隐瞒国王，便把所见所闻，一一禀告国王。

国王听说，心想："我们两人那么有权有势，多财多貌，自己女子还不能够信托，何况他人？"又想："这世界上作女子的，既皆那么不可信托，何以许多动人诗歌，又特为女子而起？因此看来，则女子不是上帝，就是魔鬼，若不是有一分特别长处，就定是有一种特别魔力。或者另外一个阶级，另外一种女人，还值得人类讴歌值得人类崇拜？"为了这点不能解决的问题，两人就互相商量了一个办法，相约离开王位与财富，共同到这个宽广的世界上各处去旅行，旅行的目的，就只是到地面上去寻觅"女人被尊敬的真正理由"。

他们寻觅的结果如何，他们现在还不知道。他们虽然听人说到一个扇陀故事，已经明白女人的魔力，大半由于上帝所赋予的那一分自然长处。但这个世界，除生理方面，女人可以使一个候补仙人糊涂以外，女人是不是还有别种长处别样好处存在？他们相信必定还有一种东西存在，所以他们仍然还在继续旅行，寻觅那点真理。

这两个人是谁？不必说明，大家都清清楚楚，所以当两人把故事说到末了时，并无一人追究这故事的来源。

为张家小五哥辑自《杂比喻经》
二十二年四月二十二日于青岛
廿四年十一月廿七日改于北平

本篇发表于1933年7月1日《现代》第3卷第3期。署名从文。这是作者以《女人》为篇名的作品之一。

扇陀

一个贩卖骡马的商人，正当着许多人的面前，说到他如何为妇人所虐待，有一天吃了点酒，就用赶骡马的鞭子，去追赶那个性格恶劣的妇人，加以重重的殴打，从此以后这妇人就变得如何贞节良善时，全屋子里的客人，无不抚掌称快。其中有几个曾经被家中媳妇折磨虐待过多年不能抬头的，就各在心上有所划算，看看到了北京以后，如何去买一根鞭子，将来回家，也好如法泡制。

骡马商人稍稍把故事停顿了一下，享受那故事应得的奖励。等候掌声平息后，就用下面的话语，结束了他的故事：

"……大爷，弟兄，应当好好记着，不要放下你的鞭子，不要害怕她们，女人不是值得男子害怕的东西。不要尊敬她们。把她们看下贱一点，不要过分纵容她们。"

很明显的，这商人是由于自己一次意外的发明，把女人的能力，以及有关女人的种种优美品德，——就是在下等社会中的女人尤不缺少的纯良节俭与诚实品德，都仿佛不大注意，话语也稍稍说得过分了。

那时节，在屋角隅一堆火旁，有四个向火烘手的巡行商人，其中之一忽然站起来说话了。这人脸上胡须极乱，身上披了件向外反穿的厚重羊皮短袄，全身肿胀如同一头狗熊。站起身时他约束了一下腰边的带子，用那为风日所炙，冰雪所凝结，带一点儿嘶哑发沙的嗓子，喊着屋中的主人。他意思似乎有几句话要说说。这人对于前面那个故事，有一种抗议，有一分异议，大家皆一望而知。

这人半夜来皆不作声，只沉默地坐在火边烤火，间或用木柴去搅动身前的火堆，使火中木柴从新爆着小小声音，火焰向上卷去时，就望着火焰微笑。他同他的伙伴，似乎都只会听其他客人故事，自己却不会说故事的。现在听人家说到女人如何只适宜用鞭子去抽打，说到女人除了说谎流泪以外，一切事业由于低能与体力缺陷，皆不会作好，还另外说到无数亵渎这世界上女人的言语。说话的却是一个马贩子！因此这商人便那么想：

"如果一切都是事实，女人全那么无能力，无价值，你只要管教得法，她又如何甘心为你作奴作婢，那过去由于恐惧对女人发生的信仰，以及在这信仰上所牺牲的种种，岂不完全成为无意思的行为了吗？"

他想得心中有点难过起来，正因为他原相信女人是世界上一种非凡的东西，一切奇迹皆为女人所保持。凡属驾云乘雾的仙人，水底山洞的妖怪，树上藏身的隐士，朝廷办事的大官，遇到了女人时节，也总得失败在她们手上，向她们认输投降。就只是这点信仰，他如今到了三十八岁的年龄，还不敢同女人接近。这信仰的来源，则为他二十年前跟随了他的爸爸在西藏经商，听了一个故事的结果。故事中的一个女人，使他当时感受极深的印象，一直到如今，这印象还不能够为时间揩去。他相信女人能力在天下生物中应居首一位，业已有了二十年，现在并且要来为这信仰说话了。

大家先料不到他也会有什么故事，看他站起身时，柴堆在他身旁卷着红红的火焰，火光照耀到这人的全身，有一种狗熊竖立时节的神气。一个生长城市读了几本书籍自以为善于"幽默"的小子，就乘机取笑这其貌不扬的商人，对众人说：

"弟兄弟兄，请放清静一点，听我说几句话。先前那位卖马的大老板，给我们说的故事，使我们认为十分开心。一切幸福都应当是孪生的姊妹，所以我十分相信，从这位老板口中，也还可听出一个很好的故事。你们瞧，（他说时充作耍狗熊的河南人神气，指点商人的脸庞同身上。）这有趣的……不会说无趣的故事！"他把商人拉过大火堆边去，要那商人站到一段木头上面："来，朋友，你说你的。我相信你有说的。你不是预备要说你那位太太，她如何值得尊敬畏惧吗？你不是要说她那种不可思议的神秘能力，当你长年出外经商时节，她在家中还能每一年为你生育一个团头胖脸的孩子吗？你不是要说一个女人在身体方面有些部分高肿，有些部分下陷，与一个男子完全不同，觉得奇怪也就觉得应当畏惧吗？许多人都是这样对他太太发生信仰的，只是仍然请你说说，放大方一点来说。我们这夜里很长，应当有你从从容容说话的时间。”

这善于诙谐的城市中人，所估计的走了形式，这一下可把商人看错了。一会儿他就会明白他的嘲笑，是应从商人方面退回来，证明自己简陋无识的。

那商人怯生生的被人拉过去，站在那段木头上。听人说到许多莫明其妙的话语，轮到他说话时就说：

“不是，不是，我不说这个！我是个三十八岁的男子，同阉鸡一样，还没有用过身体上任何部分挨过一次女人。我觉得女人极可吓怕，并且应当使我们吓怕。我相信女子都有一种能力，可以把男子变成一块泥土，或和泥土差不多的东西。不管你是什么样结实硬朗的家伙，到了她们的手中，就全不济事。我吓怕女人，所以我现在年龄将近四十岁，财产分上有了十四匹骆驼，三千银钱的货物，还不敢随便花点钱买一个女子。”

众人听说都很奇怪，以为这人过去既并不被女人欺骗和虐待，天生成那么怕女人，倒真是罕见的事情。就有人说：

“告给我们你怕女人的道理，不要隐瞒一个字。”

这商人望望四方，看得出众人的意思，他明白他可以从从容容来说这个故事了，他微笑着。在心里说：“是的，一个字我也不会隐瞒的。”就不慌不忙，复述了下面那个在十七岁时听来的故事。

过去很久时节，很远一个地方，有那么一个国家：地面不大不小，由于人民饮食适当，婚姻如期举行，加之帝王当时选择得人，地方能够十分平安，人民全很幸福。这国家国内有几条很大的河流，纵横的贯通境内各处，气候又十分调和，地面就丰富异常。全国出产极多，农产物中五谷同水果，在世界上附近各个小国内极其出名。那地方气候好到这种样子：人民需要晴时天就大晴，需要水时天就落雨。凡生长到这个小国中的人民，都知道天不遗弃他们，他们也就全不自弃，人人自尊自爱，奉公守法，勤俭耐劳，诚实大方。凡属人类中良善品德，倘若在另一族类，另一国家，业已发现过了的，这些真理的产品，在这小国人民性格上也十分完全毫不短少。这国家名为波罗蒂长，在北方古代史上有它一个位置。

波罗蒂长国中，有一个大山，高一百里，宽五百里，峰峦竞秀，嘉树四合，药草繁多，绝无人迹。这大山早为国家法律订下一条规定，不能随便住人，只许百兽任意蕃息。山中仅有一位博学鸿儒，隐居山洞，读书修道，冥坐绝欲，离开人世，业已多年。某年秋天一个清晨，这隐士起身时节，正在用盘盂处置他的小便，看见有两只白鹿，在洞外芳草平地，追逐跳跃，游戏解闷。中间有母鹿一匹，生长得秀美雅洁，和气亲人，眼光温柔，生平未见。这隐士当时，心中不知不觉，为之一动。小便完结，照例盘中小便，都应舍给山中鹿类，当作饮料。这母鹿十分欣悦，低头就盘，舔完盘中所有以后，就向山中走去。

为时不久，这母鹿居然怀了身孕，一到月满，就生出小鹿一只。所生小鹿，眉目口鼻，一切完全如人，仅仅头上长出一对小小肉角，两脚异常纤秀，这母鹿正当它生产时，因想起隐士洞边向阳背风，故跑近隐士所住洞边，在草地中生产。落下地后，母鹿看看，“原来是一小孩！”既不能带这小孩跳山跃涧，还不如交给隐士照料，把小孩衔放隐士洞边，自己就跑去了。

隐士那时正在读书，忽然听到洞外有小孩子大哭，心中十分希奇。走出洞外一看，就见着这人鹿同生的孩子，身体极其细嫩，眼目紧闭，抱起细看，头脚尚有鹿形，眼目张开时节，流盼四顾，也如另一地方另一相熟眼目。隐士心中纳罕：“小孩来处，必有一个原因！”从目光中隐士即刻明白小孩一定是母鹿所生，小孩爸爸，除了自己也就没有别人了，便把小孩好好抱回洞里，细心调养。

隐士住在山中业已多年，读书有得，饮食皆极随便，不至害病。隐士既不吃人间烟火，因此小孩口渴，隐士就为收取草上露珠，当作饮料。小孩饥饿，隐士又为口嚼松子，当作饭食。小孩既教育有方，加之身上有母鹿血气，故从小就健康聪明，活泼美丽。到后年龄益长，隐士又十分耐烦，亲自教他一切学问，使他明白天地间各种秘密，了然空中诸星，地面百物，如何与人类有关。又读习经典，用古圣先贤，所想所说一切艰深事情，作为这小仙人精神方面的粮食。隐士只差一事不提，就是女人，不说女人究竟如何，就因为对于女人，隐士也不十分明白。

这隐士到后道行完满，就离开本山，不知所往。那时节母鹿所生，隐士所养，年纪业已二十一岁。因为教育得法，年纪虽小，就有各种智慧，百样神通，又生长得美壮聪明，无可仿佛，故诸天鬼神，莫不爱悦。隐士既已他去，这候补仙人，依然住身山洞，修真养性，澹泊无为，不预人事。

一天，正在山中散步，半途忽遇大雨，这雨正为波罗蒂长国中所盼望的大雨，山中落了雨后，山水暴发，路上苔藓被雨极滑，无意之中，使这候补仙人倾跌一跤，打破法宝一件，同时且把右脚扭伤。

这候补仙人，心中不免嗔怒，以为自然阿谀人类，时候似乎还太早了一点。只需请求，不费思索，就为他们落雨，自然尊严，不免失去。且这雨似乎有意同自己为难，就从头上脱下帽子，舀满一帽子清水，口中念出种种古怪咒语，咒罚波罗蒂长国境，此后不许落雨。这种咒语，乃从东方传来，十分灵验，不至十二年后，决不会半途失去效力。这候补仙人，既然法力无边，天上五龙诸神，皆尊敬畏怖，有所震慑，一经吩咐，不敢不从。诅咒以后，波罗蒂长一国，从此当真就不降落点滴小雨。

天不落雨太久，河水井水，也渐渐干枯起来，五谷不生，百叶萎悴，一连三年。三年不雨，国家渐起恐慌。国家渐贫，国库收入短少，不敷开支，人民男女老幼，无法可以生存。

波罗蒂长国王，为人精明干练，负责爱民，用尽诸般方法求雨，皆无结果。他很明白，若从此以往，再不落雨，天旱过久，国家人民，皆得消灭。人民挨饿太久，心就糊涂焦躁，易于煽惑，若有一二在野人物，造谣生事，胡说八道，以为一切天灾，及于本国，皆为政府办事不力，政体组织不妥，如欲落雨，必需革命。虽革命与落雨无关，由于人民挨饿过久，到后终不免发生革命。国家革命，就须流血，一切革命历史，莫不用血写成。国王因此打量不如即早推位让贤，省得发生内争。国王虽有让位之心，一时又觉无贤可让。眼见本国人民，挨饿死去，无法救助，故忧愁烦恼，寝食皆废。

国王有一公主，按照国家法律，每天皆同平民女子，共往公共井边，用木制辘轳，长长绳绠，向深井中汲取地下泉水，灌溉田地，为国服务。公主白日在外，常与平民接近，常听平民因饥饿唱出各种怨而不怒的歌谣，一回宫中，又见国王异常沉闷，就为国王唱歌解闷。国王听歌，更觉难堪。公主就问国王："国王爸爸，如何可以救国？"且说若果救国还有办法，必得牺牲公主，自己心愿为国牺牲。

国王就说：

"一切办法，皆已想尽，国家前途，实深危险。人民虽明白天灾不可幸免，但怨嗟歌谣，业已次第而生，若不即早设法，终究不免革命。发生革命，不拘谁胜谁负，一切秩序，破坏无余，政府救济，更多棘手。故思前想后，总觉退位让贤较好。细想种种，一时又无贤可让，所以心中十分为难。"

公主就把在外所听风谣，以及种种事情，加以分析，建议国王：

"国王爸爸，一切既很烦心，不易一人解决，不如召集大官名臣，国内各党各派博学多通人物，同处一堂，商量办法。首先讨论天灾来源，其次筹措善后救济，或有结果。若这事实在由于国王专政而起，国王退位，就可以使上天落雨，谷果百物，滋生遍地，国王爸爸，就应即刻辞职。若一切另有原因，另有办法，讨论结果，国王爸爸，就负责执行。"

国王心想："公主言之有理！"就按照国法，召集全国公民代表会议，聚集全国公民代表，讨论波罗蒂长一国，应付这次空前天灾种种方策。

开会时节，国王主席，首先致辞，说明种种，希望代表随意发言，把这事情公开讨论。

当开会时，其中就有一个聪明公民，多闻博识，独明本国天旱理由，于是当众发言：

"国王陛下，大臣殿下，有意负责救国，明白一切应从根本入手，故有今天大会。查我波罗蒂长国家，本极富足，有吃有喝，无有忧患。今忽然三年不雨，国困民贫，设若长此以往，当然不堪设想。根据公民所知，这次天灾，并非国王在位，或大臣徇私所致。只为本国宪法所定，国中那个供给禽兽蕃殖的名山，有一年青候补仙人，父亲生为隐士，母亲身是母鹿，神力无边，智慧空前。这候补仙人，平日研究学问，不预人事，安静自守，与世无逆。却当某某一天，因事上山，在半途中，天忽落雨，因雨路滑，摔跌一跤，扭伤右脚。这候补仙人，右脚无端受伤，心怀嗔愤，追究原因，实为落雨所致，雨水下落，又实为本国人民盼望所致，因此诅咒天上，十二年中，不许落下点滴小雨。我波罗蒂长国家，三年不雨，原因在此。故欲盼望落雨，先应明白此事根本所在。”

国王听说本国雨不再落，只是这样一件事情，就说：

“治国惟贤，经典昭明，本国既有这种圣人，力能支配天地，管束阴阳，用为国王，对我人民，必能造福，朕必即刻退位，以让贤能。”

多数公民，皆不说话。

有一首相，在国内负责多年，明白治国不易。想使国家秩序井然，有条不紊，正赖政体巩固，权力集中。治国所需，不仅只在高深学理法力，经验能力，兼有并存，加以负责，才可弄好。听说国王就想让位，对这事不敢赞同，便说：

“皇帝陛下，让出王位，出于诚意，代表诸君，想当明白。国王意思极好，为国为民，诚为无可与比，不过一切打算，不合目前国家情形。任何国家施政，有不好处，国中人民，加以反对，诚可注意，若攻击批评，只是二三在野名流，虽想救国，不会做官，尚从不闻轻易让贤，把国家组织，陷入纷乱。何况仙人，平时清高澹泊，不问世事，沉静自得，有如木石，即有高尚理想，如何就可治国？并且事情既不过由于一摔而起，照本席主张，不如派员慰问，较为得体。本国对这年青仙人，若想表示尊敬，使他快乐，同他合作，免得或为他人利用，妨碍国家统一，不如取法他国，把这候补仙人，当成国内元老，一切事情，对他十分客气，遇事不能解决，就即刻命驾领教，总以哄得仙人欢喜，不发牢骚，国家前途，方有办法。”

另外有一陆军大臣，头脑简单，性情直率，国内兵士，全在他一人手中，生平拥护国王，信仰首相，故继续发言：

“皇帝陛下，所说使人感动，首相殿下，所说使人佩服。国王若想退位，好意不能为全国国民见谅。因为国民盼望国王帮忙，并且相信，这个时节，也只有国王可以帮忙。我国旱灾，既为仙人一摔而起，首相高见，本席首先赞同。若国家可以同这刁钻古怪合作，各种条件，皆应负责答应。若方法用尽，还不落雨，本席职责所在，向天赌咒，领率全国兵士，来与周旋，不怕一切，总得把这仙人神通打倒。”

陆军大臣，所说理直气壮，故全体公民代表，莫不动容，鼓掌称善。

其中有一公民，见事较多，知识开明，觉得打倒仙人，很不像话，就说：

“救灾方法还多，武力打倒仙人，本席以为不必。国家多上一个仙人，如同国家多有一个诗人一样，实为我波罗蒂长国中光荣。公民盼望，只是皇帝陛下，代表我们公民全体，想出办法，能与仙人合作。若说武力周旋，效法他国，文人学者，捉来即刻把头割下，办法虽在，轻而易举，所作事情，实极愚蠢。我波罗蒂长国中，国家虽小，不应愚蠢就到如此地步，在历史上为我国王留一污点。政府若断然处置，公民可不能同意。”

另一公民，为了补充前说，又继续说：

“他国短处虽不足取法，他国长处不可不注意：公民以为我们本国，不如仿照他国，设立一个国家学院，或研究院，位置这种有德多能的仙人，让他读经习礼，不问国事。给他最大尊敬和够用薪水，不使他再挨饿受凉，也不使他由于过分孤寂，将脾气变坏，则一切问题，实易解决！”

另一公民又说：

“仙人什么都不缺少，不如封他一个极大爵位，一定可以希望从此合作。”

发言公民极多，政府意思，就是让这些公民代表，充分发表意见，大家决议以后，斟酌执行。但因过去一时，政府太能负责，一切政策，不用平民担心，无不办得极为妥当合理。政府太好，作公民的，就皆只会按照分定，作事做人，因此一来，把一切民主国家公民监督政府的本能，也完完全全消失无余了。到时人人各自发抒意见，皆近空谈，不落边际。

还是首相发言提出办法，希望大家注意，这会议到后，才有眉目。

会议结果，就是政府公民全体同意，认为先得想方设法，把这候补仙人，感情转换过来，不问条件，皆可商量。只要落雨三日，仙人若有任何贪婪条件提出，国王首相，必当代表国民，签字承认。

但这个古怪仙人并非其他国家知识阶级可比，（据说知识阶级，若为政府蔑视过久时节，性之所近，喜发牢骚，诅咒政府，常有话说，只须政府当局，稍稍懂事，应酬有方，就可无事。）生平性情孤僻，不慕荣利，威胁所诱，皆难就范。仙人住处，又在深山，不是租界可比，故首先成为问题，就是波罗蒂长国家政府，应用何种方法，方能接近这候补仙人，商谈一切。

因在会代表，并无人能同这仙人来往，最后方决定悬出赏格，召募一人，若有人来应募，能在一定时期，与仙人晤面，或有方法，恳求仙人，使咒语失去效力，或能请求仙人下山，来到国都开会。不论何人，皆加重赏。

会议散后，国王立刻执行决议，颁布赏格，张贴全国，各处通都大邑，四衢四门，无不有这种赏格悬布。

> 我国旱灾，不能免去，细查来由，皆是肉角仙人发气所致。为此布告国人：
>
> 凡有本领，能够想方设法，哄倒肉角仙人，放弃咒语，使我波罗蒂长国中，再落大雨者：若想作官，国王听凭这人选择地面，与之分国而治；若想讨娶一房老婆，国王最美丽聪明的公主，即刻下嫁。

国民为重赏诱惑，目眩神驰。惟一闻仙人住处，就在大山之上，于是又各心怀畏怖，宝爱性命，不敢冒险应募。

那个时节，波罗蒂长国中，有一女子，名字叫做扇陀。这个女人，长得端正白皙，艳丽非凡，肌肤柔软，如酪如酥，言语清朗，如啭黄鹂。女人既然容华惊人，家中又有巨富千万。那天听家下用人说到这种事情，并且好事家人，又凭空虚撰仙人种种骄傲佚事，给扇陀听。又因国王赏格中，有公主作为奖赏一条，对于女人，有轻视意思，扇陀心中分外不平。因此来到王宫门前，应王征募。

众人一见，最先来此应募，却是一个女子，都以为“女人所长，即非插花傅粉，就是扫地铺床，何足算数？”故当时不甚措意，接待十分平常。

扇陀就同执事诸人说明来意：

“我的名字叫做扇陀，各位大老，谅不生疏，今应王募前来！请问各位：这个肉角仙，究竟是人是鬼？”

众人皆知国中有扇陀。富甲全国，美如天女。今见来人神采耀目，口气不俗，不敢十分疏慢，就说：

“这个肉角仙人，无人见过，只是根据旧书传说：爸爸原是一个隐士，母亲乃是一个白鹿，可说他是一人，可说他是一兽。所知只此，更难详尽。”

扇陀听说，心中明白，隐士所以逃避人间，就正是怕为女人爱欲缠缚，不能脱身，故即早逃避。如今仙人既由隐士与畜牲共同生养，征服打倒，一切不难，故即向人宣言：

“若这仙人是鬼，我不负责。若这仙人是人，我有巧妙方法，可以降伏。今这大仙不止是人，灵魂骨血，并且杂有兽性，凡事容易，毫不困难。只请各位大老，代禀国王陛下，容我一见，我当亲向国王，说出诸般方法，着手实行。”

扇陀宣言以后，诸官即刻携带这人入宫，引见国王，一一禀明来意。

扇陀所说，事情十分秘密。国王深知扇陀家中，确有巨富千万，相信种种，并非出乎骗诈，故当时就取一个金盘，装好各种珍奇金器，一翡翠盘，装满各种宝石，一对龙角，装满珍珠和人间难得宝贝，送给扇陀，吩咐她照计行事。

扇陀既得国王信托，心中十分高兴，临行时向王告辞，安慰老年国王，留下话语，预备将来事实证明。

扇陀说："国王陛下，不必担忧。降伏仙人，一切有我！此去时日，必不甚久，国内土地，就可复得大雨！落雨以后，我尚应当想出一个办法，必将仙人，当成一匹小鹿，骑跨回国！仙人来时，进见大王，叩头称臣，也不甚难！"

国王当时似信非信。

扇陀拿了国王所给宝物，回家以后，即刻就派无数家人携带各种宝物，分头出发，向国内各处走去，征发五百辆华贵轿车，装载五百美女，又寻觅五百货车，装载各种用物。百凡各物，齐备以后，即刻全体整队向大山进发，牛脚四千，踏土翻尘，牛角二千，嶷嶷数里。车中所有美女，莫不容态婉娈，妩媚宜人，娴习礼仪，巧善辞令，虽肥瘦不一，却能各极其妙。货车所载，言语不可殚述：有各种大力美酒，色味与清水无异，吃喝少许，即可醉人。有各种欢喜丸子，有药草配合，捏成种种水果形式，加上彩绘，混淆果中，只须吃下一枚，就可使人狂乐，不知节制。有各种碗碟，各种织物。有凤翼排箫，碧玉竖箫，吹时发音，各如凤嘒。有紫玉笛，铜笛，磁笛，皆个性不同，与它性格相近女人吹它时，即可把她心中一切，由七孔中发出。有五色玉磬，陨石磬，海中苔草石磬。有宝剑宝弓，车轮大小贝壳，金色径尺蝴蝶。有一切耳目所及与想象所及各种家具陈设，使人身心安舒，不可名言，它的来源，则多由人间巧匠仿照西王母宫尺寸式样作成的。

且说这一行人众，到达山中时节，女子扇陀，就下车命令用人，着手铺排一切，把车上所有全都卸下。吩咐木匠，把建筑材料，在仙人住处不远，搭好草庵一座，外表务求朴素淡雅，不显伧俗。草庵完成，又令花匠整顿屋前屋后花草树木，配置恰当。花园完成，又令引水工人从山涧导水，使山泉绕屋流动不息，水中放下天鹅，鸳鸯，及种种鸟类。一切完了以后，扇陀又令随来男子，皆把大车挽去，离山十里，躲藏隐伏，莫再露面。

一切布置，皆在一个黑夜中完成，到天明时，各样规画，就已完全作得十分妥当了。

女子扇陀，约了其他美人，三五不等，或者身穿软草衣裙，半露白腿白臂，装成山鬼。或者身穿白色长衣，单薄透明，肌肤色泽，纤悉毕见。诸人或来往林中，采花捉蝶。或携手月下，微吟情歌。或傍溪涧，自由解衣沐浴。或上果树，摘果抛掷，相互游戏。种种作为，不可尽述。扇陀意思，只是在引起仙人注意，尽其注意，又若毫不因为仙人在此，就便妨碍种种行为。只因毫不理会仙人，才可以激动仙人，使这仙人爱欲，从淡漠中，培养长大，不可节制。

这候补仙人，日常遍山游行，各处走去。到晚方回，任何一处，总可遇到女人。新来芳邻，初初并不为这仙人十分注意。由于山中畜牲，无奇不有，尚以为这类动物，不过畜牲中间一种，爱美善歌，自得其乐，虽有魔力，不为人害。但为时稍久，触目所见，皆觉美丽，就不免略略惊奇。由于习染，日觉希奇，为时不及一月，这候补仙人，一见女人，就已露出呆相，如同一般男子，见好女人时节，也有同样痴呆。

女人扇陀，估计为时还早，一切不忙，仍不在意。每每同所有女伴到山中游散时节，明知树林叶底枝边，藏有那个男子，总故作无见无闻，依然唱歌笑乐，携手舞蹈，如天上人。所有乐器，皆有女人掌持，随时奏乐，不问早晚。歌声清越，常常超过乐器声音，飘扬山谷，如凤凰鸣啸，仙人听来，不免心头发痒。

这候补仙人，生前既为鹿身，扇陀心中明白，故又常于夜半时节，令人用桐木皮卷成哨管，吹作母鹿呼子声音，以便摇动这个候补仙人依恋之心。

月再圆时，扇陀心知一切设计业已成熟，机不可失，故把住处附近，好好安排起来，每一女人，各因性格独有特点，位置俱不相同：长身玉立的放在水边，身材微胖的装作樵女，吹箫的坐在竹林中，呼笙的独集高崖上，弹箜篌的把箜篌缚到腰带边，一面漫游一面弹着，手脚伶俐的在秋千架上飘扬，牙齿美丽的常常发笑。一切布置，皆出扇陀设计，务使各人皆有机会见出长处，些微好处，皆为候补仙人见到，发生作用。

一切布置完全妥贴后，所等候的，就是仙人来此入网触罗。

因此在某一天，这仙人从扇陀屋边经过时，向门痴望，过后心中尚觉恋恋，一再回头，女人扇陀就乘机带领一十二个美中最美的年青女子，从仙人所去路上出现，故意装成初见仙人，十分惊讶，并且略带嗔怒，质问仙人：

“你这生人，来到我们住处，贼眉贼眼，各处窥觑不止，算是什么意思？”

候补仙人就赶忙陪笑说道：

“这大山中，就只我是活人，我正纳罕，不大知道你们从何处搬来，到何处去？我是本山主人，正想问讯你等首领，既已来到山中，如何不先问问这山应该归谁官业！”

女人扇陀听说，装成刚好明白的神气，忙向仙人道歉，且选择很好悦耳爽心谄媚言语，贡献仙人。其余各人，也皆表示迎迓。且制止他，不许走去。齐用柔和声音相劝，柔和目光相勾，柔和手臂相萦绕。因此好好歹歹，终把这个仙人哄入屋中。好花妙香，供养仙人，殷勤体贴，如敬佛祖。

女人莫不言语温顺，恭敬慰贴，竞争问讯仙人种种琐事，不许仙人尚有机会，转询女人来处。为时不久，就又将他带进另一精美小小厅堂，坐近柔软床褥上面。屋中空气，温暖适中，香气袭人，是花非花，四处找寻，又不知香从何来。年幼女人，装成丫环，用玛瑙小盘，托出玉杯，杯中装满净酒，当作凉水，请仙人用它解渴。

这种净酒，颜色香味，既同清水无异，惟力大性烈，不可仿佛，故仙人喝下以后，就说：

“净水味道不恶！”

又有女人用小盘把欢喜丸送来，以为果品，请仙人随意取吃。仙人一吃，觉得爽口悦心，味美无边，故又说道：

“百果色味皆佳！”

仙人吃药饮酒时节，女人全围在近旁，故意向他微笑，露出白齿。仙人饮食饱足以后，平时由于节食冥思，而得种种智慧，因此一来，全已失去。血脉流转，又为美女微笑加速。故面对女人，说出蠢话：

“有生以来，我从未得过如此好果好水！”说完以后，不免稍觉腼腆。

女人扇陀就说：

“这不足怪，我一心行善，从不口出怨言，故天与我保佑，长远能够得到这种净水好果。若你欢喜，当把这种东西，永远供奉，不敢吝惜。”

仙人读习经典极多，经典中提及的种种事情，无不明白。但因生平读书以外，不知其他事情，经典不载，也不明白。故这时女人说谎，就相信女人所说，不加疑惑。又见所有女人，无不小腰白齿，宜笑宜嗔，肌革充盈，柔腻白皙，滑如酥酪，香如嘉果，故又转问诸女人，如何各人就生长得如此体面，看来使人忘忧。

仙人说：“我读七百种经，能反复背诵，经中无一言语，说到你们如此美丽原因。”

女人又即刻说谎，回答仙人：

“事为女人，本极平常，所以你那宝经大典，不用提及。其实说来，也极平常，不过我等日常饮食，皆为食此百果充饥，喝此地泉解渴，因之肥美如此，尚不自觉！”

仙人听说，信以为真。心中为女人种种好处，有所羡慕，欲望在心，故五官皆现呆相，虽不说话，女人扇陀，凡事明白。

为时一顷，女人转问仙人：

“你那洞中阴黯潮湿，如何可以住人？若不嫌弃，怎不在此试住一天？”

仙人想想：既一见如故，各不客气，要住也可住下，就无可不可的说：

“住下也行。”

女人见仙人业已答应住下，各自欣悦异常。

女人与仙人共同吃喝，自己各吃白水杂果，却把净酒药丸，极力劝这业已早为美丽变傻的仙人。杯盘杂果，莫不早已刻有暗中记号，故女人皆不至于误服。仙人见女人殷勤进酒，欲推辞无话可说，只得尽量而饮，尽量而吃，直到半夜。在筵席上，女人令人奏乐，百乐齐奏，音调靡人，目眙手抚，在所不禁。仙人在崭新不二经验中，越显痴呆。女人扇陀，独与仙人极近，低声俯耳，问讯仙人：

“天气燠热，蒸人发汗，有道仙人是不是有意共同洗澡？”

仙人无言，但微笑点头，表示事虽经典所不载，也并不怎样反对。

先是扇陀家中，有一宝重浴盆，面积大小，可容廿人，全身用象牙，云母，碧硒，以及各种珍珠玉石，杂宝错锦，镶镂而成。盆在平常时节，可以折叠，如同一个中等帐幕，分量不大，只须鹿车一部，就可带走。但这希奇浴盆，抖开以后，便可成一个椭圆形式小小池子，贮满清水，即四十人在内沐浴，尚不至于嫌其过仄。盆中贮水既满，扇陀就与仙人，共同入水，浮沉游戏。盆大人少，仙人以为不甚热闹。女人扇陀，复邀身体苗条女子十人，加入沐浴。盆中除去诸人以外，尚有天鹅，舒翼延颈，矫矫不凡。有金鲫，大头大尾。有小虾，有五色圆石。水又有深有浅，温凉适中。

仙人入水以后，便与所有女人，共在盆中，牵手跳跃。女人手臂，十分柔软，故一经接触之后，仙人心已动摇。为时不久，又与盆中女人，互相浇水为乐，且互相替洗。所有女人，奉令来此，莫不以身自炫求售，故不到一会，仙人欲心转生，遂对盆中女人，更露傻相。神通既失，鬼神不友，波罗蒂长国境，即刻大雨三天三夜，不知休止。全国臣民，那时皆知仙人战败，国家获福，故相互庆祝，等候美女扇陀回国消息，准备欢迎这位稀奇女子。国王心中记忆扇陀所言，不知结果如何，欣庆之余，仍极担心。

仙人既在扇陀住处，随缘恋爱，即令神通失去，仍然十分糊涂，毫不自觉。扇陀暗中咐嘱诸人，只许为这仙人准备七日七夜饮食所需，七日以内，使这仙人欢乐酒色，沉醉忘归；七日以后，酒食皆尽，随用山中泉水，山中野果，供给仙人，味既不济，滋养功用，也皆不如稍前一时佳美。仙人习惯已成，俨如有瘾，故转向女人，需索日前一切。

诸女人中，就有人说：

“一切业已用尽，没有余存，今当同行，离开这穷山荒地。一到我家园地，所有百物，不愁缺少，只愁过多，使人饱闷！”

仙人既已早把水果吃成嗜好，就承认即刻离开本山，也不妨事。

仙人就说："只要不再缺少饮食，一切遵命。"

于是各人收拾行李，整顿器物，预备回国报功。为时不久，一行人众，就已同向波罗蒂长国都中央大道，一直走去。

去城不远时节，美女扇陀，忽在车中倒下，如害大病，面容失色，呼痛叫天，不能自止。

仙人问故。美女扇陀装成十分痛苦，气息哽咽，轻声言语：

"我已发病，心肝如割，救治无方，恐将不久，即此死去！"

仙人追问病由，想使用神通，援救女人。扇陀哽咽不语，装成业已晕去样子。身旁另一女人，自谓身与扇陀同乡，深明暴病由来，以为若照过去经验，除非得一公鹿，当成坐骑，缓步走去，可以痊愈。若尽彼在牛车上摇簸百里，恐此美人，未抵家门，就已断气多时了。

女人且说：

"病非公鹿稳步，不可救治，此时此地，何从得一公鹿？故美女扇陀，延命再活，已不可能。"

各人先时，早已商量妥当，听及女人说后，认为消息恶极，皆用广袖遮脸，痛哭不已。

仙人既为母鹿生养，故亦善于模仿鹿类行动，便说：

"既非骑鹿不可救治，不如就请扇陀骑在我颈项上，我来试试，备位公鹿，或可使她舒适！"

女人说：

"所需是一公鹿，人恐不能胜任。"

仙人平时，只因为个人出身不明，故极力避开同人谈说家世。这时因爱忘去一切，故当着众人，自白过去，明证"本身虽人，衣冠楚楚，尚有兽性，可供驱策。若自充坐骑可以使爱人复生，从此作鹿，驮扇陀终生，心亦甘美，永不翻悔。"

美女扇陀，当一行人等从大山动身进发时节，早已派遣一人，带去一信，禀告国王，信中写道：

> 国王陛下，小女托天福佑，与王福佑，业已把仙人带回，大约明日可到国境，王可看我智能如何！

国王得信之后，就派卫队，及各大臣，按时入朝，严整车骑，出城欢迎扇陀。

仙人到时，果如美女扇陀出国之前所说，被骑而来。且因所爱扇陀在上，谨慎小心，似比一匹驯象良马，尚较稳定。

国王心中欢喜，又极纳罕。就问美女扇陀，用何法力，造成如许功绩。

美女扇陀，微笑不言，跳下仙人颈背，坐国王车，回转宫中，方告国王：

"使仙人如此，皆我方便力量，并不出奇，不过措置得法而已。如今这个仙人，既已甘心情愿作奴当差，来到国中，正可仿照他国对待元老方法，特为选择一个极好住处，安顿住下。百凡饮食起居所需，皆莫缺少恭敬供养，如待嘉宾；任其满足五欲，用一切物质，折磨这业已入网的傻子信仰和能力，并且拜为大臣，波罗蒂长国家，就可从此太平无事了。"

国王闻言，点头称是，一切如法照办。

从此以后，这肉角仙人，一切法力智慧，在女人面前，为之消灭无余。住城少久，身转羸瘦，不知节制，终于死去。临死时节，且由于爱，以为所爱美女扇陀，既常心痛，非一健壮公鹿，充作坐骑，就不能活，故弥留之际，还向天请求，心愿死后，即变一鹿，长讨扇陀欢喜。能为鹿身，即不为扇陀所骑，但只想象扇陀，尚在背上，当有无量快乐。

这就是那个商人直到三十八岁不敢娶妻的理由。商人把故事说完，大家皆笑乐不已。其中有一秀才，于是站起身子，表示秀才见解：

"仙人变鹿，事不出奇，因本身能作美人坐骑，较之成仙，实为合算。至于美女扇陀之美，也无可疑惑，兄弟虽尚无眼福，得见佳鹿，即在耳聆故事之余，区区方寸之心，亦已愿作小鹿，希望将来，可备坐骑了。"

那善于诙谐的小丑，听到秀才所说，就轻轻的说："当秀才的老虎不怕，何况变为扇陀坐骑?"但因为他知道秀才脾气，不易应付，故只把他嘲笑，说给自己听听。

故事自从商人说出以后，不止这秀才愿作畜牲，即如那位先前说到“妇人只合鞭打”的莽汉，也觉得稍前一时，出言冒昧，俨然业已得罪扇陀，心中十分羞惭，悄悄的过屋角草堆里睡去了。

那商人把故事说完，走回自己火堆边去，走过屋主人坐处，主人拉着了他，且询问他：“是不是还怕女人?”

商人说：“世界之上，有此女人，不生畏怖，不成为人。”

言语极轻，不为秀才所闻，方不至为秀才骂为“俗物”。

二十一年十月为张家小五辑自《智度论》
二十四年十一月改

本篇发表于1933年1月1日《现代》第2卷第3期。署名沈从文。

爱　欲

在金狼旅店中，一堆柴火光焰熊熊，围了这柴火坐卧的旅客，皆想用故事打发这个长夜。火光所不及的角隅里，睡了三个卖朱砂水银的商人。这些人各自负了小小圆形铁筒，筒中贮藏了流动不定分量沉重的水银，与鲜赤如血美丽悦目的朱砂。水银多先装入猪尿脬里，朱砂则先用白绵纸裹好，再用青竹包藏，方入铁筒。这几个商人落店时，便把那圆形铁筒从肩上卸下，安顿在自己身边。当其他商人说到种种故事时，这三个商人皆沉默安静的听着。因为说故事的，大多数欢喜说女人的故事，不让自己的故事同女人离开，几个商人恰好各有一个故事，与女人大有关系，故互相在暗中约好，且等待其他说故事的休息时，就一同来轮流把自己故事说，供给大家听听。

到后机会果然来了。

他们于是推出一个伙伴到火光中来，向躺卧蹲坐在火堆四围的旅客申明，他们共有三个人，愿意说三个关于女人的故事，若各位许可他们，他们各人就把故事说出来；若不许可，他们就不必说。

众旅客用热烈掌声欢迎三个说故事的人物，催促三个人赶快把故事说出。

一、被刖刑者的爱

第一个站起说故事的，年纪大约三十来岁，人物仪表伟壮，声容可观。他那样子并不像个商人，却似乎是个大官。他说话时那么温和，那么谦虚。他若不是一个代替帝王管领人类身体行为的督府，便应当是一个代替上帝管领人类心灵信仰的主教。但照他自己说来，则他只是一个平民，一个商人。他说明了他的身分后，便把故事接说下去。

我听过两个大兄说得女人的故事。且从这些故事中，使我明白了女人利用她那分属于自然派定的长处，迷惑过有道法的候补仙人，也哄骗过最聪明的贼人，并且两个女孩子皆因为国王应付国事无从措置时，在那唯一的妙计上，显出良好的成绩。虽然其他一个故事，那公主吸引来了年轻贼人，还仍然被贼人占了便宜，远远逃去；但到后因为她给贼人养了儿子，且因长得美丽，终究使这聪敏盗贼，不至于为其他国家利用，好好归来，到底还仍然在历史上留下一个记载，这记载就是："女人征服一切，事极容易。"世界上最难处置的，恐怕无过于仙人与盗贼，既这两种人皆得在女人面前低首下心，听候吩咐，其他也就不必说了。

但这种故事，只说明女人某一方面的长处，只说到女人征服男子的长处！并且这些故事在称扬女子时，同时就含了讥刺与轻视意见在内。既见得男性对于女子特别苛刻，也见得男子无法理解女子。

我预备说的，是一个女子在自然派定那份义务上，如何完成她所担负的"义务"。这正是义务。她的行为也许近于堕落，她的堕落却使说故事的人十分同情。她能选择，按照"自然"的意见去选择，毫不含糊，毫不畏缩。她像一个人，因为她有"人性"。不过我又很愿意大家明白，女子固然走到各处去，用她的本身可以征服人，使男子失去名利的打算，转成脓包一团，可是同时她也就会在这方面被男子所征服，再也无从发展，无从挣扎。凡是她用为支配男子的那分长处，在某一时也正可以成为她的短处。说简单一点，便是她使人爱她，弄得人糊糊涂涂，可是她爱了人时，她也会糊糊涂涂。

下面是我要说的故事。

XX族的部落，被上帝派定在一个同世界上俨然相隔绝的地方，生育繁殖他们的种族。他们能够得到充足的日光，充足的饮食，充足的爱情，却不能够得到充足的知识。年纪过了三十以上的，只知道用反省把过去生活零碎的印象，随意拼凑，同样又把一堆用旧了的文字，照样拼凑，写成忧郁柔弱的诗歌。或从地下挖些东西出来，排比秩序，研究它当时价值与意义。或一事不作，花钱雇了一个善于烹调的厨子，每日把鸡鸭鱼肉，加上油盐酱醋，制成各式好菜好汤，供奉他肠胃的消化。一切皆恰恰同中国有一些中产阶级一样，显得又无聊又可怜。他们因为所在的地方，不如中国北京那么文明，不如上海那么繁华，所以玩古董，上公园，跳舞，看戏，这类娱乐也得不到。每人虽那么活下去，可不明白活下去是些什么意义。每人皆图安静，只想变成一只乌龟，平安无事打发每个日子，把自己那点生命打发完结时，便硬僵僵的躺到地坑里去，让虫子把尸身吃掉，一切便算完事了。他们不想怎么样把大部分人的生命管束起来，好好支配到一个为大家谋幸福与光荣的行动上去。（一族中做主子的，就不知道如何组织社会，使用民力！）他们都在习惯观念中见得极其懒惰，极其懦怯。用为遮掩他们中年人的思索与行为懒惰懦怯的，就是一本流传在那个种族中极久远极普遍的古书，那本书同中国的圣经贤传文字不同，意思相近。书中精义，概括起来共只十六个字，就是：

生死自然。不必求生。清静无为。身心安泰。

那种族中中年人虽然记到这十六个深得中国老庄精义的格言，把日子从从容容对付下去，年轻人却常常觉得这一两千年前拘迂老家伙所表示的自然主义人生观，到如今已经全不适用。都以为那只是当时的人把“生”“死”二字对立，自然产生的观念。如今的人，应当去生，去求生，方是道理。可是应当怎么样去求生，这就有了问题。

因此那地方便也产生了各种思想与行动的革命，也同样是统治阶级愚蠢的杀戮！也同样乘时雀起在某一时就有了若干名人与伟人，也同样照历史命运所安排的那种公式，糟蹋了那个民族无数精力和财富，但同时自然也就在那分牺牲中，孕育了未来光明的种子。

其中有年青兄弟两人，住在那个野蛮懒惰民族都会中，眼见到国内一切那么混乱，那么糟糕，心中打算着：“为什么我们所住的国家那么乱，为什么别个国家又那么好？”

两兄弟那时业已结婚，少年夫妇，恩爱异常，家中境况又十分富裕，若果能够安分在家中住下，看看那个国家一些又怕事又欢喜生点小事的人写出的各样“幽默”文章，日子也就很可以过得下去了。可是这两兄弟却觉得这样下去很不好，以为在自己果园中，若不知道树上所结的果子酸到什么样子，且不明白如何可以把结果极酸的，生虫的，发育不完全的树木弄好的方法，最好还是赶快到别一个果园去看看。于是弟兄两人就决计徒步到各处去游学，希望从这个地球的另一处地方，多得到些智慧同经验，对于国家将来有些贡献。两人旅行计划商量妥当后，把家中财产交给一个老舅父掌管，带了些金块和银块，就预备一同上路。两个年轻人的美丽太太，因为爱恋丈夫，不愿住在家中享福，甘心相从，出外受苦，故出发时，共四个人。

两兄弟明白本国文化多从东方得来，且听说西方民族，有和东方民族完全不同的做人观念与治国方法，故一行四人乃取道西行，向日落处一直走去。

他们若想到西方的ＸＸ国，必须取道一个寂无人烟不生水草的沙漠，同伴四人，为了寻求光明，到了沙漠边地时，对于沙漠中种种危险传说，皆以为不值得注意。几人把粮秣饮水准备充足以后，就直贯沙漠，向荒凉沙碛中走去。

他们原只预备了二十七天的粮食，可是走过了二十七天后，还不能通过这片不毛之地。那时节虽然还有些淡水，主要食物却已剩不了多少。几人讨论到如何支持这些危险日子，却商量不出什么结果。沙漠里既找寻不出一点水草同生物，天空中并一只飞鸟也很少见到，白日里只是当头白白的太阳，灼炙得人肩背发痛，破皮流血。到晚上时，则不过一群浅白星子嵌在明蓝太空里而已。原来他们虽带了一张羊皮制成的地图，但为了只知按照地图的方向走去，反而把路走差了。

有一天晚上，几人所剩下的一点点饮料，看看也将完事了。各人又饥又渴，再不能向前走去，便僵僵的躺在沙碛上，仰望蓝空中星辰，寻觅几人所在地面的经度，且凭微弱星光，观察手中羊皮制就的地图。

两兄弟以为身边两个妇人已倦极睡熟，故共同来商量此后的办法。

哥哥向弟弟说：

“你年轻些，比我也可以多在这世界上活些日子，如今情形显然不成了，不如我自杀了，把肉供给你们生吃，这计策好不好！”

那弟弟听哥哥说到想要自杀，就同他哥哥争持说：

“你年纪大些，事情也知道得多些，若能够到那边学得些知识，回国也一定多有一分用处。现在既然四个人不能够平安通过这片沙漠，必需牺牲一个人，作为粮食，不如把我牺牲，让我自杀。”

那哥哥说：

“这绝对不行，一切事情必需有个秩序，作哥哥的大点，应当先让大的自杀。”

“若你自杀，我也不会活得下去。”

弟兄俩一面在互相争论，互相解释，那一边两妯娌并未睡着，各人却装成熟睡样子，默默的在窃听他们所讨论的事情。两个妇人都极爱丈夫，同丈夫十分要好，俱不想便与丈夫遽然分离。听到后来两兄弟争论毫无结果，那嫂嫂就想：

“我们既然同甘共苦来到这种境遇中，若丈夫死了，我也得死。”

弟妇就想：

“既然不能两全，若把这弟兄两人任何一个死去，另一个也难独全。想想他们受困于此的原因，皆只为路中有我们两人，受女人累赘所致。我们既然无益有害，不如我们死了，弟兄两个还可希望其同逃出这死海，为国家做出一分事业。”

那嫂嫂因为爱她的丈夫，想在她丈夫死去时，随同死去；丈夫不死，故她也还不死。那弟妇则因为爱她的丈夫，明白谁应当死，谁必需活，就一声不响，睡到快要天明时，悄悄的打破一个饭碗，把自己手臂的动脉用碎磁割断，尽血流向一个木桶里去，等到另外三个人知道这件事情时，木桶中血已流满，自杀的一个业已不可救药了。

弟弟跪在沙地上检察她的头部同心房时，又伤心，又愤怒，问她：

“你这是做什么？”

那女人躺卧在他爱人身旁，星光下做出柔弱的微笑，好像对于自己的行为十分快乐，轻轻的说：

“我跟在你们身边，麻烦了你们，觉得过意不去。如今既然吃的喝的什么都完了，你们的大事中途而止岂不可惜？我想你们弟兄两个既然谁也不能让谁牺牲，事情又那么艰难，不如把无多用处的我牺牲了，救你们离开这片沙漠较好，所以我就这样作了。我爱你！你若爱我，愿意听我的话，请把这木桶里的血，趁热三人赶快喝了，把我身体吃了，继续上路，做完你们应做的事情。我能够变成你们的力量，我死了也很快乐。”

说完时，她便请求男子允许她的请求，原谅她，同她接一个最后的吻。男子把一滴眼泪滴入她口中，她咽下那滴眼泪，不及接吻气便绝了。

三个人十分伤心，但为了安慰死去的灵魂，成全死者的志愿，记着几人远离家国的旅行，原因是在为国家寻觅出路，属于个人的悲哀，无论如何总得暂且放下不提，因此各人只得忍痛分喝了那桶热血。到后天明时，弟弟便背负了死者尸身，又依然照常上路了。

当天他们很幸运的遇到一队横贯沙漠的骆驼群，问及那些商人，方明白这沙漠区域常有变动，还必需七天方能通过这个荒凉地方，到一个属于ＸＸ国的边镇。几人便用一些银块，换了些淡水，换了些粮食，且向商人雇了一匹骆驼，一个驼夫把死尸同粮食用具驮着，继续通过这片沙碛，但走到第四天时，赶骆驼的人，乘半夜众人熟睡之际，拐带了那个死尸逃逸而去，从此毫无踪迹可寻。原来这赶骆驼的，属于一种异端外教，相信新近自杀的女尸，供奉起来，可以保佑人民，便把那个女尸带回部落去用香料制作女神去了。

三人知道这愚蠢行为的意义，沙漠中徒步决不能跟踪奔驰疾步的骆驼，好在粮食金钱依然如旧，无可如何，只好在当地竖立一枝木柱，刻上一行字句：“凡能将一个白脸长身的女人尸体送至ＸＸ国者，可以得马蹄金十块，马蹄银十块。”把木柱竖好，几人重复上路。

走了三天，果然走到了一个商镇，但见黄色泥室，比次相接，驼粪堆积如山，骆驼万千，马匹无数，人民熙熙攘攘，很有秩序。走到一座客店，安置了行李以后，就好好的休息了三天。

休息过后，几人又各处参观了一番，正想重新上路，那弟弟却得了当地流行不可救药的热病，不能起身。把当地的著名医生请来诊治时，方知病已无可治疗，当晚就死掉了。

临死时这弟弟还只嘱咐哥哥，应当以国家事情为重，不必因私人死亡忧戚。且希望哥哥不必在死者身上花钱，好留下些钱财，作旅行用。且希望哥嫂即早动身，免得传染。话说完时，便落了气。这哥嫂二人虽然十分伤心，一切办法，自然尽照死者的志愿作去，把死者处置妥当，就上了路。

剩下这一对青年夫妇，又取道向西旅行了大约有半年光景。那男子因为担心国事，纪念死者，只想凝聚精力，作为旅行与研究旅行所得学问而用，因此对于那位同伴，夫妇之间某种所不可缺少的事情，自然就疏忽了些。女人虽极爱恋男子，甘苦与共，生死相依，终不免便觉得缺少了些东西。

有一天，两人在路上碰到一个因为犯罪双足业被刖去的丑陋乞丐，夫妇二人见了这人，十分怜悯，送他些钱后，那乞丐看到这一对旅行的夫妇检阅羊皮地图，找寻方向，就问他们，想去什么地方，有什么事。两人把旅行意见如实告给了乞丐。那乞丐就说，他是西方ＸＸ大国的人，知道那边一切，且知道向那大国走去的水陆路径，愿意引导他们。两人听说，自然极其高兴。于是夫妇两人轮流用一辆小车推动这乞人上路，向乞人所指点方向，慢慢走去。

夫妇两人爱情虽笃，但因作丈夫的不注意于男女事情，妇人后来，便居然同那刖足男子发生了恋爱。时间这样东西既然还可造成地球，何况其他事情？这爱情就也很自然并不奇怪了。两人因这秘密恋爱，弄得十分糊涂，只想设计脱离那个丈夫。因此那刖足男子，便故意把旅行方向，弄斜一些，不让几人到达任何城池。有一天，几人走近了一道河边，沿河走去，妇人见河岸边有一株大李子树，结实累累，就想出一个计策，请丈夫上树摘取些李子。丈夫因为河岸过于悬崭，稍稍迟疑。那妇人说，这不碍事，若怕掉下，不妨把一根腰带，一端缚到树根，一端缚到腰身，纵或树枝不能胜任，摔下河中时，也仍然不会发生危险了。丈夫相信了这个意见，如法作去，李树枝子脆弱，果然出了事情。女人取出剪子，悄悄的把那丝质腰带剪断，因此那个丈夫，即刻堕入河中，为一股急促黄流卷去，不见踪影。

妇人眼见到自己丈夫堕入大河中为急流冲去以后，就坦然同那刖足男子，成为夫妇，带了所有金银粮食重新上路了。

不过这个男子虽已堕入河中，一时为洑流卷入河底，到后却又被洑流推开，载浮载沉，向下流漂去。后来迷迷糊糊漂流到了一个都市的税关船边，便为人捞起，搁在税关门外，却慢慢的活了。初下水时，这男子尚以为落水的原因，只是腰带太不结实，并不想到事出谋害。只因念念不忘妇人，故极力在水中挣扎，才不至于没顶。等到被人从水中捞起复活以后，检察系在身边那条断了的腰带，发现了剪刀痕迹，方才明白落水原因。但本身既已不至于果腹鱼鳖，目前要紧问题，还是如何应付生活，如何继续未完工作，为国效劳，方是道理。故不再想及那个女人一切行为，忘了那个女人一切坏处。

这男子因为学识渊博，在那里不久就得到了一个位置。作事一年左右，又得到总督的信任，引为亲信。再过三年，总督死去，他就代替了那个位置，作了总督。

妇人虽对于这男子那么不好，他到了作总督时，却很想念到他的妇人，以为当时背弃，必因一时感情迷乱，故不反省，冒昧作出这种蠢事，时间久些，必痛苦翻悔。他于是派人秘密打听，若有关于一个被刖足的男子，与一个美丽女人因事涉讼时，即刻报告前来，听候处治。

时间不久，那大城里就发现了一件希奇事情，一个曼妙端雅的妇人，推挽了辆小小车子，车中却坐了一个双脚刖去剩余只手的丑陋男子，各处向人求乞。有人问她因何事情，从何处来，关系怎样，妇人就说：废人是他的丈夫，原已被刖，因为欢喜游历，故两人各处旅行。有些金银，路上被人觊觎，抢劫而去。当贼人施行劫掠时，因男子手中尚有金子一块，不肯放下，故这只手就被贼徒砍去。路人见到那么美貌妇人，嫁了这种粗丑丈夫，已经觉得十分古怪，人既残废，尚能同甘共苦，各处谋生，不相远弃，尤为罕见。因此各有施赠，并且传遍各处，远近皆知。事为总督所闻，即命令把那一对夫妇找来。总督一看，妇人正是自己爱妻，废人就是那个身受刖刑的废人。虽相隔数年，女人面貌犹依然异常美丽。刖足乞丐，则因足既被刖，手又砍去一只，较之往昔，尤增丑陋。那总督便向妇人询问：

“这废人是不是你丈夫？”

妇人从从容容的说：

“他是我的丈夫。”

总督又问废人：

“你们什么时候结婚，在什么地方住家？”

废人不知如何说谎，那妇人便抢着回答：

“我们结婚业已多年，我们本来有家，到后各处旅行，路上遇了土匪，所有金宝概行掠去以后，就流落在外不能回家了。”

总督说：

“你认识我不认识？”

那妇人怯怯看了一下，便着了一惊。又仔细的一看，方明白座上的总督，就正是数年前落水的丈夫！匆促中无话可说，只顾磕头。

总督很温和的向妇人说：

“你如今居然还认识得我，那好极了。你并没有错处。你并没有罪过。如今尽你意思作去。你自己看，想怎么样？你可以自己说明。你要同这个废人在一处，还是想离开他？你可以把你希望说出来。”

那妇人本来以为所犯的罪过非死不可，故预备一死。如今却见总督那么温和，想起一切过去，十分伤心。哭了一会，就说：

“为了把总督人格和恩惠扩大，我希望还能够活下去。我本来应当即刻自杀，以谢过去那点罪过。但如今却只盼望总督的大恩，依旧允许我同这废人在本境里共同乞讨过日子下去了，因为这样，方见得你好处！”

总督说：

“好，你欢喜怎么样就怎么样，总之如今你已自由了。”

此后这总督因为关心祖国事情，把总督职务交给了另外一个人，所有的金钱，赠给了那个他极爱她她却爱一废人的女子，便离开那都市，回转本国去了。

故事到末了时，那商人说：

“我这故事意思是在告给你们女人的痴处，也并不下于男子。或者我的朋友还有更好的故事，提到这个问题，我希望他故事比我的更好。”

二、弹筝者的爱

第二个商人，有一张马蹄形的脸子，这商人麻脸跛脚，只剩下一只独眼，相貌朴野古怪，接下去说：

“女人常使男子发痴，作出种种呆事，呆事中最著名的一件，应当算扇陀迷惑山中仙人的传说。我并没有那么美丽驾空的故事，但我却知道有个极其美丽的女人，被一个异常丑陋的男子所迷惑，做出比候补仙人还可笑的行为。”

这故事在后面。

副官宋式发，年纪青青的死去时，留给他那妻子的，只是一个寡妇的名分，同一个未满周岁的小雏。这寡妇年龄既然还只有二十岁，相貌又复窈窕宜人，自然容易引起当地年轻的男子注意。谁都希望关照这个未亡人，谁都愿意继续那个副官的义务和权利。因此许多人皆盼望接近这个美貌妇人身边，想把这标致人儿随了副官埋葬在土中的心，用柔情从土中掏出。使尽了各种不同方法，一切还是枉然徒劳。愚蠢的诚实，聪明的狡猾，全动不了这个标致人儿的心。

她一见到这些齐集门前献媚发痴的人，总不大瞧得上眼。觉得又好笑又难受，以为男子全那么不济事，一见美貌红颜，就天生只想下跪。又以为男子中最好的一个，已经死去了，自己的爱情，就也跟着死去了。

过了两年。

这未亡人还依然在月光下如仙，在日光下如神，使见到她的人目眩神迷，心惊骨战。爱她的人还依然极多，她也依然同从前一样，贞静沉默的在各种阿谀各种奉承中打发日子下去。

她自己以为她的心死了，她的心早已随同丈夫埋葬在土中去了，她自己若不掏出来，别人是没有这分本领把它掏得出来的。

到后来，一些从前曾经用情欲的眼睛张望过这个妇人的，因爱生敬皆慢慢的离远了。为她唱歌的，声音已慢慢的喑哑了。为她作诗的，早把这些诗篇抄给另外一个女子去了。

又过了两年。

有一天，从别处来了一个弹筝人，常常扛了他那件古怪乐器，从这未亡人住处门前走过。那乐器上十三根铜弦，拨动时，每一条铜弦便仿佛是一张发抖的嘴唇，轻轻的，甜蜜的靠近那个年轻妇人的心胸。听到这种声音时，她便不能再作其他什么事情，只把一双曾经为若干诗人嘴唇梦里游踪所至的纤美手掌，扶着那个白白的温润额头。一听到筝声，她的心就跳跃不止。

她爱了那个声音。

当她明白那声音是从一只粗糙的手抓出时，她爱了那只粗糙的手。当她明白那只粗糙的手是一个独眼，麻脸，跛脚的人肢体一部分时，她爱了那个四肢五官残缺了的废人。她承认自己的心已被那个残废人的筝声从土中掏出来了。她喜欢听那筝声。久而久之，每天若不听听那筝声，简直就不能过日子了。

那弹筝人住处在一个公共井水边，她因此早晚必借故携了小孩来井边打水。她又不同他说什么。他也从不想到这个美丽妇人会如此丧魂失魄的在秘密中爱他。

如此过了很多日子。

有一天，她又带了水瓶同小孩子来取水，一面取水，一面听那弹筝人的新曲。那曲子实在太动人了，当她把长绳络结在瓶颈上时，所络着的不是颈头，竟是那小雏的颈项。她一面为那筝声发痴，一面把自己小孩放下深井里去，浸入水中，待提起时，小孩子早已为水淹死了。

附近的人知道了这件事情时，大家跑来观看，却不明白为什么这妇人如何发痴会把自己亲生小孩杀死。或以为鬼神作祟作出这事，或以为死去的副官十分寂寞，就把儿子接回地下去，假手自己母亲，作出这事。又或以为那副官死后，因明白妇人过于美丽年轻，孀居独处，十分可怜，故促之把小孩子弄死，对旧人无所系恋，便可以任意改嫁。谈论纷纭，莫衷一是，却无一人想象得出这事真正原因。

那时弹筝人已不弹筝了，正抱了他那神秘乐器，欹立在一株青桐树下。有人问他对于这种稀奇事情的意见：

“先生，一个女子相貌如此良善，为人如此贞静，会作这种古怪事情，你说，这是怎么的？”

那弹筝人说：

“我以为这女人一定是爱了一个男子。世界上既常有受女人美丽诱惑发昏的男子，也就应当有相同的女人。她必为一个魔鬼男子先骗去了灵魂，现在的行为，正是想把身体也交给这魔鬼的！”

“这魔鬼属于某一类人？”

那弹筝人听到这样愚蠢的询问，有点生气了，斜睨了面前的人一眼，就闭了他那只独眼说道：

“你难道以为女子会爱一个像我这种样子的男子么？”

那人看看说来无趣，便走开了。至于那弹筝人，当然是料不到妇人会为他发痴的。

到了晚上，弹筝人正独自一人闭着独眼，在明月下弹筝，妇人就披了一件寝衣走去找他，见到他时，同一堆絮一样，倒在他的身边。弹筝人听到这种声音，吃了一惊，睁开独眼，就看到一堆白色丝质物，一个美丽的头颅，一簇长长的黑发。弹筝人赶忙把这个晕了的人抱进屋中竹床上，藉月光细细端详一下面目，原来这个女子就正是日里溺死婴儿的妇人。再想敞敞妇人那件衣服，让她呼吸方便一点时，稍稍把衣服一拉，就明白这妇人原来是一个光光的身体，除了一件寝衣什么也没着身！那弹筝人简直吓呆了，不知如何是好。

妇人等不及弹筝人逃走，就霍然坐起，把寝衣卸下，伸出两只白白的臂膊抱定那弹筝人颈项了。

她告给了他一切秘密，她让他在月光下明白她是一个如何美丽的生物。

但他想起日里溺毙的婴孩，以为这是魔鬼的行为，因为吓怕，终于弃却了女人同那件乐器，远远的逃走了。而她后来却缢死在那间小屋里。

三、一匹母鹿所生的女孩的爱

第三个商人相貌如一个王子，他说：

我的故事虽然所说到的还是女人。这女人同先前几个女人或者稍微不同一点。我的故事同扇陀故事起始大同小异，我要说到的女人，却似乎比扇陀更能干一些。但也有些地方与其余故事相同，因为这女人有所爱恋，到后便用身殉了爱。她爱得更希奇，说来你们就明了。

与扇陀故事一样，同样是一个山中，山中有个隐居邃世修道求真的男子，搭了一座小小茅棚，住在那里，不问世事。这隐士小便时，有一只雌鹿来舔了几次，这鹿到后来便生了一个女子，相貌端正娴雅，美丽非常。这母鹿所生孩子，一切如人，仅仅两只小脚，精巧纤细，仿佛鹿脚。隐士把女孩养育下来，十分细心，故女孩子心灵与身体两方面，皆发展得极其完美。

女孩子大了一些，隐士因为自己是一个旧时代的人物，担心自己的顽固褊持处，会妨碍这女孩的感情接近自然，因此在较远住处，找寻到一片草坪，前面绕有清泉，后面傍着大山，在那里为女孩造一简陋房子，让她住下。两方面大约距离三里左右，每天这女孩子走来探望隐士一次，跟随隐士请业受教。每次来到隐士住处读书问道，临行时，隐士必命令她环绕所住茅屋三周，凡经过这个女孩足迹践履处，地面便现出无数莲瓣。

隐士从女孩脚迹上，明白这个女孩，必有夙德，将来福气无边，故常常为她说及若干故事，大都是另一时节另一国土女子在患难中忍受折磨转祸为福故事。女孩听来，只知微笑，不能明白隐士意思。

有一天国王因为国家大事，无法解决，亲自跑来隐士住处领教，请求这个积德聚学的有道之人，指点一切困难问题。到了山中隐士住处之后，见隐士茅屋周围，皆有莲花瓣儿痕迹，异常美丽。国王就问隐士：

“这是什么？”

隐士说：“这是一个山中母鹿所生女孩的脚迹。”

国王说：“山中女子，真有美丽如此的脚迹吗？”

“你不相信别人的，就应当相信你自己的。国王，那你以为这是谁的脚迹？”

“假如这个山中真有如此美丽脚迹的人，不管她是谁生的，我都预备把她讨作王后。”

“凡世界上居上位的皆欢喜说谎，皆善说谎。”

“我若说谎，见到这个女人以后，不把她娶作王后，天杀我头。你若说谎，无法证明这是女人的脚迹，我就割下你的头颅。”

隐士眼见到这个国王血脉偾兴，大声说话，却因为这里一切皆是事实，难于否认，故当时只微笑颔首，不作别的话语。

时间不久，住在另外一个地方的女孩又跑来了，一见隐士身边的国王，从服饰仪表上看来，明白这个人是历史上所称的国王，就温文尔雅，为隐士与国王行了个礼，行礼完后，站在旁边不动。这女孩既然容貌柔媚，并且知书识礼。国王有所询问时，应对周详，辞令端雅。国王十分中意，当场就向那个女孩求婚。他请求女孩许可，让他成为她的臣仆，把那戴了一顶镶珠嵌宝王冠的头，常常俯伏在她膝边。

女孩子那时年龄还只一十六岁，第一次见到陌生男子，且第一次听到国王这种糊涂的意见，竟毫不觉得希奇。她即刻应允了这件事，她说：

“国王，您既然以为把王冠搁在我的膝下使您光荣幸福，您现在就可照您意思作去。”

那国王得了女人的爱情以后，就把女人用一匹白色大马，驮回本国宫中。选择吉日良辰，举行婚礼。

结婚以后，这个女人被国王恩宠异常。一月以后，为国王孕了个小孩，将近一年，所孕小孩应分娩了，真忙坏那个国王。自从这山中女孩入宫后，专宠一宫，因此其他妃嫔，莫不心怀妒嫉。故当女孩生产落地一个极大肉球时，就有人在暗中私下把王后所生产的肉球取去，换了一副猪肺。国王听说产妇业已分娩，走来询问，为其他妃嫔买通的收生妇人，就把那一堆猪肺呈上，禀告国王，这就是王后生产的东西。国王听说有这种事情，十分愤怒，即刻派人把那王后押送出宫，恢复平民地位。

这女孩因为早年跟隐士学得忍受横逆方法，当时含冤莫白，只得忍痛出宫。出宫以后，就匿名藏姓，且用药水把自己相貌染黑，替大户人家做些杂务小事，打发日子。因为出自宫中，礼仪娴习，性情又好，深得主人信任，生活也不十分困难。

那个国王，自然就爱了其余妃嫔，把山中母鹿所生的那个女子渐渐忘掉了。

当王后所生养的肉球下地时，隐藏了这肉球的先把它放在一锅沸水中，好好煮了一阵，估计烈火业已把它煮烂了，就连同那口锅子，假称这是国王赏赐某某大臣的羊羔，设法运送出宫。出宫以后，抬到大江边去，乘上特备的小船，摇到江中深处，把那东西全部倾入江中，方带了空锅回宫复命。

这肉球载浮载沉一直向下游流去，经过了七天七夜，流到另外一个地方，被一个打渔的老年人丝网捞着。渔人把网提起一看，原来是个极大肉球。把肉球用刀剖开，见到里面有一朵千瓣莲花，每一花瓣，皆有一个具体而微非常之小的人，弄得渔人异常惊吓。只听到那些小人说：

“快把我送进你们国王那边去。你就可得黄金千块，白银千块。”

渔人不敢隐瞒下去，即刻用丝网兜着那个肉球，面见国王，且把肉球呈上。那国王正无子息，把肉球弄开一看，果然希奇。因此就赏了渔人金银各一千块，渔人得了赏赐，回家作富翁去了，不用再提。这肉球中小人，却因为在日光空气与露水中慢慢长大，为时不久，就同平常小孩一般无二了。这个好事国王，于是凭空多了一千个儿子，上下远近，皆以为这是国王积德，上天所赐。

这一千小孩到十六岁时，莫不文武双全，人世少见。到了二十岁时，这一千个儿子，便被国王命令，派遣到邻国去战征，各人骑了白马，穿戴上棕色皮类镂银甲胄，直到另一国家皇城下面挑战。凡个人应战的无不即刻死去，凡部队应战莫不大败而归。这样一来，竟使城中那个国王，无计可施。

官家方面等待到自己无计可施时，于是只得各处贴上布告，招请平民贡献意见，且悬了极大赏格，找寻能够击退外敌的英雄。

山中母鹿所生的那个女人，知道这是自己的孩子来此胡闹。便穿了破旧衣服，走到国王处去陈说她有退兵办法，请求国王许可，尽她上城一试。得了许可，走上城去，那时城下一千战士，正在跃马挺戈，辱骂挑战。但见城上一面大旗子下，站下一个穿着褴褛相貌平常的妇人，觉得十分希奇，就各自勒着缰辔，注意妇人行为。

那妇人开口说道：

“你们这些小东小西，来到这里胡闹什么？我是你们的母亲，这里国王是你们的爸爸，还不去丢下刀枪，跳下白马。”

其中就有人说：

“你这疯婆子，你说你是我们的母亲，把我们一个证据。”

女人嘱咐各人站定，把嘴张开，便裸出双乳，用手将乳汁挤出，乳汁齐向城下射去，左边分为五百道，右边也分为五百道。一千战士口中，无人不满含甜乳。这一千战士业已明白城上妇人即为生身母亲，不敢违逆，放下武器，投地便拜。

一切弄得明白清楚以后，两国战事，自然就结束了。两个国王因为这一千太子生于此国，育于彼国，故到后就共同议定，各人得到五百儿子。至于那个母亲，自然仍为这一千儿子的母亲，且仍然回转到王宫中作了王后。二十年来使这王后蒙受委屈的一干妇人，因为当时还同谋煮过太子，便通统为国王按照国法捉来放到火中用胡椒火烧死了。

当初那个山中母鹿生养的女人，其所以能够在委屈中等待下去，一面因为受的是隐士熏陶，一面也正因为自信美丽，以为自己眉目发爪，身段肌肤，莫不是世所希少的东西，国王既为这分美丽倾倒于前，也必能使国王另外一时想起她来，使爱情复燃于后。因此所遭受的，即或如何委屈，总能忍耐支持下去。如今却意料不到有了一千儿子，且正因为这一千儿子，能够恢复她那个原来地位。但她同时却也明白了她其所以受人尊敬处，只是为了这一群儿子。且明白她如今已老了，再也不能使那个国王，或其他国王，把戴了嵌宝镶珠王冠的尊贵头颅，俯伏到她的脚边了。她明白了这些事情时，觉得非常伤心。

她想了七天，想出了一个极好计策。同国王早餐时，就问国王说：

“亲爱的人，你还记不记得我在山中时节的样子？”

国王说：

“我怎么不记得？你那时真美丽如仙！”

“亲爱的人，你还记不记得你向我求婚时节的种种？”

“我记得十分清楚，我为你美丽如何糊涂。”

“亲爱的人，你还记不记得我们结婚以后出宫以前那些日子的生活？”

“那些事同背诵我自己顶得意的诗歌一样，最细微处也不容易忘记。你当时那么美丽，这种美丽影子，留在我心中，就再过二十年，也光明如天上日头，新鲜如树上果子。”

女人听到国王称赞她的过去美丽处，心中十分难受，沉默着，过一会儿就说：

“我被仇人陷害出宫，同你离开二十年，如今幸而又回到这宫中来了，一切事真料想不到。我从前那些仇人全被你烧死了，现在却还有一个最大的仇人，就在你身边不远。我已把这个仇人找得。我不想你追问我这仇人姓甚名谁，我只请求你宣布她的死刑，要她自尽在你面前。若你爱过我，你答应了我这件事。”

国王说：

“就照你意思做去，即刻把人带来。”

这女人就说她当亲自去把那仇人带来。又说她不愿眼见到这仇人自杀，故请求国王，仇人一来，就宣布死刑，要那个人自杀，不必等她亲自见到这种残酷的事情。说后，王后就走了。

不到一会，果然就有个身穿青衣头蒙黑纱手脚自由的犯人在国王面前站定了，国王记起王后所说的话，就说：

“犯罪的人，你如今应该死了，你不必说话，不必分辩，拿了我这把宝剑自刎了吧。”

那黑衣人把剑接在手中，沉沉静静的走下阶去，在院子中芙蓉树下用宝剑向脖子一勒，把血管割断，热血泛涌，便倒下了。国王遣人告给王后，仇人已死，请来检视。各处寻觅，皆无王后踪迹。等到后来国王知道自杀的一个仇人就是王后自己时，检察伤势，那王后业已断气多时了。

那王后自杀后，国王才明白她所说的仇人，原来就是她自己的衰老。她的意思同中国汉武帝的李夫人一样，那一个是临死时担心自己丑老不让国王见到，这一个是明白自己丑老便自杀了。

为张家小五哥辑自《法苑珠林》
二十二年七月十八成于青岛
廿四年十一月廿六改于北平

本篇发表于1933年9月1日《现代》第3卷第5期。署名沈从文。

猎人故事

有个善于猎取水鸟的人，因为听另一个人，提及黑龙江地方的雉鸡，行为笨拙，一到了冬季天落大雪时，这些雉鸡就如何飞集到人家屋檐下去，尽人用手随便捕捉。对于鸟类的描写，似乎太刻薄了一点，心中觉得有点不平。这猎人就当众宣布，他有一个关于鸟类的故事，并不与前面的相同。

大家看看，这是一个猎鸟的专家，又很有了一分年纪，经验既多，所说的自然真切动人，故极望他赶快说出来，说出来时，大家再来评定优劣。

这猎人就说：

“这故事是应当公开的，可是不许谁来半途打岔。”

大家异口同声承认了这个约束：

“好的，谁来打岔，把谁赶出门外去。”

有人这时走到窗边看看，外面的雨，正同倾倒一样向下直落，谁也不愿意出去的，谁也不会打岔！

我十六年前住在北京西苑，有志气作一个猎人，还不曾猎取过一只麻雀。那时正当七月间，一个晚上，因为天气太热，恰恰和家中人为点小事，争吵了几句，心中闷闷不乐。家中不能住下，就独自在颐和园旁边长湖堤上散步。这长湖是旗人田顺儿向官家租下，归他营业，我们平时叫它作租界的。我在这堤上走了一阵，又独自在那石桥上坐下来，吸着我的长烟管，看天上密集的星子，让带了荷叶香味的凉风吹吹，觉得闷气渐消，心中十分舒服。走了一阵，坐了一阵，在家中受的闷气既已渐渐儿散了，我想起应当回大坪里听瞎子说故事去了。正当站起身时，忽然从那边芦苇里过来了一个人。这人穿了一身青衣，颈项长长的，样子十分古怪。我先前还以为是一只雁鹅，到后我认清楚了他是一个人时，想起这里常常有人悄悄儿捕鱼，所以看他从芦苇里出来，于是就不觉得希奇了。这人走近我身边以后就不动了。原来他想接一个火，吸一支烟。

接了火他还不即走开，站在那儿同我说了几句闲话。西苑我住了很多日子，还不曾见到这样一个有趣味的人。我们谈到租界的出产，以及别的本地小事。不知如何我们就又谈到了雁鹅，又谈到了生气，提起这两件事情时，那穿青衣的人就说：有个故事，欢喜不欢喜听下去？我正想听故事，有人为我说故事，岂有不欢喜道理。可是他先同我定下很苛刻的条约，两人事前说好，不许中途打岔，妨碍他的叙述，听不懂也不许打岔。若一打岔，无论如何就不继续再说下去。我当时自然满口答应了他。猎鸟的人先就得把沉默学会，才能打鸟，我不用提，这件事顶容易办到。

这穿青衣的人就一面吸烟一面把故事说下去——

有那么一个池塘，池塘旁边长满了芦苇，池塘中有一汪清水，水里有鱼，有虾，有各样小虫，芦苇里有青蛙，有乌龟，有各种水鸟。那个夏天芦苇里一角，住了两只雁鹅同一个乌龟。这两样东西，本不同类。只因为同在一块地方，相处既久，常常见面，生活来源，又皆完全出自池塘，故他们正好像身住租界另外某种雅人相似，相互之间，在些小小机会上，就成了要好朋友。两方面既没有什么固定正当的职业，每天又闲着无事，聚在一块儿谈天消磨日子，机会自然也就很多。

他们既然能够谈得来，所谈到的，大概也不外乎艺术，哲学，社会问题，恋爱问题，以及其他种种日常琐事佚闻。不过他们从不拿笔，不写日记，不做新诗，中外文学家辞典上自然没有姓名，大致也不加入什么“笔会”。

论性格他们极不相同。他们之间各有个性。譬如那两只雁鹅，教育相等，生活相似，经验阅历皆差不多，观念可就不能完全相同。雁鹅和乌龟，不同处自然更多了。好在他们都有知识，明白信仰自由的真谛，不十分固执己见。虽各有哲学，各有人生观，并不妨碍他们友谊的成立。

雁鹅在天赋上不算聪明，可是天生就一对带毛的翅膀，想到什么地方去时，同世界上有钱的人一样，皆可以一翅飞去，不至于发生困难。性格虽并不如何聪明，所见的自然较宽。且从自己身分地位上看来，生活上的方便自由处，远非其他兽类，鱼类，虫类可比，故不免稍稍有点骄傲。由于自己可以在空中来去，所见较宽，在议论之间，不免常常轻视一切。对于乌龟的笨拙，窄狭，寒酸，以及仿佛有理想而永远不落实际；不能飞却最欢喜谈飞行的乐趣，永远守住一方却常常描写另一世界的美丽，这种书生似的傻处，觉得十分好笑。又因为明白乌龟不会生气，因此就常常称乌龟为“哲学家”，“理想主义者”，且加以小小嘲弄，占了点无损于人有益于己的小便宜。

至于那个乌龟呢，性格玄远静默，澹泊自守，风度格调，不同流俗。生平足迹所经，说来有限。却博闻强记，读书明理。虽对于雁鹅那种自由，有所企羡，但并不觉得自己的缺点难过。这乌龟有乌龟的人生观，这人生观的来源，似乎由于多读古书，对老庄尤多心得。（老庄是两部怪书，不拘何种人，一读了也就可以使他满意现状，保守现状，直至于死。）读书很有心得，故这乌龟在生活上一切打算，皆平稳无疵。天气热时，他只想在湿泥里爬爬，或过桥洞下阴凉处玩玩，天气比较寒冷时，太阳很好，他爬到石头上晒晒太阳，无太阳时，就缩了头颈休息在自己窠里。这乌龟生活虽极平凡，但能得到一分生活趣味，每一个日子似乎皆不轻易放过。每每默想到庄子书中所说：“宁为庙堂文绣之牺牲乎？抑为泥涂曳尾之乌龟乎？”便俨然若有所得，以为远古哲人，对于这分生活，尚多羡慕意思，自己既是一个有生命的东西，生活结结实实，就觉得泰然坦然，精神中充满了一个哲人的快乐。

雁鹅不大了解“知足不辱”的哲学，因此以为乌龟是“理想主义”。乌龟依然记着古书上几句话，从不对于雁鹅的误解加以分辩。这乌龟仿佛有种高尚理想，故能对于生存卑贱处，不以为辱，其实这个乌龟对于比本身还大一点儿的理想，全用不着，他的理想就只在他的生活中。

有一次，他又被雁鹅称呼为理想家，且逼迫到要明白他的理想所归宿处，这乌龟无办法时，就说："我的理想只是：天气晴朗时，各处慢慢爬去，听听其他动物谈谈闲话。腹中需要一点儿柔软东西填填时，遇到什么可吃的，就随便抓来吃吃。玩倦了，看看天气也快要夜了，应当回家时，就赶快回家去睡觉。我的理想只是这样的，不折不扣，同世界上许多活人的理想一样。"

乌龟说的话很实在，雁鹅却不大相信，这也是很自然的。这正同许多没有理想的人一样，由于他的朴质，由于他的无用，由于怕冒险，怕伤风，怕遇见生人，生活得简陋异常，容易与哲人行为相混淆，常常为流俗所尊敬，反而以为是一个布衣哲学家。这种事在乌龟方面虽不常见，在人类可多极了。

照性情，生活，信仰，三方面看来，这两只雁鹅同乌龟，不会成为朋友的。可是他们自己也不大清楚，不但成为朋友，且居然成为极好的朋友了。乌龟那种平庸迂腐，雁鹅心中有时也很难受；雁鹅那种膏粱子弟气息，乌龟也不能完全同意。不过这分友谊却是极可珍贵的，难得的，也不会为了这些小事有所妨害的。

他们还都是一个会里面的会员。那会也同人间的什么党会一样，无所不包。他们之间常常用的是极亲昵的称呼，那个称呼为中国人从外国学来，他们又从人类学来的。

有一天，他们吃得饱饱的，无事可作，同在一个柳树桩上谈天，一只雁鹅刚从他们自己那个会里，听过猫头鹰演说，那题目名为"有翅膀者生存之意义"。复述猫头鹰的话语，给乌龟听听。说到"地球上一切文化同文明，莫不由于速度而产生；换而言之，也莫不由于金钱同翅膀而产生。人类虽有金钱，可无翅膀，所以人类中就有许多人，成天只想生出翅膀。但翅膀为上帝独给鸟类的一分恩物，故报纸上载人类的飞机常常失事，就从不见到什么报纸，载登什么鸟类失事。即此可知鸟类为万物之灵，为上帝的嫡亲的儿女。至于其他……"

这雁鹅记起朋友是乌龟，不好再说下去了。为了不想给朋友难堪，他随即又很谦虚的说："同志，照我想来，速度产生文明是无可否认的，因为他可以缩短空间距离。凡是有翅膀的东西，他本身自然重要一点，或者说自由一点。……我只说，比别的东西生活自由一点。这自由是好像很可贵的。”

乌龟最不满意把文明文化用速度来解释，一则由于自己行动呆滞，一则由于他读过许多中国古书，以为那种速度产生文明的议论，近于一种谎话。他这时把眼睛望望天空，心中既对于翅膀的价值有所不平，平素又不大看得起新学，对于猫头鹰感情极坏，就好像当着猫头鹰面驳一样，盛气的说：

“速度本身决不能产生文化或文明！恰恰相反，文明同文化皆在生活沉淀中产生。我以为世界上纵有更多生了两个翅膀的生物，可以自己各处远远的飞去，对于文明文化还是毫无关系。文明文化是一些人生下来决定的。是一些比较聪明的人，运用他们的聪明，加上三分凑巧产生的。要身体自由有什么用处？自由重在信仰与观念，换言之，重在思想自由！”

那雁鹅对于这种议论本来不大明白，见乌龟这样一说，更不明白了，就要求他朋友，把自由说得浅近一点。

乌龟想想，“是的，我同你应当说浅近一点的。”于是接着说：“同志，说浅近一点吗，我只问你，把自己本身安顿到一个陌生世界里去，一切都不让你习惯，关于气候，起居，饮食，一切毫不习惯；关于礼貌，服饰，一切全得摹仿那个世界的规矩，——你算是自由了吗？”

这样一来雁鹅懂了。雁鹅说：

“同志，可是你若有那点自由，不是可以看到许多新地方，看到许多新东西了吗？你不是可以到他们博物馆里去看商周古物，到艺术馆看唐宋古磁古画，到图书馆看宋元版本古书，再到大戏院去听第一流名手唱歌扮戏，到大咖啡馆同美人跳舞吗？只要有翅膀，你不是可以各处游山玩水，把整个世界全跑尽吗？”

乌龟把头摇摇，很有道理的说：

“那不算数，那不算数。一只大船在咸水里各处浮去，他因为缺少思想，每次周游环球，除了在龙骨上粘了些水藻贝壳以外，什么也得不到。生活从外面进来，算不得生活。你纵无翅膀，不能用你的翅膀各处飞去，只要有钱，一只哈叭狗也可以周游全个地球！

你试说说，那一只有钱的哈叭狗，照着你所说到的一一生活过来，他是不是依然还只是一只哈叭狗？”

雁鹅说：

“同志，我并不以为这哈叭狗玩过了几个地方，就懂得艺术或哲学。我不那么说。可是我请你说浅近一点，不要尽来作比喻。你同人说话，近来的‘人’你作比喻他就不大懂，何况一只雁鹅？”

乌龟说：

“同志，总而言之，我以为我们单是有眼睛还不行，譬如一个筛子有多少眼睛，它行吗？”

那雁鹅见到这乌龟又在作比喻了，赶忙把头偏过一边去，表示不想再听；乌龟知道那是什么表示，就说：

“同志，同志，不作比喻，不作比喻。我说的是我们不能靠眼睛来经验一切，应当用灵魂来体念生活，用思索来接近宇宙。宇宙这东西很宽很大，一个生物不管是一只鸟还是一个乌龟，从横的看来，原只占地面那么一个小点，小到不能形容；从纵的看来，我们的寿命同地球寿命比比，又显得如何可笑。因此生活得有意义，不应在身体上那点自由，应在善于生活。一个懂生活的人，即或把他关在笼子里，也能够生活得很从从容容，他且能理解宇宙，认识宇宙。”

乌龟那么说着，是因为他不久以前正读过一本书，书上那么说着。

较小那只雁鹅，半天不说话，这时却挑出字眼儿说：

“关在笼子里？就只有同鸡鸭畜牲一样愚蠢的人，总常常被他们同伴关在笼子里。我是一只雁鹅，两个翅膀不剪去，我就不愿意被人关在笼子里！”

那乌龟说：

“同志，人不常常关在木笼或细篾笼里，那是的，那是的。关在笼子里的人也不全是愚蠢的人。可是有些很聪明的人他自己愿意关在另外一种笼子里，又窄又脏，沾沾自喜打发日子，那不是件事实吗？”

“那是由于他们人生观不同，欢喜这样过日子！”

“同志，可是那一个拘束他们生活关闭他们思想的笼子，算不算得一个笼子？”

说到这里他们休息了一会，因为各知道已把话说远了。三个朋友皆明白“人类”的事应由人类去讨论，他们还知道这个问题即或要他们人类自己来说，也永远模模糊糊，说不清楚，雁鹅同乌龟自然更不必来讨论它了。故当时就不再继续说“人”。他们在休息时各自喝了一点儿清水，润润喉咙，那只较小雁鹅，喝过了水时想起了各地方的水，他说：

“本地的水不如玉泉的好，玉泉的水不如北海的好，北海的水不如……”

他同许多人一样，有一种天性，凡事越远就越觉得好。他正想说出一个他自己也并不到过的极远地方的泉水名字，那是他从报纸广告上看来的，因为记起乌龟顶不高兴从报纸上找寻知识，就不好意思再说下去了。

可是，乌龟明白那句话的意思，就很蕴藉的笑笑，且引了两句格言，说明较远的未必就是较好的东西。他引用的自然依旧是中国格言。

那雁鹅对于老朋友引用“人”的格言，并不十分心服，心想“人自己尚用不着那个，一个乌龟还有什么用处？”但一时也不再加分辩。

过了一会，不知何处抛来一个小小石子，正落在乌龟背上，雁鹅明白一定是什么人抛掷来的，便对于朋友这种无妄之灾，有所安慰，说了几句空话，且对于石头来源，加以猜测。可是乌龟却满不在乎，以为极其平常。雁鹅见他朋友满不在乎的神气，反而十分不平，就说：

“哲学家朋友，你不觉得这件事希奇吗？”

乌龟把头摇摇，前脚爬爬，一面说：

“我以为也不十分惊奇。”

雁鹅说：

“既不希奇，然而凭空来那么一下，你不觉得生气吗？”

乌龟想想，做了一个儒雅的微笑，解释这件事毫无生气的理由。

“我因为记起《庄子》上说的，虚舟触舷，飘风堕瓦：一切出于无心，皆不应当生气，故不生气。”

因为说到不生气，其时两只雁鹅兴致正好，就把他朋友如人类中一切聪明朋友作弄老实朋友一样，好好的试验了一番，结果这乌龟还是永远保持到他那个读书人的风度。由于这些原因，他们的友谊此后似乎也就更进步了一点，话非本文，不必多提。

再过不久，这池塘里的水，忽然枯竭起来了，许多有翅膀的为了救亡图存全搬家了。大家为了这件事忙着，各个按照自己经验所及，打算此后办法。两只雁鹅飞到过北京城里先前帝王用作花园的北海，知道那方面一切情形，明白北海地方风景不恶，有水有山，游玩的闲人虽然称多一点，不如这里池塘清静，可是若到那地方去生活，可保定毫无危险。那里来玩的，大多数是受过教育的人，只在那里吃吃东西，谈谈闲天，打发日子，决不会十分胡闹，不守规矩，至多只摘摘莲蓬，折点花草罢了。雁鹅打量邀约乌龟过北海去住，便同他朋友来商量：

“同志，我们的生活有了点儿障碍，你注意不注意。这池子因为天干，忽然涸竭起来了，我们生活，业已发生问题！若老守一方，必受大苦；同在一处，挨饿尚为小事，恐怕本身还多危险。”

乌龟说：

“我记得汉朝大儒董仲舒说过：天若不雨，可用土龙求雨。北京地方，不少明白古书相信古书的人，应当用这方法求雨。它的来源极古，出于《山海经》，本于《神农请雨书》。……”

雁鹅看到他的朋友又在引经据典，不知如何应付，且知道这事一引经据典，便不大容易说得清楚，因此摇摇头就走开了。

到了第二天又来说：

“同志，这样生活可不行，水全涸了，芦苇也枯了，我担心他们不久会放火烧我们的芦苇。我担心会发生这样一件事情，火发时，我们有翅膀的还可一翅飞去，你是那么慢慢儿爬的，这可不成。你得即早设法，想出个主意，方不失古君子明哲保身之道。”

乌龟因为昨天朋友不让他把话说完就走开，今天却又来说，心中不大乐意，就简简单单的向雁鹅朋友说：

“同志，为时还早。”

说了把头缩缩，眼睛一闭，就不再开口了。雁鹅无法，又只好走开。

第三天，芦苇塘内果然起了大火，雁鹅不忍抛下他的朋友独自飞去，就来想法救他朋友。要这乌龟口衔一木，两只雁鹅各衔一头，预备把这乌龟带出危险区域，到北海去。这时乌龟明白事情十分紧急，不得不承认这两个朋友提议，就说：“一切照办，事不宜迟。”

他们把树枝寻觅得到以后，教乌龟如法试试。临动身时，两只雁鹅且再三嘱咐：

“小心一点，不可说话！”

乌龟当时就说：

“同志，我又不是小孩，难道在半空，还说话吗？我不开口，只请放心！”

两只雁鹅于是把木衔起，直向北海飞去。

他们经过西苑时节，西苑许多小孩，见半空中发生了这种希奇事情，全抬起头来，向空中大笑大嚷：

“看雁鹅搬家，看乌龟出嫁！”

雁鹅心想：“小孩子，遇事皆得大声喊叫，不算回事。”仍然向东飞去，不管地下事情。乌龟也想：“童妇之言，百无禁忌。”装作毫无所闻，不理不睬。

又飞一阵，到海甸时，又为小孩子看到，大声叫喊。一行仍然不理，向东飞去。

到了城中，又有小孩喊叫如前，这些小孩，全都穿得十分整齐，还是学生！

乌龟就想：“乡下小孩，不懂事情，见了我们搬家，大惊小怪，自不出奇。你们城中小孩，每天有姑妈师母说故事，见多识广，也居然这样子！”正想说：“你们教员，教你们些什么东西，纵是搬家出嫁，事极平常，同你地下小孩，有甚关系，也值得大惊小怪？”话一出口，身子就向下直掉。

…………

说到这里，那穿青衣的人，才预备说以下事情，那时手中烟卷已完事了，正在掉换一支烟卷。我觉得这故事十分动人，为了不知道这乌龟掉到什么地方，是死是活，替它十分担心，忘了先前约束，插口说：

“以后的事？”

我可发誓，我只问那么一句，那穿青衣的人，就只为我插嘴说过那么一句闲话，即刻生起气来了。他显出极不高兴的神气向我说道：

“为什么问这句蠢话？以后的事谁能清楚？我嘱咐你不许打岔。你又打岔，看你意思，我说到末尾，你一定还会要问：那这故事，你既不是雁鹅，你又打那儿来的？你别管我是雁鹅不是。我说故事，生平就不高兴人家这样质问！”

我赶忙分辩，说明一切出于无心，请他原谅。这穿青衣的人只自顾自己把话说完以后，不管我所说的是什么，似乎还很不高兴我，把烟卷燃好，向芦苇那边扬扬长长大模大样走去了。我看他走去时，还以为他脾气不会那么认真，就很好笑的想着：“我看看你那种走路方法真像一只雁鹅或同雁鹅有点亲戚关系。”

可是他当真走了，我还很担心那个乌龟，想知道这读过许多中国旧书的乌龟，因为一时节同小孩子生气，得到什么结果。又想知道这两只雁鹅，到乌龟跌下以后，是不是还想得出方法援救这个朋友。我愿意这故事那么结束，就是这乌龟虽然在半空中向下跌落，近地面时却恰恰掉在一个又暖和又体面正好空着的鸟巢里，那鸟巢里最好还应当有几本古书，尽他在那里读书，等候那两只雁鹅各处找寻，寻觅到第三天才终于发见了他。不过自己那么打算可不行，这结局得由那个穿青衣的人口中说出，我才能够放心。我于是追过去，请他慢走一点，为他道歉，且同他评理。

“朋友，朋友，你不应当为这点小事情生气！你不正说过那乌龟因为生城市中小孩子的气，从半空中就摔下去了吗？你若为一句话见怪，也不很合理！”

我一面那么说，一面心里又想：“你若把故事为我说完事，你即或就是那两只雁鹅中任何一只，我下次见着你时，也不至于捉你。”

但这个人显然不愿意再继续我们的谈话，他头也不掉回，就消失在芦苇里去了。

我再走过去一点，傍近芦苇时，芦苇深处只听到勾格一声，接着是两只大翅膀扇着极大的风，举起一个黑色的东西，从我头上飞去。我原来正惊起一只大雁。我就大声喊叫那个说故事的朋友。等了许久，里面还无回答。芦苇静静的，一点儿声音没有。再过去一看，芦苇并不多，芦苇尽处前面是一片水。并没有什么捕鱼的人，绝对没有。我想想，这事古怪。

我很悔恨为什么不抓他一把，把这只大雁捉回家去，请求他把故事说完，请求不出，就逼迫他把这故事说完。

猎鸟人说到这里时，望望大家，怯怯的问：

“你们不觉得这只雁鹅很聪明吗？”接着又说，“我因为相信那个穿青衣的人就是那只大雁，相信它会说故事，相信它下面还有故事，就只为了我要明白那个故事的结果，我才决定作一个猎人，全国各处去猎鸟。我把它们捉来时，好好的服侍它们，等候它们开口，看看过了十天半月，这一位还是不会说什么，就又把它放走了。你们别看我是一个猎鸟专家，我作了十六年的猎鸟人，还不曾杀死过一只小鸟！为了找寻那会说故事的雁鹅，我把全国各省有雁鹅落脚的泽地都跑尽了。你们想想，若我找着了它，那不就很好了吗？”

这猎鸟专家把故事说完时，他那么和气的望着众人，好像要人同情他的行为似的。“为了这只雁鹅，我各处找寻了十六年，”他是那么说的，你看看他那分样子，竟不能不相信这件事。

为小五辑自《五分律》
廿四年十一月廿六改校

本篇发表于1933年3月1日《新月》第4卷第6期。署名沈从文。

一个农夫的故事

那个中年猎户，把他为了一个未完故事，找寻雁鹅十六年的情形，前后原因说过后，旅馆中主人就说：

"美丽的常常是不实在的，天空中的虹同睡眠时的梦，皆可作为证明。不管谁来说一句公平话，你们之中有相信雁鹅会变人的这种美丽故事吗？你们说：这故事是有的，那就得了。"

除了其中只有一个似通非通的读书人，以为猎人说的故事是在讽刺他以外，其余诸人都觉得这故事十分有趣。但当主人把这个话问及众人时，由于谁也不知道说谎，故谁也不敢说他曾经在某个地方，也同样遇到过这种有理性的雁鹅同乌龟。可是当中却有个年青农人，身个儿长长的，肩膊宽宽的，脸庞黑黑的，带着微笑站起身来说：

"我并不见到过一只善变的鸟，可知道人类中有种善变的人。若这件事也可以为猎鸟人的故事作一个证明，我就把这故事说出来，请诸位公平裁判。"

许多人都希望把故事说出以后，再来评判是非，看看是不是用一个新的故事能代替那个猎人旧的故事。大家盼望他即刻把故事说出来，故不必约束，皆异口同声请他"快说"，且默默的坐下来听那故事。

农人于是说了下面一个故事：

某个地方，有姊弟二人，姊姊早寡，丈夫死后只留下一个儿子，为时不久她也得了小病死去，死去之后，这孤儿便同他舅父两人一同住下，打发每个日子。孤儿年纪到二十岁时同他舅父两人都在京城一个衙门里办事。两人正直诚实，得人敬爱。只因为那个国家阶级制度过严，大凡身居上位，全是皇亲国戚，至于寒微世族，则本人不拘如何多才多艺，如何勤慎守职，皆无抬头希望。那国家一时又还不会发生革命，因此两人在衙门里服务多日，地位尚极卑微。那时本国恰巧发生饥荒，人皆挨饿，京城内外，无数平民无食物可得，死亡极多，情形很可怜悯。那国家读书人虽不少，却同别的国家读书人差不多，大都以为自己既已派定读书教书，诸事自有官吏负责，不能越俎代庖。至于官吏，当然不会注意这类事情。舅甥两人见到这种情形，十分难受，知道国王大库藏里，收了许多稀奇宝物，毫无用处，许多金钱银钱，毫无用处，许多粮食，毫无用处。两人就暗地商量：

“我们事情既那么卑微，国家现状又那么稀糟，照这样情形下去，想要出人一头，再来拯救平民，不知何年何月，方可办到。若等待革命改变制度，更是缓不济急。如今库里宝物极多，别的东西更多，不如就便取点到手，取得以后，分给京城各处穷人，这样作去，不算蠢事。”

两人都觉得这事不妨试作一下，对于别人多少有些益处。对于多数别人有益，自己即或犯罪受罚，并不碍事。两人商量停当以后，就只等候机会来时，准备动手。

机会一来，两人就在库房某处，挖一大洞，共同爬将进去，取出不少东西。

天亮以后，管库大臣发现了库旁有一个大洞，直通内里，细加察看，就知道晚上业已有人从这地洞搬去东西不少。且到各处探听，皆说本城若干穷人住处，半夜深更，忽然有人从屋瓦上抛下不少布帛食物，钱财宝贝。那时只听到有人在门外说话，十分轻微，“国王知道你们为人正直，生活艰难，秘密派遣我们来赠给你们一些东西。事出国王好意，不必怀疑。”开门一看，渺无一人。东西俱在，当非做梦。一切东西既不知真实来源，故第二天天明以后，胆小多疑的人，以为横财之来，别有理由，不能随意受用的，就赶忙把夜来情形，禀告本街保甲，听候定夺。管库大臣得到这种报告，赶忙把一切原委禀告国王。国王听说，心中十分纳闷，不明究竟。以为这无名贼人，既盗国库，又施平民，于法不可原谅，于理实难索解。当时就吩咐管库大臣：“暂且不必声张，走露风声，且等数天，好好派人照料库中，到时一定还有人来偷取东西，见他来时，把他捉来见我。小心捉贼，莫令逃脱；更应小心，对那贼人莫加伤害。”

舅甥二人，其一以为国王还不知道这事，必是管库官吏怕事，不敢禀闻。其一又以为国王当已知道这事，但知盗亦有道，故不追究。两人打算虽不一致，结论皆同：稍过一阵，风声略平，便再冒险去库中偷盗，必使京城每个正直平民，都得到些好处，方见公平。

为时不久，又去偷盗，到洞口时，外甥就说：

“舅父舅父，你年纪业已老迈，不大上劲。我看情形，也许里边有了防备，你先进去，若为衙兵捕获，无法逃脱。不如我先进去。我身体伶便如猴子，强壮如狮子，事情发生时，容易对付。”

那舅父说：

“你先进去，那怎么行，我既人老，应当先来牺牲，凡有危险，也应先试。”

“那里有这种道理？若照人情，不管好坏，我应占先。”

“若照礼法，你无占先权利。”

但这种事既非礼法所奖励，也非人情所许可，致甥舅两人，到后便只好抽签决定。轮到舅父先入，那外甥便说：

“舅父舅父，我们所作事情，并非儿戏！若两人被捉，一同牵去杀头，各得同伴，还有趣味。若不杀头，一同充军，路上也不寂寞。若一人被捉，一个逃亡，此后生活，未免无聊。照我意思，我要发誓，决不与舅父因患难分手。”

舅父说：“一切应看事情如何，斟酌轻重，再定方针。”

那舅父于是十分勇敢，溜进洞穴，刚一进洞，头尚在外，就已为两只冰冷的手，拦腰抱定，无从挣扎。且听人说：“守了十天，如今可捉到你了！”外甥用手抱定舅父头颅不放，还想救出舅父。这舅父知道身入网罗，已无办法可以逃脱，且恐为时稍缓，外甥也将被捉。明知同归于尽，两无裨益。这时要他走去，他又必不愿意单独走去，并且纵即走去，天发白后，人还可从他的相貌看出，原系甥舅两人同谋。这舅父为救外甥，故临时想出急计，告外甥说：

“伙伴伙伴，我如今已无希望了。我腰下业已被人用铡刀扎断，不会再活。两人同归于尽，实在无益。我已老去，我应死了。你还年轻，还可为那些穷人出力帮忙。如今不如把我头颅割下带走，省得我为人认识，出做官吏的丑。此后你自己好好生活，不要为我牺牲难受。”

外甥听说，相信舅父腰身业已被人扎断，不能再活。不得不忍痛把他舅父头颅割下，就此走去。

天明以后，管库大臣又把一切情形禀告国王，且同时禀明盗贼之死，并非兵士罪过，只为贼人心虚，恐怕同伴受捕，故牺牲自己，让同伴把头割去。还有伙伴一人，不知去向。国王又说不必声张，并且下一秘密命令，把这无名无头死尸，抬出库房，移放京城热闹大街上去，派人悄悄注意，凡有对死尸流涕致哀的，就是贼首盗魁，务必把他活活捉来，不能尽其逃脱。

这无名死尸，当天果然就在大街上陈列起来。国中人民，不知究竟，争来看这希奇死人，车马络绎，不知其数。这外甥听说，赶一大车，装满柴草，从城外来。车到尸边时节，正当车马拥挤满街，把鞭一挥，痛击马身数下，马一蹶蹄，故意就把车上柴草倾倒，半数柴草，在尸左右，半数柴草，直压尸身，计已得售，这年轻人便弃下车辆，从人丛中逃去。

天晚以后，大臣进见国王，又把这事禀告国王，且启请国王，那堆柴草，应当如何处置。国王又说：“不必声张，做愚蠢事。只须好好伺候，为时不久，必有人来纵火，见人纵火，就为我捆定送来，我要亲自审问。”

大臣无言退下，如命转告守尸兵士，小心有人纵火。

这外甥明知尸边必有无数兵士，保护尸身，准备捉人，若冒昧前去，就得上当，故特别雇请十个小孩，身穿红衣，手执火把，如还傩愿，各处游行。游行已惯，再到尸边，把火炬向柴草投去，从黑暗中逃脱，不再过问。小孩得钱，各个照样作去，手执火炬，跳舞踊跃，近尸边后，就把火炬向尸投去，尸上柴草皆燃，人多杂乱。依然无从捉人。

尸被火化以后，大臣又把这事禀明国王，国王又说："不必声张，这有办法。只须好好注意，再过三天，有谁来收骨灰，就是这人，一定为我捉来，不可再令漏网。"

这时守在骨灰边已换了一队精明勇敢的皇家兵士。这外甥知道皇家兵士，爱喝好酒，便特别酿了两坛好酒。这酒既然味道酽冽，醉人即倒，他自己却扮成一个卖酒老商人，到兵士处每日卖酒。为时稍久，就同守备兵士要好结交，十分信托，愿意把酒赊给每个兵士了。兵士只因守夜多日，十分疲倦，又因粮饷不多，不能大喝，如今既可赊酒，不责偿于一时，就无所顾忌，尽量大喝，等到每人各皆醉倒，睡眠在地，不省人事时，这外甥明白机会已到，便十分敏捷，用酒瓮装好骨灰，离开那个地方。

天明以后，兵士方知骨灰业经被那聪明贼人偷去，大臣把这事第四次禀告国王时，国王仍然不许声张，心中打算："这贼狡慧不凡，一切办法，皆难捉到，应当想出另外一条巧妙计策，把他捉来!"

国王独自一人想了三天三夜，一个巧妙的设计被他安排出来了。

国王想出的计策，也同一般作国王的脑子所想出的差不多，知道有若干种事情，任何方法无从解决时，自然就应当用女人出面解决的。本国历史上照例有极大篇幅，记载了这类应用女人的方法。他知道捉这狡滑的贼人，如今又得应用这方法了，便把一位最美丽最年轻的公主，着意打扮起来，且放她到一个单独宫殿里去。那小小宫殿建筑在一条清澈见底的河边，除了公主同一群麋鹿在花园里过日子外，就似乎无一个其他生人。同时又用黄金为公主铸好四座极美丽的金像，用白石为基，安置到京城四隅公共广坪中去，使人人从金像上知道公主如何标致美丽。

国王这个公主，既美丽驰名，为国中第一美人，如今又只是一个独在临河别宫避暑，这外甥各处探听，皆属实情，就想乘夜到这公主住处去，见见公主。他早已知道国王意思，不过用公主作饵，想捕捉他，且知道沿河两岸及公主住处附近，莫不有兵士暗中放哨，准备拿人。他因此想出一个主意，抱一大竹，顺流由河中下行，当下行时，必作出种种希奇古怪声音，让两岸听到。每度从公主宫殿前边过身时，他又从不傍岸。他的意思只是故意惊扰哨兵，使沿岸哨兵为这古怪声音惊醒，但看河中，又毫无所见。一连两月，所有哨兵都以为作这声音的，非妖即怪，不如不理。且认定河上既有怪物，贼人不是傻子，自然也不会从河中上岸。从此以后，便对沿河一带，疏忽许多。

因此有一个晚上，这青年男子，便抱了一段长竹，随水浮沉下流，流到公主独住宫殿前面时，冒险上了河岸。上岸以后，直向公主住处小小宫殿走去。

公主果然独身在她那睡房里，别无旁人。那时业已深夜，各处皆极安静，公主房中只剩下一盏小小长明纱灯。那公主穿了一身白色睡衣，躺在床上还未睡眠，思想作爸爸的国王，出的主意真是不可解。她以为这样保护周密，即或有人爱她想她，那里会有力量冒险跑来看她？她又想："如果有人来了，我让他吻我还是一见他我就喊叫捉贼？"正想到这些事情时，忽然向河边那扇小门开了，走进来了一个身穿黑衣的年青男子，在薄明灯光下，只看得出这男子有一双放光眼睛同一个挺拔俊美的身干。

年青男子见到了公主，就走近公主身边，最谦卑的说明了来意，那分风度，那些言语，无一处不使公主中意。他告她只为了爱，他因此特意冒险来看看她，她明白，她不讨厌，她愿意给平民一点恩惠，他只需要在她脚下裙边接一个吻，即刻被缚也死而无怨了。

那公主默默的看了站在面前的年青人好久，把头低下去了。她看得出那点真诚，看得出那点热情，她用一个羞怯的微笑鼓励了来人的勇气，她鼓励他做一个男子，凡是一个男子在他情人面前做得出的事，他想做时，她似乎全不拒绝。

但当这年轻荒唐男子想同这个公主接吻时，公主虽极爱慕这个男子，却不忘记国王早先所嘱咐的一切，就紧紧的把这陌生男子衣角抓定，不再放松，尽他轻薄，也不说话。

年轻人见到公主行为，明白那是什么意思。

"美丽的人，怎么牵住我衣角？你若爱我，怕我走去，不如抓住我这双手臂。”他似乎很慷慨的把两只手臂递过去让公主捏着。

公主心想：“衣角不如手臂，倒是真的。”就放下衣角，捉定手臂。

但那双手冷得蹊跷，同被冰水淋过的一样。

“你手怎么这样冰冷？”

“美丽的人，我手怎么不冷？我原是从水中冒险泅来的。现在已到秋天了，我全身都被河水浸透，全身都这样冰冷！”

“那不着凉了吗？”

“美丽的人，不会着凉。我见你以后，全身虽结了冰，心里可暖和得很，它不久就能把热血送到四肢的。”

公主把手捉定以后，即刻就大声喊叫，惊动卫兵。那年轻人见到这种变化时，不出所料，依然毫不慌张。万分温柔的说：“美丽的人，我是你的，你如今已经把我捉住了，我不用想逃遁，我不挣扎。且让我到帘幕那边去，作为我刚来看你就被你捉住，省得他们对你问长问短吧。”公主答应了他的请求，隔着帘幕握定他那两只手，等到众人赶来时，大家方才知道公主所握的手，只有两只死人的僵手。原来年轻人早已预备了那么一着，让公主隔了帘幕握定那死人两只手后，自己就从从容容从水上逃走了。

天明以后，大臣又把这件事一切经过禀明国王。

国王心想：“这人可了不起，把女人作圈套，尚难捕捉，奇材异能，真正少见。”

当时就又用其他方法，设计擒拿，自然只是费事花钱，毫无结果。

公主怀妊十个月后，月满生一男孩，长得壮大端正，白皙如玉。周年以后，国王就令乳母怀抱小孩，向京城内外各处走去，且嘱咐这奶妈小心注意，在任何地方，有人若哄小孩，有父子情，就即刻把人缚好，押解回来。这奶妈抱了小孩在京城内外各处走去，逗引小孩全是妇人女子，并无一个男子与这小孩有缘。到后一天，小孩腹中饥饿，抱往卖烧饼处，购买烧饼充饥。这卖烧饼师傅，恰好就正是那个小孩父亲，父子情亲，一见小孩，不觉心生慈爱，逗引小孩发笑，小孩为了父子血缘，互有引力，虽还不到两岁，也显得十分欢喜，在饼师抱中，舒服异常。

天黑以后，奶妈把小孩抱还宫中，国王问他，是不是在京城内外，遇见几个可疑人物。奶妈便如实禀白：

“一个整天，并无什么男子与这小孩有缘。只有一个卖饼男子，见小孩后，同小孩十分投契。”

国王说：

“既有这事，为什么不照我命令把人捉来？”

“他饿了哭了，卖饼老板送个麦饼，哄他一声，不会是贼，怎么随便捉他？”

国王想想，话说得对，又让了这贼人一着，就告奶妈歇歇，明天再把小孩抱去，若遇饼师，即刻揪来，若遇别的可疑人物，也可揪来。

第二天这奶妈又抱了孩子各处走去，城中既已走尽，以为不如出城走走，或者还会凑巧碰到。出城以后，上了一个离城三里的小坡，走得脚酸酸的，就在一株大树下一块青石板上坐下歇憩，且捡树叶子哄小孩子玩。那时来了一个卖烧酒的男子，傍近身边，歇下了他的担子。奶妈眼见这人很有几分年纪，样子十分诚实。两人慢慢的说起话来，交换了一些意见，一些微笑。奶妈生平从不吃过一滴烧酒，对于酒味，毫无经验。那卖酒人把酒用竹溜子舀出，放在自己口边尝了那么一口，做出神往意迷的样子，称赞酒味。那点烧酒味道实在也还像个佳品，人在下风，空闻酒味，真正不易招架。

奶妈被上风烧酒气味所熏陶，把一双眼睛斜着觑了半天，问那男子：

“老板老板，你那竹桶里的装的是什么，是不是香汤？”

卖酒人说：

“因为它香，可以说是香汤。但这东西另外还有一个名字，且为女人所不能说，大嫂你一定猜想得到。”

“我猜想，这名字一定是‘酒’。我且问你，什么原因，女人就不能说酒喝酒？”

“女人怕事，对于规矩礼法，特别拥护，所以凡属任何一种东西，男子不许女人得到，女人就自己不敢伸手取它，这香汤名字虽然叫作烧酒，因为它香，而且好吃，男子担心你们平分这点幸福，故用法律如此这般写定：本国女子，没有喝烧酒的权利，也没有说烧酒的权利。”

奶妈心想：“法律上的确不许女人喝酒。”她还记起经书，她说：“经书上说酒能乱性，所以不许女子入口。”

那男子不再说话，只当着奶妈面前喝了一大口烧酒，证明经书所说，荒唐不典，相信不得。实际上他喝的却是清水，因为他那酒桶，就有一个机关，又可储水，又可贮酒。

“你瞧，酒能乱性，我如今喝的又是什么！圣书同法律一样，对于女人，便显见得特别苛刻。你相信这个不是好东西吗？”

那奶妈摇头说：

“我不相信。”

那男子正想激动她的感情，就说：

“不要说谎骗人，也不要用谎话自骗。你原来相信法律，也相信圣书。”

奶妈由于赌气，心不服输，把一只手向卖酒人这方面伸出，不即缩回，双眼微闭，话说得有一点儿发急发恼。

“我来一杯，来一滴，我不相信那些用文字写的东西了。我要自己试试。”

卖酒人先不答应。他说他是个正派商人，在国王法律下谋生混日子，不敢担当引诱平民女子犯罪的名义。他且装成即刻要走的神气，站起身来。

奶妈到这时节真有些愤怒了，一把揪定他的酒担，逼那卖酒商人交出勺子，非喝一口烧酒，决不放他脱身。卖酒商人仿佛忍着很大的委屈，递了一小盏烧酒到奶妈手中后，就站在一边，假装极不高兴神气，背过身去，不再望着奶妈。他早知道这一盏酒，对于一个妇人，能够发生如何效果。一切情形，不出所料，顷刻之间，药性一发，这女人便醉倒了。卖酒人便把小孩接抱在手，让奶妈抱定一酒瓮，留在路上。这个国家从此也就不再见到这个卖酒人了。

这年轻人得到了自己同公主所生小孩后，想法逃到了邻近国王处去。进见国王时，为人既仪表不俗，应对复慧辩有方，畅谈各事，莫不中肯，国王心中十分欢喜，便想赏他一个爵位，只不知道应赏何种爵位，比较相宜。那时正当国家文武考试，这年轻人不愿无功得禄，就用另一姓名，秘密投考，已得第一，又戴好面具，手执标枪，骑一白马，去同一个极强梁的武士挑战，结果又把这武士打倒。国王知道这人智慧勇力，皆为本国第一，其时正无太子，就想立他作为太子。

那国王说："远处地方来的年轻人，我虽不大明白你的底细，我信托你。你的文彩是一匹豹子，你的勇敢像一只狮子，真是天下少有的生物。我这时没有儿子，这分产业同一群可靠的人民，全得交给一个最出色的英雄接手管业，如今很想把你当作儿子。你若答应，你想得一女人，这里五族共有七个美貌女子，尽你意思挑选。看谁中意，你就娶谁。"

那年轻人见国王待他十分诚实坦白，向他提议，不能不即刻答复，就禀告国王：

"国王好意，同日头一样公正光明，我不敢藉口拒绝。作太子事小，容易商量。关于女人，我心有所主，虽死不移。若国王对这事有意帮忙，请简派一个使臣，过我本国国王处，为我向他最小公主求婚。若得允许，我愿意在此住下，为王当差；若不允许，我想走路。"

这个国王听说，当时就简派大使，携带无数珍奇礼物，为年轻人向那国王公主求婚。先前那个国王，素闻邻国并无太子，心知必是那个贼人，就慨然应诺。但告使臣，有一条件，必得履行，公主方可下嫁。这条件也并不算苛刻，只是应照习惯礼法，到时必须太子自来迎亲，方可发遣。使臣回国复命时，就将一切详细情形一一禀告。

年轻人既为贼臣，心怀恐惧，心中思量，若回国中，国王一见，必知虚实，发觉以后，便恐捉牢不放。但一切既已定妥，若不前去，近于违礼，且俨然懦怯不前，将为人所轻视。便启请国王，商量迎亲办法，以为若往迎亲，必用五百骑士护卫，并壮观瞻，希望这五百骑士，人马衣服鞍辔，全用同一式样，同一颜色。

国王依言，即刻派定五百年轻骑士，各穿紫色衣甲，身骑白马。用银鞍金勒，王子也照样扮扎停当。二百五十个骑兵在前，二百五十个骑兵在后。迎亲王子，藏在其中，直向那年轻人本国走去。一行人马到地以后，那五百零一个骑士，便集合排成一队，同在国王面前，向王敬礼。鹄立大坪，听王训令。随行大臣且禀告国王，迎亲太子已到，请见公主。

那国王一见骑士队伍，就知道贼人必在其中，毫无可疑，细心观察一阵过后，便骤马跑入迎亲队伍中间，捉出一人，并骑急驰而去。

年轻人既已被捉，心中便想：若未入宫，必有办法可以脱身。若一入宫，恐欲再出宫门，事不容易。但他这时仍然毫不畏惧，深知命运正在祸福之间，生死决于一人。那时国王把他捉入宫后，即疾趋公主花园，带见公主，任凭公主处罚。公主尚未出见时，国王就向他说：

“小小坏蛋，你聪明千次，糊涂一回，前后计谋，巧捷无比，事到如今，还有话说么？”

年轻人说：

“各事是我所作，我无话说，我只请求国王，当公主面，公平处置，若我所作所事，应受国法惩治，我不逃避。若我还有理由可以自由，我也愿意国王，不必请求，并不吝惜这点恩惠。”

公主正因想及小孩，不知小孩去处，心中发愁，出时尚泪眼莹然，斜睇这年轻男子，虽事隔两年，当时正值黑夜，面目不分，如今衣服改变，一望就知这人正是那夜冒犯入宫的巧贼。公主心中因怨爱纠缠，便默然无话可说。

国王一看已知情形，就说：

“年轻男子，你既愿得公主，公主现在已归你所有！”回头又向公主说：“这贼聪明狡黠，天下无双，这次交你看守，好好把他捉牢，莫让这贼又想逃脱。”国王说完，自己就骑马跑去了。

到后这年轻男子，便当真被公主用爱情捉牢，不再逃走了。他既作了两国要人，两个国王死后，国土合并，作了国王，就是一本极厚历史所说到的无忧国王。

故事说毕，人人莫不欢悦异常。但其中有个研究历史的学者，以为故事虽空幻无方，益人知慧，大家欢喜，也极自然。惟这个善变的人，所有历史，既已说有一本极厚书籍说到，他想知道这本古书的名称，版本，形式，希望说故事的人皆能一一说出，他方能承认事非虚构。因为他是一个历史学者，若不提“史”，他不过问，若提及史，他要证据。

那年轻农人，把一只为火光薰得微闭的眼睛，向历史学者又狡滑又粗野做了一个表示，他说：

“要问历史，是不是，第一我就认得那个王子。不要以为希奇，我还认得那个舅父。不要惊讶，我还认得那个公主同皇帝！”那历史家茫然了。农人眼看到那学者神气十分好笑，且明白自己几句话已把这个历史家引入了迷途，故显得快乐而且兴奋。他接着说：“历史照例就是像我们这种人做出说出，却由你们来写下的。如今赶快拿出你的笔，赶快记下来，倘若你并不看过这本书，此后的人一定以为你记下的就是那一本书了。你得好好记下来，同时莫忘记写上最后一行：‘说这个故事的是一个青年农人，他说这个故事并无其他原因，只为的他正死去了一个极其顽固的舅父，预备去接受舅父的那一笔遗产：四顷田，三只母牛，一栋房子，一个仓库，遗产中还有一个漂亮乖巧的女子，他的表妹。他心中正十分快乐，因此也就很慷慨的分给了众人一点快乐。’这是说谎，是的。可是这谎话算罪过吗？你记下来呀，记下来就可以成为历史！”

大家直到这时方明白原来一切故事全是这个年轻农人创造的，只有最后几句话十分真实。原来谁也不希望述说的是一段历史，一段真事，故这时反觉得更多喜悦。其中只有那个历史家因此十分生气，因为他觉得历史的尊严，不应当为农人捏造的故事所淆乱。但这也不过一会儿的事，即刻他又觉得快乐了。他虽不曾看过那么一本关于无忧王厚厚的书，他从农人的口中，却得到了一个假定的根据，他疑心另外一个地方，一定曾经有过这样一本厚厚的书。他不相信这故事纯粹出于农人自造，却疑心这是一个“历史的传说”，当真就把这故事记到他一册厚厚的历史稿本上去了。

为张家小五辑自《生经》
廿二年四月十日成于青岛新窄而霉斋
六月廿二改校
廿四年十一月廿五再改

本篇发表于1933年6月16日《东方杂志》第30卷第12号。署名沈从文。

医　生

这世界上，有多少害病的人，就有多少人对于医生感到不大愉快。这也正是当然的道理。的的确确，这个世界上，由于他们那种无识，懒惰，狡滑，以及其他恶德，有很多医生，是应当充军或用其他同类方法来待遇的。有许多医生，应得的一份，就正是一个土匪一个拐骗所已得的那一份。但这并不是一种普遍的情形。世界上各个小小角隅皆有很好的医生，既不缺少一个软和的灵魂，又知道如何尽职，知识也恰好够用。

可是凡在说故事上提到什么医生时，我们总常常想说：这是一个有法律作保障的骗子。即或他不是骗子，但他的祖先，还是出于方士同巫师，混合了骗术与魔术精神，继续到这世界上存在的。许多性情和平的老妇人，一见到医生，就不大高兴。许多小孩子，晚上不梦到手执骷髅的妖魔，总常常梦到手执药瓶的医生。

因此那一批商人，留住在金狼旅店的客寓中，用故事消磨长夜的时节，就有一个从前曾作过兵士的，说了一个医生的故事，把这故事结束到极悲惨的死亡里，这兵士说：“……这方法是那地方人处治盗匪的，恰恰也给这个骗子照样的布置了。”

把故事说完后，有赞成的，有否认的。各人如对别的其他事情一样，不外乎用自己一点点经验来判断一切。有些人遇到过很好的医生，就说凡是医生绝对不坏，有些人在平时曾吃过医生的亏的，就又说在十个医生之中不会有一个值得敬重的好东西。

其中有个毛毯商人却说：“既然有人从医生故事上说过医生的恶德，也应当有人来从医生的故事上证明医生的美德。我们这里廿一个人，看看是不是有人记得到这样一个故事？”

大家都没有这种故事，所以售毛毯商人又说：“我倒有这样一个故事，请大家放安静一点，听我把故事说出来。”

大家自然即刻就安静下来了的，下面就是这个故事：

医生罗福，为人和平正直，单身住家在离京都三百里左右一个地方，执行业务。平生只有一个女儿，嫁给京都一个读书人，因来都城看望女儿，就搁下事业，在京城住了些日子。有一天，听人说大觉寺有法师讲经，十分动人，全城男女，皆往听经。凡到过那法师身边的，莫不倾心佩服，故这医生，也就走去听听。听经以后，出庙门时还觉得那法师有一分魔力，名不虚传。那天法师讲的是“牺牲精神”，说到东方圣人当年如何为人类牺牲，也如何为畜类牺牲，在牺牲情形中，如何使生命显得十分美丽。这法师不谈牺牲果报，只谈牺牲美丽，因此极其为这医生钦服。出庙门后，医生便心想：一个人若能够为一个畜生也去受点苦，或许当真这痛苦也可以变成一分快乐。

这医生从一个穿珠人家门前过身，看到那个穿珠人手指被银针戳伤，流血不止，正无办法。心生怜悯，照着故乡下医生的慷慨精神，不必别人招呼，就赶忙走过去替这穿珠人止血，用药末带子，好好把这受伤人调理妥贴。那时穿珠人正为国王穿一珠饰，有一粒大真珠在盘盂内。这医生按照当时风气，身穿红衣，映于珠上，真珠发红，光辉眩目，如大桑椹。穿珠人因医生好意替他照料伤处，十分感谢，就进屋里去取一些点心，款待客人。那时有一只白鹅，见着真珠，如大桑椹，不问一切，就把它一口吞下。若这鹅知道这是珠子，并不养人，除了人类很蠢，把它当成宝物以外，别的生物，皆无用处，就不至于吃下这东西了。到穿珠人带着点心出外请客时节，记起宝珠，各处寻觅，皆不再见。这宝珠既为宫中拿出，价值自然非常贵重，穿珠人家中并不富裕，若真失去，如何可以赔偿？心想铺里并无别种罅穴，可以藏下这颗珠子，并且决无另一生人，把珠拿去，现在事情，不出这医生所作所为。就向医生询问：

“见我珠吗？”

医生就说："没有见过。"

医生说话，虽极诚实，仍不能使穿珠人相信，故这穿珠人又告他这珠归谁所有，安置何处，手指盘盂，一一说给医生。

这医生见鹅吃珠时节，也以为这宝珠是一颗桑椹或其他草莓，不甚介意。今见穿珠人脸上流汗，心中发急，口说手比，业已心中清楚，此珠此时，正在白鹅腹中。医生心想：我一说明，这鹅即刻就得杀去，方便取珠。当设一计策，莫使鹅死。但如何设计，方能保全这扁毛畜牲性命？倒很为难。因记起先前一时法师所说各种牺牲之美丽处，故决心不即说出，等候再过一时，鹅把真珠从大便中排出以后，再来说明。鹅命虽小，若能救此小小性命，另一体念，当可证明。医生既作如此打算，故不说话。

那穿珠人，眼看医生沉默不语，疑心特增，便说：

"我这宝珠分明放在盘中，房中又分明只你一人，赶快见还，莫开玩笑。若不退还，一定得大家认真变脸，你会受苦。今天这事，不要以为一言不发，就可了事。今天事情，决不容易轻轻了事。"

医生心想：用自己痛苦，救别的生命，现在不说话，尽其生气，只望一时不即杀鹅，小小痛苦，不甚要紧。

医生仍不说话，只是摇头，表示真珠并非自己拿去，且解衣脱鞋，尽穿珠人各处搜索。但穿珠人问及"不是你拿是谁拿去"？医生又不想说谎，就索性不答不理。

穿珠人越问越加生气，先尚看到医生神气，忠厚实在，以为不像一个盗贼。现在看来，就觉得医生行为，实在有意装傻。

医生眼看穿珠人生气样子，知道结果必有苦吃。四向望望，无可怙恃。身如鹿獐，入围落网以后，实已无法逃脱。但也不想逃脱，只是静待机会，等候吃亏。一面心想法师所说："生活本极平凡，实无多大趣味，使一人在平凡生活之中，能领会生命，认识生命，人格光辉眩目，达到圣境，节制牺牲，必不可少。"于是端正衣服，从容坦白，仿佛一切业已派定，一切无可反抗，如今情形，只是准备挨打，不必再作其他希望。

穿珠人看到这个医生神气，就说：

“你既拿了我的珠子，不愿退还，作出这种神气，难道预备打架吗？”

医生微笑说：

“谁来同你打架？你说我已把你珠宝偷去，我无话说。若说不偷，这宝珠又当真因我来到铺中失去。若说偷去，又退不出。我先前沉默，只是自己身心交战；现在准备，只是尽你处罚！”

穿珠人看到这医生疯疯颠颠，不可理喻，就说：

“不要装傻，装傻不行。绳子，鞭子，业已为你准备上好。再不承认，就得动手！”

医生心中记起法师格言：

身体如干柴，遇火即燃烧；希望不燃烧，全靠精神在。
牛马皆有身，身体不足贵。人称有价值，在能有理想！

这医生既以为应为理想的高贵，尽身体忍受一切折磨，故虽明知穿珠人业已十分愤怒，鞭棒即刻就得加于身体，仍然微笑不答，默然玩味另一真理，一切全不在意。

穿珠人忍无可忍，就尽力鞭打这个医生。那时医生两手并头，皆早已被缚好，不能动弹，四向顾望，不知所逃。鞭子上身，沉重异常。流血被面，眼目难于睁开。轻轻的自言自语：

“为一只小鹅牺牲，虽似乎不必，但牺牲精神，自然极其高贵。一切牺牲，皆不自私。为人类牺牲自己，目前世界，已不容易遇到，我所遭遇，可以训练自己。每人生活，若只图不痛不痒，舒适安逸，大猪同人，并无分别。我之所为，只在学习来用自己精神，否认与猪同类。”

穿珠人鞭打了医生一阵，眼见到医生头脸流血，毫不呻吟，怒中含笑询问医生：

“傻子，你有甚话说，只管说来。”

医生说：

“没有话说，说就更傻。只请注意不要单打头部。我这肩背各处，似乎比头部稍稍结实，若不愿意一下把我打死，必需拷出结果，方为本意，请打肩背。若这种行为，不至于使你疲倦，一两天内，你那宝珠仍然可望归回。”

穿珠人以为这医生倔强异常，直到这时，还说笑话，就大声辱骂：“不用多说空话，装傻装疯，以为因此一来，就可让你逃走！”于是重新把手脚缚定于屋柱上，加倍挞打。并且用绳急绞，因此这医生到后鼻孔口中，皆直喷血。

那时那只白鹅，见地下有血，各处流动，就来吃血。穿珠人把鹅嗾去，不久又复走来。引起瞋忿，就一鞭一脚，把鹅即刻打死。

医生听鹅在地下扑翅声音，眼睛不能看见，就问穿珠人道：

“我的朋友，你那白鹅，如今是死是活？”

穿珠人闷气在心，盛气而说：

“我鹅死活，不管你事。”

医生极力把眼睁开，见白鹅业已死去，就长叹了好些次数，悲泣不已，独自语言：

“担心你受苦，我为你牺牲，若早知你因此死去，也许我早说，主人为爱你，反不至于死去！”

穿珠人见状希奇，不知原因，就问医生：

“这鹅同你非亲非戚，它死与你有甚关系？自己挨打，不知痛苦，一匹小鹅，使你伤心到这样子吗？”

医生说：

“我本为它牺牲，训练自己，想不到为它牺牲，反使它因此早死。我的行为稍稍奇特，因为我有理想。所想的好，做到的坏，愿心不满，所以极不快乐！”

穿珠人说：

“你想什么，你愿什么？”

医生就告这穿珠人一切事实。

那穿珠人将信将疑，赶忙把鹅腹用刀剖开，就在白鹅嗉囊里，掏出那颗大珠，因鹅吃下不少鲜血，珠浴血中，红如血玉。穿珠人见到宝珠以后，想起医生的行为，以及自己行为，就大声哭泣，爬伏医生脚下，向医生作种种忏悔，不知休止。

医生那时已证明牺牲的美丽处，不用穿珠人说话忏悔，也能原谅那种愚蠢卤莽行为的，只十分客气同穿珠人说：

“一切过去，不必算数。劳驾老兄，为我把绳子解解，你这绳子缚得太紧太久了，我脚发木。让我坐坐，稍稍休息，喝杯热水，不妨碍你工作吗？”

…………

这医生这样训练自己，方法倒不很坏。因这次牺牲，他自己也才认识自己生命的价值。因这个故事，所以说这故事的那一位，否认人家对医生的指摘，证明医生中有这样一个人，作过了这样的一件事。且说：世界上只要有这样一个医生，也就可以把一切医生罪过赎去了。

这医生大家都承认他可爱，他可爱处，显然是他体念真理的那种勇猛精神。

据《大庄严论》为张家小五辑出

本篇发表于1932年12月1日《新月》第4卷第5期。署名沈从文。是作者以《医生》为篇名的作品之一。

慷慨的王子

住宿在金狼旅店，用各种故事打发长夜的一群旅客中，有人说了一个悭吝人的故事。因那故事说来措词得体，形容尽致，把故事说完时，就得到许多人的赞美。这故事的粗俚处，恰恰同另一位描写诗人故事那点庄严处相对照，其一仿佛用工致笔墨绘的庙堂功臣图，其一仿佛用粗壮笔触作的社会讽刺画，各有动人的风格，各有长处。由于客人赞美的狂热，似乎稍稍逾越这故事价值以外，因此引起了一个珠宝商人的抗议。

这珠宝商人生活并不在市侩行业以外，他那眉毛，眼睛，鼻子，口，全个儿身段，以及他同人谈话时节那副带点虚伪做作，带点问价索价的探询神气，皆显见得这人是一个十足的市侩。大凡市侩也有市侩的品德，如同吃教饭人物一样，努力打扮他的外表，顾全面子，永远穿得干干净净。且照例可说聪明解事，一眼望去他知道对你的分寸，有势力的，他常常极其客气，不如他的，他在行动中做得出比你高一等的样子。他那神气从一个有教养的人看来，常常觉得伧俗刺眼，但在一般人中，他却处处见得精明能干。

在长途行旅中，使一个有习好爱体面的人也常常容易马虎成为一个野人，一个囚犯。但这个珠宝商人，一到旅店后，就在大木盆里洗了脸，洗了脚，取出一双绣花拖鞋穿上，拿出他假蜜蜡镂银的烟嘴来，一面吸美丽牌香烟，一面找人谈话，在旅客中这个人的行为仿佛高出别人一等，故虽同人谈话，却仍然不忘记自己的尊贵，因此有时正当他同人谈论到各种贵重金属的时价时，会突然向人说道：“八古寨的总爷嫁女，用三斤六两银子作成全副装饰，凤冠上大珠值五十两。”说完时，便用那双略带一点愁容的小小眼睛，瞅定对面那一个，看他知不知道这回事情。对面若是一个花纱商人，或一个飘乡卖卜看相的，这事当然无有不知的道理，就不妨把话继续讨论下去。并且对面那个若明白了这笔生意就正是这珠宝商人包办的，必定即刻显得客气起来，那自然话也就更多了。若果那一面是一个猎户，是一个烧炭人，平时只知道熏洞装阱，伐树烧山，完全不明白他说话的用意，那分明是两种身分，两个阶级，两样观念，谈话当然也就结束了。于是这珠宝商人便默默的来计算这一个月以来的一切支出收入，且让一个时间空间皆极久远了的传说，占据自己的心胸，温习那个传说，称赞那传说中的人物，且梦想他有一天终会遇到传说中那个王子发一笔财，聊以自娱。

到金狼旅店的他，今夜里一共听了四个故事，每个故事皆十分平常，也居然得到许多赞美，因此心中不平，要来说说他心中那个传说给众人听听。

他站起身时，用一个乡下所不习见的派头，腰脊微屈，说话以前把脸掉向一旁轻轻的咳了一下，带点装模作样叫卖货物的神气，这神气在另一地方使人觉得好笑，在这里却见得高贵异常。

“人类中悭吝自私固然是一种天性，与之相反那种慷慨大方的品德，这世界上也未尝不有。在中国地方，很多年以前，就有尧王让位给许由先生，许先生清高到这种样子，甚至于帝王位置也不屑一顾，以后还逃走到深山中的故事。虽然这些故事为读书人所欢喜说的，年代究竟远了点，我们既不很清楚当时做王帝的权利义务，说来也不会相信。可是有个现成故事，就差不多同这个一样，那不同处不过尧王让的是一个王位，这人所让的是无量珠宝。”说到这里时这珠宝商人稍稍停顿了一下，看看有多少人明白他是个珠宝商人，那时有个人正想到他自己名为“宝宝”的殇子，因此低低叹息了一声。商人望了那人一眼，接着便说：“不要把王位放在珠宝上面，我敢断定在座诸君，就有轻视王位尊敬珠宝的人在内。不要以为把王位同珠宝并列，便觉得比拟不伦。我敢说，珠宝比王位应当更受人尊敬与爱重。诸君各处奔走，背乡离井，长途跋涉，寒暑不辞，目的并不是找寻王位，找寻的还是另外那个东西！”

那时节全个屋子里的人出气都很轻微，当珠宝商人把话略略停顿，在沉寂中让各人去反省王位与珠宝在自己生活中所生的意义时，就只听到屋外的风声同屋中火堆旁的瓦罐水沸声。火堆中的火柴，间或爆起小小火星向某一方向散去时，便可听到一个人把脚匆剧缩开的细微声音。还有一匹灶马，在屋角某处嚁嚁振翅，但谁也不觉得这东西值得加以注意。

下面就是那珠宝商人所说的故事，为的是故事是古时的故事，因此这故事也间或夹杂了一些较古的语言，这是记载这个故事的人对于一些太不明了古文字的读者，应当交代一声请求原谅的。

…………

珠宝比王位可爱，从各人心中可以证明。但有一样东西比珠宝更难得，有人还并王位同珠宝去掉换的，这从下面故事可以证明。

过去时间很久，在中国北方偏西一点，有个国家，名叫叶波。国中有个大王，名叫温波。这个王年轻时节，各处打仗，不知休息，用武力把一切附属部落降伏以后，就在全国中心大都城住下，安富尊荣，打发日子。这国王年纪五十岁时，还无太子，因此按照东方民族作国王的风气，讨取民间女子两万，作为夫人。可是这国王虽有两万年青夫人，依然没有儿子，这事古怪。

叶波国王同其他地面上国王一样，聪明智慧，全部用到政务方面以后，处置自己私人事情，照例就见得不很高明。虽知道保境息民，抚育万类，可不知道用何聪明方法，就可得一儿子。本国太医进奉种种药方，服用皆无效验。自以为本人既是天子，一切由天作主，故到后这国王听人说及本国某处高山，有一天神，正直聪明，与人祸福灵应不爽时，就带了一千御林军，用七匹白色公鹿，牵引七辆花车，车中载有最美夫人七位，同往神庙求愿。

国王没有儿子，事不奇希，由于身住宫中，不常外出，气血不畅，当然无子。今既出门一跑，晒晒太阳，换换空气，筋骨劳动，脉络舒张。神庙停驾七天以后，七个夫人之中，就有一个怀了身孕。这夫人到十个月后，产生一个太子，名须大拿。

太子十六岁时节，读书明礼，武勇仁慈，气概昂藏，使人爱敬。太子年龄既已长大，国王就为他讨了一房媳妇，名叫金发曼坻。这金发曼坻，也是一个国王女儿，长得端正白皙，柔媚明慧。夫妇二人，爱情浓厚，结婚以来，就不见过一人眉毛皱蹙。两人皆只用微笑大笑，打发每个日子。这金发曼坻到后为太子生育一男一女。

太子须大拿身住宫中既久，一切宫中礼节习气，平板可笑，行动处处皆受拘束，心实厌烦，幻想宫殿以外万千人民生活，必更美丽自然。因此就有一天，换上衣服，装扮成为一个平民，离开王宫，走出大城，广陌通衢，各处游观。未出宫前，以为宫外世界宽阔无涯，范围较大，所见所闻，必可开心。迨后全城各处一走，凡属人类种种生活，贫穷，聋瞽，喑哑，疥疠，老惫，死亡，仅仅巡游一天，所有人事触目惊心各种景象，皆已一览无余。一天以内，便增加了这王子一种人生经验，把这种人生诸现象认识以后，心中大不快乐。

回宫当日，这王子就向国王请事：

“国王爸爸，我有一件事情想来说说，请先赦罪，方敢禀告。”

国王就说：

“赦你无罪，好好说来。”

太子先向国王说明日里私自出宫不先禀告情形，接着说：

“想求国王爸爸答应一件事情，不知能不能够得到许可。”

“想要什么，可同我说；一切说来，容易商量。这国王宝座，同所有国土臣民，皆你将来所有，如何支配，你有权力。”

“既一切为我所有，我可处置，我想使我臣民，得我一点恩惠。我愿意手中持有国中库藏钥匙，派人从库中取出所有珍宝，放城门边，同大街上，散送给一切可怜臣民。这些宝物，将尽人欢喜，随意拿去，决不令一个人心中不满。”

国王既已答应太子一切要求，必得如约照办。虽明白一国珠宝有限，臣民欲望无穷，太子所想所作，近于稚气。但自己年纪已老，只有这样一个太子，珍宝金银，皆不如太子可贵。且把无用珍宝，舍给平民，为太子结好于下，也未为非计。故用下面话语，答复太子：

“亲爱的孩子，你想要做什么，尽管去做，钥匙在我手里，你就拿去，一切由你!”

太子听国王说话以后，赶忙向国王道谢。当晚无事。到第二天，就派人用各种大小车辆，把国内一切稀奇贵重宝物，从库藏中搬出。这些大小不等的车辆，装满了各样珍宝以后，皆停顿在城门边同大街闹市。不拘何人，心爱何物，若欲拿去，皆可随意挑选，不必说话，就可拿去。国王既富足异常，库中各物，堆积如山，每辆大车载运，皆如从大牛身上拔取一毛，所装虽多，所去无几。故这种空前绝后毫无限制的施舍，经过三天，本国臣民欲望业已满足，叶波国王库中所存，尚较其他国王富足。

那时节去叶波国不远，有一敌国，同叶波王平素意见不合，常常发生战争。听人传说叶波国太子种种布施故事，那个国王就集合全国大臣参谋顾问，开会商量。那不怀好意的国王说：

“叶波国出一傻子，慷慨好施，乐于为善，凡有所求，百凡不厌，各位大臣，谅有所闻。那国有一大象，灵异非凡，颜色白皙，如玉如雪。这象可在莲花上面行走，名须檀延。这象性格温和，极易驾驭。力量强大，长于战争。从前遇有战事发生，每次交锋，这宝象总常占上风。如今国王既老悖昏庸，一切惟傻子是听，若能乘此机会，设一计策，向那国中愚傻王子，把象讨来，从此以后，我国就可天下无敌日臻强盛了。各位大臣之中，有谁能告奋勇，装扮平民，过叶波国讨取这白色宝象，我有重赏。”

大臣中间，人人皆明白两国世仇，相互切齿，交往断绝，业已多日。皆觉得事情不很容易，无人敢告奋勇，独任艰巨。

其中有八个小臣，平时由于位卑职小，并不为王重视，这时节却来同禀国王：

“国王陛下，亲王殿下，大臣阁下，皆只宜于庙堂陈词，筹度国事。讨象事小，应当交给小人办理。我等八人在此，时间已久，无事可作，如今就为大王把象取来，只请颁发粮秣同其他必需用物，八人即刻便可上路。”

国王闻言，心中欢喜，命令财政大臣把一切需要，如数供给八人，国王并且身当大臣面前宣言：

“若能把象取得，各封官爵。”

八人就连夜赶往叶波国，至太子宫门，求见太子。各人皆预先约好，化装成为跛脚，拿一拐杖，跷一右脚，向宫门回事小官说：

“有事想见太子，劳驾引见。”

太子听说八个跛脚男人，同一残废，同一服装，同一神气，齐集宫门求见，心中稀奇，即刻令人引见。并且亲自迎出二门，向每人行礼，十分客气，异样亲切。八人一见太子，照预先约好办法，异口同声说道：

“我们八人皆从极远地方跑来，各想讨点东西回去。只因远远就已听说太子仁慈，想不至于吝啬恩惠。”

太子听说，满心欢喜，询问八人，要的是些什么。并且为八人说明，国中名贵宝物，尚有若干种类，某某宝物，藏某库内，只问欢喜，无不相赠。

八个乔装跛人，同时向太子说明来意：

“我们八人，是八兄弟，家中富有，不可比方。小时作梦同至一处，见一大神，有所嘱咐。神说：‘尔等八人，皆有福分，可骑白象，同上太清。白象神物，非凡象比，必须跛脚，方可得象。’第二天，八人清早醒来，各人各把梦中所见所闻，互相印证，八人之中，梦境全同。大神所说，想亦不虚。因此互相商议，各人自用铁锤锤碎一脚，且从此背家离井，四方飘泊，希望与白象相遇。游行十年，备经寒暑，加之一脚上跷，一脚拄地，麻烦痛苦，不可言述。如今听说太子为人慷慨大方，从不拒绝别人请求，名声远播，八方皆知，天上地下，无不明白。且闻人说太子象厩，宝象成群，因此赶来进见太子，别无所求，只求把那一匹白色宝象，送给我们兄弟八人，让我们骑这宝象云游各处，以符梦兆，并可宣扬太子恩惠。”

太子闻言，信以为真，毫不迟疑，即刻就带领八人过象厩中，指点一切大小象名，听凭拣选。

“各位同胞，不必客气，象皆在此，只请注意。且看看这些大小白象，若有任何一象中意，即刻就可把它牵去。”

八人看看，并无须檀延白象在内，装作回想梦境，稍稍迟疑，就摇头说：

“王子豪放，诚过所闻。惟象厩中所有各象，皆不如梦中白象美丽。我们八人冒昧请求，希望太子把恩惠放大，让我们看看那匹能在莲花上行走的白象。”

太子带八人往那宝象所在处，未近象厩以前，八人就同声惊讶，以为仿佛梦中到过此地。一见宝象，又装作更深惊异，以为一切皆与梦境符合。且故意询问王太子：

“这象名字，叫须檀延，不知是不是？”

太子微笑点头。当时八人就想把象骑走，太子便说：

“这象可动不得，是我爸爸的象，国王爱象如爱儿女，若遽送人，事理不合。不得国王许可，这象不能随便送人。”

八人十分失望，不再说话。

太子心想：

“象虽爸爸宝物，不能随便送人。可是我既先前业已告人，百凡国王私财，大家欢喜，皆可任意携取，各随己便。如今八人皆为这白象折足。各处奔走，飘泊十年，也为这象。今若不把这象送给八人，未免为德不卒，于心多愧。把象送人，纵有罪过，必须受罚，也不要紧！”

那么想过以后，为求恩惠如雪如日，一律平等不私所爱起见，太子就命令左右，即刻把白象披上锦毯，加上金鞍。当宝象收拾停当牵出外面时，太子左手持水，洗八人手，右手牵象，送与八人。

八人得象，向天空为太子祝福，且称谢不已。

太子向八人说：

“我的朋友，你听我说：这象既已得到，请速上路，不要迟缓。若时间延宕，国王方面已知消息，派人追夺，我不负责！”

八人听说，知道时间不可稍缓须臾，又复道谢，就急急忙忙骑象走去。

叶波国中大臣，听说太子业已把国中唯一宝象送给敌国，皆极惊怖，即刻齐集宫门，禀告国王。国王闻禀，也觉得十分惊愕，不知所措。

大臣同在国王面前议论这事。

“国家存亡全靠一象，这象能敌六十大象，三百小象。太子慷慨，近于糊涂，不加思索，把象与人。国家失象以后，从此恐不太平！太子年纪太轻，不知事故，一切送人，库藏为空，唯一白象，复为敌有。若不加以惩罚，全国大位，或将断于一人，国王明察，应知此理。”

国王闻说，心中大不快乐。

当时开会讨论，大臣们皆以为白象重要，关系国家命运，白象既为太子送与敌国，国法所在，必将应得处罚，加于太子一身，方称公平。按照国法，失地丧师，以及有损国家权威种种过失，皆应处以死刑。其中有一大臣，独持异议，不欲雷同。那大臣说：

“国法成立，多由国王一人所手创。任何臣民，皆应守法。但因一象死一太子目前虽为他国称赞叶波国人守法，此后恐为历史家所笑，以为国法乃贵畜而贱人，实不相宜。如果因为太子过分慷慨，影响国家，照本大臣主张，以为把太子放逐出国，住深山中十二年，使他惭愧反省，不知大家以为如何。”

大臣所说，极有道理，各个大臣皆无异议，国王即刻就照这位大臣所说，决定一切。

国王把太子叫来，同他说道：

“错事业已作成，不必辩论，今当受罚，即此宣布：你应过檀特山独住十二年，不能违令。”

太子便说：

“我行为若已逾越国王恩惠范围以外，应受惩罚，我不违令。只请爸爸允许，再让我布施七天，尽我微心，日子一到我就动身出国。”

国王说：

“这可不行，你正因为人大方，逾越人类慷慨范围以外，故把你充军放逐。既说一切如命，即刻上路，不必多说！”

太子禀白国王：

“国王爸爸既如此说，不敢违令。我自己还有些财宝，愿意散尽以后，离开本国，不敢再度荒唐，花费国家分文。”

那时国王两万夫人已知消息，一同来见国王，请求允许太子布施七天，再令出国。国王情面难却，因不得不勉强答应。

七天以内，四方老幼，凡走来携取宝物的，恣意攫取，从不干涉。七天过后，贫人变富，全国百姓，莫不怡悦，相向传言，赞述太子。

太子过金发曼坻处告辞，妃子闻言，万分惊异。“因何过错，便应放逐?”太子就一一告给曼坻，因为什么事情，违反国法，应被放逐，不可挽救。

金发曼坻表示自己意见：

“我们两人，异体同心，既作夫妇，岂能随便分离？鹿与母鹿，当然成双。如你已被放逐，国家就可恢复强大，消灭危险，你应放逐，我亦同去。”

太子说：

“人在山中，虎狼成群，吃肉喝血，使人颤栗。你一女人，身躯柔弱，应在宫中，不便同去!”

妃答太子：

“若需如此，万不可能，王帝用幡信为旗帜，燎火用烟焰为旗帜，女人用丈夫为旗帜；我没有你，不能活下。希望你能许可，尽我依傍，不言畀离，有福同享，有祸分当。若有人向你有所求乞，我当为你预备；人如求我，也尽你把我当一用物，任意施舍。我在身边，决不累你。”

太子心想：“若能如此，尚复何言!”就答应了妃子请求，约好同走。

太子与妃，并两小儿，同过王后处辞行时，太子禀告王后：“一切放心，不必惦念。希望常常劝谏国王，注意国事，莫用坏人。”

王后听说，悲泪潸然，不能自持，乃与身旁侍卫说：

“我非木石，又异钢铁，遇此大故，如何忍取？今只此子，由于干犯国法，必得远去，十二年后，方能回国，我心即是金石，经此打击，碎如糠秕!”

但因担心太子心中难堪，恐以母子之情，留连莫前，增加太子罪戾，故仍装饰笑靥，祝福儿孙，且以：“长途旅行，增长见闻，回国之日，必多故事。”打发一众上路。

国王其余两万夫人，每人皆把真珠一颗，送给太子，三千大臣，各用珍宝，奉上太子。太子从宫中出城时节，就把一切珠宝，散与送行百姓，即时之间，已无存余。国中所有臣民，皆送太子出城，由于国法无私，故不敢如何说话，各人到后，便各垂泪而别。

太子儿女与其母金发曼坻共载一车，太子身充御者，拉马赶车，一行人众，向檀特山大路一直走去。

离城不远，正在树下休息，有一和尚过身，见太子拉车牲口，雄骏不凡，不由得不称羡：

“这马不坏，应属龙种，若我有这样牲口，就可骑往佛地，真是生平快乐事情。”

太子在旁听说，即刻把马匹从车轭上卸下，以马相赠，毫无吝色。

到上路时，让两小儿坐在车上，王妃后推，太子牵挽，重向大路走去。正向前走，又遇一巡行医生，见太子车辆，精美异常，就自言自语说道：

“我正有牡马一匹，方以为人世实无车辆配那母马，这车轻捷坚致，恰与我马相称。”

太子听说，又毫无言语，把儿女抱下，即刻将车辆赠给医生。

又走不远，遇一穷人，衣服敝旧，容色枯槁。一见太子身服绣衣，光辉绚目，不觉心动，为之发痴。太子知道这人穷困，欲加援手，已无财物。这人当太子过身以后，便低声说：

“人类有生，烦恼重叠排次而来，若能得一柔软温暖衣服，当为平生第一幸事。”

太子听说，就返身回头，同穷人掉换衣服，脱此新衣，掉换故衣，一切停当以后，不言而行。另一穷人见及，赶来身后，如前所说，太子以妃衣服掉换，打发走路。转复前行，第三个穷人，又近身边，太子脱两小儿衣服，抛于穷人面前，不必表示，即如其望。

太子既把钱财，粮食，马匹，车辆，衣服零件，一一分散给半路生人，各物罄尽以后，初无悔心，如毛发大。在路途中，太子自负男孩。金发曼坻，抱其幼女。步行跋涉，相随入山。

檀特山距离叶波国六千里，徒步而行，大不容易。去国既远，路途易迷，行大泽中，苦于饥渴。其时天帝大神，欲有所试，就在旷泽，变化城郭，大城巍巍，人屋繁庶，伎乐衣食，弥满城中。俟太子走过城边时，就有白脸女人，微须男人，衣冠整肃，出外迎迓。人各和颜悦色，异口同声：

“太子远来，道行苦顿，愿意留下在此，以相娱乐。盘旋数日，稍申诚敬。若蒙允许，不胜欢迎！”

妃见太子不言不语，且如无睹无闻，就说：

“道行已久，儿女饥疲，若能住下数日，稍稍休息，当无妨碍。”

太子说：

“这怎么行，这怎么好。国王把我徙住檀特山中，上路不用监察军士，就因相信我，若不到檀特山中，决不休息。今若停顿此地，半途而止，违国王命，不敬不诚。不敬不诚，不如无生！”

妃不再说，即便出城，一出城后，为时俄顷，前城就已消失。

继续前行，到檀特山，山下有水，江面宽阔，波涛汹涌，为水所阻，不可渡越。

妃同太子说：

“水大如此，使人担忧！既无船舶，不见津梁，不如且住，待至水减再渡。”

太子说：

“这可不成，国王命令，我当入山一十二年，若在此住，是为违法。”

原来这水也同先前一城相同。同为天帝所变化，用试太子。太子于法，虽一人独处，心复念念不忘，不敢有贰，故这时水中就长一山，山旋暴长，以堰断水，便可搴衣渡过。太子夫妇儿女过河以后，太子心想：“水既有异，性分善恶，死诸人畜，必不可免。”因此回顾水面，嘱咐水道：

“我已过渡，流水合当把原状即刻恢复。若有人此后欲来寻我，向我有所请求乞索，皆当令其渡过，不用阻拦！”

太子说后，水即复原。“其速如水”，后人用作比喻，比喻来源，即由于此。

到山中后，但见山势嵚崎，嘉树繁蔚。百果折枝，烂香充满空气中。百鸟和鸣，见人不避。流泉清池，温凉各具；泉水味皆如蜜酒，如醴，如甘蔗汁，如椰汁，味各不同，饮之使人心胸畅乐。太子向妃子说：“这大山中，必有学道读书人物，故一切自然，如此佳美。使自然景物如有秩序，必有高人，方能作到。”太子说后，便同妃子并诸儿女，取路入山，山中禽兽，如有知觉，皆大欢喜，来迎太子。山中果然有一隐士，名阿周陀，年五百岁，眉长手大，脸白眼方。这人品德绝妙，智慧足尊。太子一见，即忙行礼不迭。太子说道：

“请问先生，今这山中，何处多美果清泉，足资取用？何处可以安身，能免危害？”

阿周陀说：

“请问所问，因何而发？这大山中，一律平等，一切丘壑，皆是福地，今既来住，随便可止！”

太子略同妃子说及过去一时所闻檀特山种种故事，不及同隐士问答。

隐士就说：

“这大山中，十分清净寂寞。世人虽多，皆愿热闹，阁下究为什么原因，携妻带子来到此地？是不是由于幻想，支配肉体，故把肉体尽旅途跋涉折磨，来此证实所闻所想？”

太子一时不知回答。

太子未答，曼坻就问隐士：

“有道先生，来此学道，已经过多少年？”

那隐士说：

“时间不多，不过四五百岁。”

曼坻望望隐士，所说似乎并不是谎话，就轻轻说：

“四五百岁以前，我是什么？”

其时曼坻，年纪不过二十二岁而已。

隐士见曼坻沉吟，就说：

“不知有我，想知无我，如此追究，等于白费。”

曼坻说：

“隐士先生，认识我们没有？”

太子也说：

“隐士先生，也间或听人说到叶波国王独生太子须大拿没有？”

隐士说：

“听人提到三次，但未见过。”

太子说：

“我就是须大拿，”又指妃说，“这是金发曼坻。”

隐士虽明白面前二人，为世稀有，但身作隐士，业已四五百年，人老成精，故不再觉得别人可怪，只问二人：

“太子等到这儿来，所求何事？”

太子说：

“鄙人所求，想求忘我，若能忘我，对事便不固执，人不固执，或少罪过。”

隐士说：

“忘我容易，但看方法。遇事存心忍耐，有意牺牲，忍耐再久，牺牲再大，不为忘我。忘我之人，顺天体道，承认一切，大千平等。太子功德不恶，精进容易。”

隐士话说完后，指点太子应当住处。太子即刻就把住处安排起来，与金发曼坻各作草屋，男女分开，各用水果为饮食，草木为床褥。结绳刻木，记下岁月，待十二年满，再作归计。

太子儿名为耶利，年方七岁，身穿草衣，随父出入。女名脂拿延，年只六岁，穿鹿皮衣，随母出入。

山中自从太子来后，禽兽尽皆欢喜，前来依附太子。干涸之池，皆生泉水。树木枯槁，重复花叶。诸毒消灭，不为人害。甘果繁茂，取用不竭。太子每天无事可作，就领带儿子，常在水边，同禽兽游戏，或抛一白石，到极远处，令雀鸟竞先衔回，或引长绳，训练猿猴，使之分队拔河。金发曼坻则带领女儿，采花拾果，作种种妇女事情，或用石墨，绘画野牛花豹，于洞壁中，或用石针，刻镂土版，仿象云物，毕尽其状。几人生活，美丽如诗，韵律清肃，和谐无方。

那个时节，拘留国有一退伍军人，年将四十，方娶一妇。妇人端正无比，如天上人。退伍军人，却丑陋不堪，状如魔鬼，阔嘴长头，肩缩脚短，身上疥疠，如镂花钿。妇人厌恶，如避蛇蝎，但名分既定，蛇蝎缠绕，不可拒绝，妇人就心中诅咒，愿其早死。这体面妇人一日出外挑水，路逢恶少流氓，各唱俚歌，笑其丑婿。

生来好马，独驮痴汉，
马亦柔顺，从不踶啮。

妇人挑水回家以后，就同那军人说：

“我刚出去挑水，在大路上，迎头一群痞子，笑我骂我，使我难堪。赶快为我寻找奴婢，来做事情，我不外出，人不笑我！”

军人说：

“我的贫穷，日月洞烛，一钱不名，为你所见，我如今向什么地方得奴得婢？”

妇人说：

“不得奴婢，你别想我，我要走去，不愿再说！”

军人相貌残缺，爱情完美，一听这话，心中惶恐，脸上变色，手脚打颤。

妇人记起一个近年传说，就向军人说道：

“我常常听人说及叶波国王太子须大拿，为人慷慨大方，坐施太剧，被国王放逐檀特山中，有一男一女，尚在身边，你去向他把小孩讨来，不会不肯！”

军人说：

“身为王子，取来作奴作婢，惟你妇人，有这打算，若一军人，不愿与闻。”

妇人说：

“他们不来，我便走去，利害分明，凭你拣选。”

那退伍军人，不敢再作任何分辩，即刻向檀特山出发。到大水边，心想太子，刚一着想，中河就有一船，尽其渡过。这退伍军人遂入檀特山，在山中各处找寻须大拿太子所在处。路逢猎师，问太子住处，猎师指示方向以后，就忽然不见。

退伍军人按照方向，不久便已走到太子住处。太子正在水边，训练一熊作人姿式泅水。遥见军人，十分欢喜，即刻向前迎迓，握手为礼，且相慰劳，问所从来。

退伍军人说：

“我是拘留国人，离此不近。久闻太子为人大方，好施乐善，因此远远跑来，想讨一件东西回去。”

太子诚诚实实的说：

“可惜得很，你来较迟，我虽愿意帮忙，惟这时节，一切已尽，无可相赠。”

退伍军人说：

“若无东西，把那两个小孩子送我，我便带去，作为奴婢，做点小事，未尝不好。”

太子不言。退伍军人再三反复申求，必得许可。太子便说：“你既远远跑来，为的是这一件事，你的希望，必有归宿。”

那时两个小孩，正同一老虎游戏，太子把两人呼来，嘱咐他们：

“这军人因闻你爸爸大名，从远远跑来讨你，我已答应，可随前去。此后一切，应听军人，不可违拗。”

太子即拖两儿小手交给军人，两个小孩不肯随去，跪在太子面前，向太子说：

“国王种子，为人奴婢，前代并无故事，此时此地，有何因缘不可避免？”

太子说：

“天下恩爱，皆有别离，一切无常，何可固守？今天事情，并不离奇，好好上路，不用多说！”

两个小孩又说：

“好，好，我去我去，一切如命。为我谢母，今便永诀，恨阻时空，不可面别！我们俨若因为宿世命运，今天之事，不可免避，但想母亲失去我等以后不知如何忧愁劳苦，何由自遣！”

退伍军人说：

“太子太子，我有话说。承蒙十分慷慨，送我一儿一女。我今既老且惫，手足无力，若小孩不欢喜我，一离开你以后，就向他们母亲方面跑去，我怎么办？你既为人大方，不厌求索，我想请你把那两个小孩，好好缚定，再送把我。”

太子就反扭两小孩子手臂，令退伍军人用藤蔓自行紧缚，且系令相连，不可分开，自己总持绳头，即便走去。两个小孩不肯走去，退伍军人就用皮鞭捶打各处，血流至地，亦不顾惜。太子目睹，心酸泪落；泪所堕处，地为之沸。小孩走后，太子同一切禽兽，皆送行至山麓，不见人影，方复还山。

那时各种禽兽皆随太子还至两小儿平时游戏处，号呼自扑，示心哀痛。小孩到半路中，用绳缠绕一银杏树，自相纠缪，不肯即走，希望母亲赶来。退伍军人仍用皮鞭重重抽打不已。两小孩因母亲不来，不能忍受鞭笞，就说：

“不要再打，我们上路！”上路以后，仰天呼喊：“山神树神，一切怜悯，我今远去为人作奴作婢，不知所止，不见我等母亲，心实不甘，请为传话母亲，疾来相见一别！”

金发曼坻，时正在山中拾取成熟自落果实，负荷满筐，正想带回住处。忽然左足发痒，右眼蠕动，两乳喷汁，如受吮吸，心中十分希奇，以为平时未曾经验，必有大变，方作预示。或者小孩有何危险发生，不能自免，正欲母亲加以援救？想到此时，即刻弃去果筐，走还住处。有一狮子，因知太子把儿女给人，实为心愿，恐妃一回住处，由于母子私爱，障碍太子善心，就故意在一极窄路上，当道蹲据，不让金发曼坻走过。

金发曼坻就说：

“狮子狮子，不要拦我，愿让一路，使我过身！”

狮子当时把头摇摇，表示不行。到后明知退伍军人，业已走去很远，无法追赶，方站起身来，令妃通过。妃还住处，见太子独自坐在水边，瞑目无视。水边林际，不见两儿。即往草屋求索，也不在内。便回到太子身边，追问小孩去处。

妃子说：“我们小孩，现在何处？”太子不应。妃子发急，又说：“你听我说，不要装聋，我们小孩，现在何处？快同我说，告我住处，不应隐瞒，使我发狂！”

妃子如此再三催促太子，太子依然不应。妃极愁苦，不知计策，就自怨自责："太子不应，增加迷惑，或我有罪，故有此事！"

太子许久方说：

"拘留国来一穷军人，向我把两个儿女讨走，我已送他带去多时！"

金发曼坻听说这话，惊吓呆定，如中一雷，蹩地倒下，如太山崩。在地宛转啼哭，不可休止。

太子劝促譬解，不生效验，太子因此想起一个故事，就向失去儿女那个母亲来说：

"你不要哭，且听我说，这有理由，你不分明！这事有因有果，并不出于意外。你念过大经七章没有？经中故事，就是我等两人另一时节故事。那时我为平民，名鞞多卫，你为女子，名曰陀罗。你手中持好花七朵，我手中持银钱五百，我想买你好花，献给佛爷，你不接钱，送我二花，求一心愿。你当时说：愿我后世，作你爱人，恩怜永生，如大江水。我当时就同你相约：能得你作夫人，为幸多多，但我先前业已许愿，愿我爱人，一切能随我意见，不相忤逆，随在布施，不生吝悔。你当时所说，为一'可'字。今天我把小孩送人，你来啼哭，扰乱我心，来世爱怜，恐已因此割断！"

曼坻听过故事，心开意解，认识过去，只因心爱太子，坚强如玉，既然相信从布施中，可以使两人世世生为夫妇，故不再哭，含泪微笑，且告太子：

"一切布施，皆随所便。"

那时有一大神，见太子大方慷慨，到此地步，就变作一人，比先前一时退伍军人还更丑陋，来到太子住处，向太子表示自己此来希望：

"常闻太子乐善好施，不逆人意，来此不为别事，只因我年老丑恶，无人婚娶，请把那美丽贞淑金发曼坻与我，不知太子意思如何！"

太子说：

"好，你的希望，不会落空。你既爱她，把她带去，你能快乐，我也快乐！"

金发曼坻那时正在太子身旁，就说：

“今你把我送人，谁再来服侍你？”

太子说：

“若不把你送人，尚何成为平等？”

太子不许妃再说话，就牵妃手交给那古怪丑人。大神见太子舍施一切，毫不悔吝，为之赞叹不已，天地皆动。这神所变丑人，就把曼坻拖去，行至七步，又复回头，重把曼坻交给太子，且说：

“不要给人，小心爱护！”

太子说：

“既已相赠，为何不取？”

那丑人说：

“我不是人，只是一神，因知慷慨，故来试试。你想什么，你要什么？凡能为力，无不遵命。”

曼坻即为行礼，且求三愿：一，愿从前把小孩带去的退伍军人，仍然把小孩卖至叶波国中。二，愿两个小孩不苦饥渴。三，愿太子同妃，早得还国。那大神一一允许。又问太子，所愿何在。

太子说：

“愿令众生，皆得解脱，无生老病死之苦。”

大神说：

“这个希望，可大了点，所愿特尊，力所不及，且待将来，大家商量！”

话已说毕，忽然不见。

那时拘留国退伍军人，业已把两个小孩，带回家中，妇人一见，就在门前挡着，大骂退伍军人：

“你这坏人，心真残忍，这两小孩，皆国王种子，你乃毫无慈心，鞭打如此！今既全身溃烂，脓血成疮，放在家中，有何体面！赶快为我拖上街去，卖给别人，另找奴婢，不能再缓！”

军人唯唯听命，依然用藤缚执，牵上街廛，找寻主顾。军人心想居奇发财，取价不少，人嫌价贵货劣，莫不嗤之以鼻。辗转多日，乃引至叶波国。

既至叶波国中，行通衢中，叫卖求售。大臣人民，认识是太子儿女，大王冢孙，举国惊奇，悲哀不已。诸臣民就问退伍军人：“凭何因缘，得这小孩？”退伍军人说：“我非拐骗，实向其爸爸讨得！”有些人民，就想夺取，且想殴打军人，发泄悲愤。中有一懂事明理长者，在场制止众人卤莽行动，提议说道：

“这件事情，不能如此了事。目前情形，实为太子乐于成人之善，以至于此。今若强夺，违太子意，不如即此禀告国王，使王明白，王既公正，自当出钱购买！”

诸臣禀告国王，国王闻言，大惊失色，即刻下谕宣取退伍军人带领小孩入宫。王与王后，并二万夫人，及诸宫女从官，遥见两儿，萎悴异常，非复先前丰腴，莫不哽噎。

国王问询退伍军人：

“何从得到这两小孩？”

退伍军人说：

“我向太子求乞得到，所禀是实。”

国王即喊近两个小孩，把绳索解除，想同小孩拥抱接吻，小孩皆哭泣闪避，若有所忌，不肯就抱。

国王问退伍军人，应当出多少钱，方可卖得这一男一女，退伍军人一时不知如何索价，未便作答，两小孩同时便说：

“男的值银钱一千，公牛一百头，女的值金钱二千，母牛二百头。”

国王说：

“男子素为人类所尊重，如今何故男贱女贵？”

男孩便说：

“国王所说，未必近实。后宫婇女，与王无亲无戚，或出身微贱，或但婢使，王所爱幸，便得尊贵。今王独有一子，反而放逐深山，毫不关心，所以明白显然，知必男贱女贵！”

国王听说，感动非常，悲哀号泣，如一妇人。且因王孙耶利慧颖杰出，爱之深切，就说：

“耶利耶利，我很对你父子不起。你已回国，为什么不让我抱你吻你？你生我气，还是怕这军人？”

耶利便说：

“我不恨你，我不怕他。本是王孙，今为奴婢；安有奴婢受国王拥抱？我不敢就王拥抱！”

国王闻言，倍增悲怆，即一切如其所言，照数付出金银牛物与退伍军人。再呼两儿，儿即就抱。王抱两孙，手摩小头，口吻各处创伤，问其种种经过。又问两孙：

“你爸爸妈妈，在山中住下，如何饮食，如何生活？”

两个小孩一一作答，具悉其事。国王即遣派一大臣，促迎太子。那大臣到山中时，把国王口谕，转告太子，并告一切近事，敦促太子回国。太子回答：

“国王放逐我等远离家国，山中思过，一十二年为期。今犹刚过三年，为守国法，年满当归！”

大臣回国如太子所说，禀启国王，国王用羊皮纸，亲自作一手书，复命一大臣，把手书带去，送给太子。那书信说：

……一切过去，即应忘怀，你极聪明，岂不了解？去时当忍，来时亦忍：即便归来，不胜悬念！

太子得信以后，向南作礼，致谢国王恕其已往罪过。便与金发曼坻，商量回国。

山中禽兽，闻太子夫妇将回本国，莫不跳跃宛转，自扑于地，号呼不止，诉陈慕思。泉水为之忽然涸竭。奇花异卉，因此萎谢。百鸟毁羽折翅，如有所丧。一切变异，皆为太子。

太子与妃同还本国，在半路中，先是太子出国前后情形，三年以来，为世传述，远近皆知。敌国怨家，设诈取象，种种经过，亦皆全在故事中间。心有所恧，赎罪无方。此时太子回国，敌国怨家，探知消息，即便派遣大使，装饰所骗白象，金鞍银勒，锦毯绣披，用金瓶盛满金米，用银瓶盛满银米，等候在太子所经过大道中，以还太子，并具一谢过公文，恭敬而言：

前骗白象，愚痴故耳。因我之事，太子放逐。故事传闻，心为内恧。赎罪无方，食息难处。今闻来还，欢喜踊跃。兹以宝象奉还太子，愿垂纳受，以除罪尤！

太子告彼大使，请以所言转告：

“过去之事，疚心何益。譬如有人，设百味食，持上所爱，其人食之，吐呕在地，岂复香洁？今我布施，亦若吐呕；吐呕之物，终还不受！速乘象去，见汝国王。委屈使者，远劳相问！”

于是大使即骑象还归，白王一切。即因此象，两国敌怨，化为仁慈。且因此故，两国人民，皆觉人不自私其所爱，牺牲之美，不可仿佛。

太子还国，国王骑象出迎。太子便与国王相见，各致相思，互相拥抱，相从还宫。国中人民，莫不欢喜，散花烧香，以待太子。

自从以后，国王便把库藏钥匙，交付太子，不再过问。太子恣意布施，更胜于前。

…………

故事说完以后，在座诸人，无不神往。赞美声音，不绝于耳。商人也就扬扬自得，重新记起一个被大众所欢迎的名人风度，学作从容，向人微笑，把头向左向右，点而又点。

有一个身儿瘦瘦的乡下人，在故事中对于商人措词用字有所不满，对于屋中掌声有所不满，就说：

“各位先生，各位兄弟，请稍停停，听我说话。叶波国王太子，大方慷慨，施舍珍宝，前无古人，如此大方，的确不错。但从诸位对于这故事所给的掌声看来，诸位行为，正仿佛是预备与那王子媲美，所不同的，不过一为珍宝，一为掌声而已。照我意见说来，这个故事，既由那位老板，用古典文字述叙，我等只须由任何一人，起立大声说说：‘佳哉，故事！’酬谢就已相称，不烦如此拍掌，拍掌过久，若为另一敌国怨家，来求慈悲，诸位除掌声以外，还有什么？”

那时节山中正有老虎吼声，动摇山谷，众人闻声，皆为震慑。那人在火光下一面整理自己一件东西，一面就说：

“各位先生，你们赞美王子行为，以为王子牺牲自己，人格高尚，远不可及。现在山头老虎，就正饥饿求食，谁能砍一手掌，丢向山涧喂虎没有？”

各人面面相觑，不作回答。那人就向众人，留下一个微笑，匆匆促促，把门拉开向黑暗中走去了。

大家都以为这人必为珠宝商人说的故事所感化，梦想牺牲，发痴发狂，出门舍身饲虎的，因此互相议论不已。并且以为由于义侠，应当即刻出门援救这人，不能尽其为虎吃去。但所说虽多，却无一人胆敢出门。珠宝商人，则以为自己所说故事，居然如此有力，使人发生影响，舍身饲虎，故极傲然自得。见众人议论之后，继以沉默，便造作一个谎话，以为被这故事感动而舍身饲虎的事情，数到这人，业已是第三个。众人皆愿意听听另外两个人牺牲的情形，愿意听听那个谎话。

店主人明白若自己再不说话，误会下去，行将使所有旅客，失去快乐，故赶忙站起，含笑告给众人：“出门的人，为虎而去，虽是事实，但请放心，不必难过。原来那人是一个著名猎户。”众人闻言，莫不爽然自失。珠宝商人，虽想再诌出另外那两次牺牲案件，一时也诌不出了，就装作疲倦，低头睡觉。因装睡熟，必得伪作毫无知觉，故一只绣花拖鞋，分明为火烧去，也不在意。一个市侩能因遮掩羞辱，牺牲一双拖鞋，事不常见，故附记在此，为这故事作一结束。

二十二年一月二十日

为张小五辑自《太子须大拿经》在青岛

本篇收入《月下小景》以前未见单独发表。1933 年 3 月上海良友图书印刷公司曾以《慷慨的王子》为集名出版单行本，原目不详。

游目集

《游目集》1934年4月由大东书局初版。

原目：《腐烂》、《除夕》、《春天》、《夜的空间》、《三个男子和一个女人》、《平凡故事》。

《腐烂》见第9卷《短篇选》。

《除夕》见第4卷《男子须知》。

《春天》见第6卷《沈从文子集》。

其余诸篇据大东书局初版本编入。

夜的空间

（一个平面的记录）

晚潮静悄悄的涨着。

江面全是一抹淡牛奶色薄雾。江中心，泊了无数从沿海各地方驶来，满载了货物同木料的大船，在雾里，巨大的船体各画出一长条黑色轮廓。船桅上所系的红的风灯，一点一点，忽隐忽现，仿佛如在梦里。一切声音平息了，只镇上电灯厂的发电机，远到五里外也能听到它很匀称的蓬蓬作响。

潮向上涨，海水逆流入江，在汊港极多的ＸＸ附近，肮脏的江水，到时候皆从江逆流入港。每日皆取同一的体裁，静静的，温柔的，谦驯的，流满了各处，届退潮时又才略显匆忙样子急急的溜去，留下一些泥泞，一个锈烂了的铁盒，一些木片或一束草。江潮一满，把小船移到离江已有两里以上，退潮时皆仿佛搁船到旱地，到了这时大小船只皆浸在水里了。知道了潮的高度，到什么地方为止，汊港边另外还有人把棺木搁到那稍高地方的事。因此在这些不美观的地方，一些日晒雨淋腐烂无主的棺材，同到一些比棺材差不多破烂的船只，皆在一处，相距不到二十步远近，一些棺材同一些小船，像是一个村庄样子，一点也不冲突，过着日子下来，到潮涨时则棺木同船的距离也似乎更近了。

大白天，船上住的肮脏妇人，见到天气太好了，常常就抱了瘦弱多病的孩子，到船边岸上玩，向太阳取暖。或者站到棺材头上去望远处，看男子回来了没有。又或者用棺材作屏障，另外用木板竹席子之类堵塞其另一方，尽小孩子在那棺木间玩，自己则坐到一旁大石条子上缝补敝旧衣裤。到夜里，船中草荐上，小孩子含着母亲柔软的奶头，伏在那肮脏胸脯上睡了，母亲们就一面听着船旁涨潮时江水入港的汩汩声音，一面听着远处电灯厂马达丝厂机械的声音，迷迷糊糊做一点生活所许可的梦，或者拾到一块值一角钱分量的煤，或者在米店随意撮了一升米，到后就为什么一惊，人醒了。醒转来时，用手摸摸，孩子还在身边，明白是好梦所骗了，轻轻的叹着气，到后是孩子冷哭了，这些妇人就各以脾气好坏，把孩子拥抱取暖，或者重重的打着，作为复仇，且用极粗糙的话语辱骂孩子，尽孩子哭到声音嘶哑为止。潮水涨到去棺木三尺时就不再流动，望到晚潮的涨落，听到孩子们的哭声，很懂得妇人们在寒夜中做梦的，似乎就只有这些睡到荒田里十年八年的几具无主棺材。

镇上到半夜，是一切人皆睡静了。只余下一家棉花铺拨拨的弹弓声音，一家成衣铺缝衣机密集的声音，以及一家铜器铺黑脸小铜匠用钢锤敲打蜡烛台的声音。从这些屋里门罅间或露出一点灯光，这灯光便成一线横画在街上。

在日里鱼呀肉呀的热闹街上无一个人。静静的一条石子路小街，就只是一些狗类互相追逐互相啮咬。在铺子里案桌上把被盖摊开睡觉的屠户，皆打着大的鼾声，或者就从狗的声音上，做着肆无忌惮的奇梦。梦到把刀飞去，砍去了一只猪脚，这猪脚比平时不同，有了知觉，逃走到浜里去了。又或者梦到被警佐拘留到衙门，一定要罚五元，理由则是因为忘了把猪蹄上的外壳除去，妨碍了公众卫生。又或者梦到一个兵士买肉，用十元的钞票，只说要肉四两，把肉得到后就拿去了，不找零，不挑剔皮骨，完全与其他时节兵士两样。凡是这些在日里做不到的，常有的，幸福与灾难，这些人皆得在梦里重新铺排一次。还有其他做生意的人呢，也皆各以其方便在梦里发财赔本，因为这些人，都是在小数目上计算过日子的人！

还有江边做短工过日子，用力气兑换一饱的愚蠢人，不拘在一个破船上面，不拘在其他地方，这些人，只要是还能在那个地方迷迷糊糊睡去，能够做梦，大多数总不外梦到江边有一只五桅船失了火这样一件事。这几天大的船泊到江中，实在是太多了，每一只船上皆不缺少一种失火的机会。用任何理由：船主因为冷烤火，伙计赌博吵架打翻了灯，客人吸烟不小心把烟头丢到木花里去，都得实现那希望中的事情。就不用任何理由，船上也不妨忽然起了火。火一起，于是热闹了。一只极其体面的大船，宽阔的帆，向天空直矗的高桅；以及绘有花藻雕饰的后梢，新上油漆的舱篷，一切一切皆引了火，生气样子的任性燃烧，不可挽救，火光照到江面，水上皆成金波，船主人站到柁楼嘶喊着。有时上下衣还忘记穿到身上，地保沿江跑去，像疯子一样乱嚷乱打锣。江面全是货物，水上浮满了各样东西，成束的干鱼，用铁皮打包的大捆洋布，有狮头为记的花纱，横直皆牵红线的新棉絮，帽子，大衣，皮鞋，美观的磁盆，柔软的皮毛袍褂，凡是这些平常见到过的皆在江中漂浮，各人皆随意在忙乱中掠取，很奋勇把在平时一个人气力所不胜的货物扛到肩上飞奔。消防队来了，地保也来了，水保也来了，各处抓人。但船上的火越多，大家救火，公务人员也各以其方便捞取所欢喜的东西去了，江面的货物再无人禁止，因此一来各人皆把所有欲望满足，只等候天明一件事了。他们皆各以其方便做着这一类适宜于冬天的好梦，有些得了一篓油或一捆布，有些则是一束干鱼，有些又是一套极其称身的布棉衣服。平时胆子太小，吃过水上保正同警察的亏的汉子，梦到把所需的东西得到手后，总同时还梦到仍然为巡警抓住领子，拉到江边去，预备吊到那卧在江边的废钢烟筒上去，打鞭子示众，于是就使狡猾的计策图逃，脚一登人却醒了。还有些不缺少坐牢经验的人，则一直梦到第二次仍然到宝山县又臭又湿的监狱里去作苦工，仍然在梦中挨挞，仍然说谎话赌咒，求大人施恩取保开释。

这地方的这些人，因为他们全是那么穷，生长到这大江边，住到这些肮脏船上或小屋里，大家所有的欲望，全皆是那么平凡到觉得可笑了。他们的盼望得一件裤子或一条稍为软和的棉絮，也是到了这快要落雪的十二月才敢作的遐想，平时是没有这胆量的。然而这欲望的寄托，却简直没有，“善人”这名字只是书上的东西，偷抢也很不方便，所以梦的依据，一切人皆不外这庞大的海舶了。但是这船呢？从海上驶来，大的帆孕满了风日夜的奔跑，用铁皮包身的船柁时时刻刻的转，高的桅子负了有力气的帆从不卸责，船上的伙计们与大浪周旋，吃干菜臭鱼一月两月，到了地，一切皆应当休息，所以船的本身停泊在江中，也朦朦胧胧像睡了。

退潮时，江中船只皆稍稍荡动，像梦里在大洋中与风争持帆取斜面风驶去情形，因为退潮的原故，伙计有披衣起身，摸到铁链在船边大便的了。这人望天中一个小小月亮，贴到高空，又看星，这里那里，全是航海人所熟习的朋友，一一在心中数着这些星的名字。天降了霜，因为寒冷，就想几千里外的家中人，日子在这类粗汉子脑中生出意义来了，时间是十月还是十一月？想要明白了。把货卸了再装上一些货，成束的，成桶的，方的，长的，以及发臭味的，可以偷吃的，莫明其妙的到了舱里，乘晚潮下落开了船……但什么时候到那老地方？也在心上来估计了。过年这件事，应当是在船上拉篷吃干鱼同劣米所煮的饭，还是应当在家中同老婆在床的一头谈笑话睡觉？也想起了。到后却因为远远的神往，终不能抵抗近身的严霜，从小小舱门，钻进气味薰蒸的内舱，挤到一个正在梦里赢了很多洋钱的同伴身边睡下。听到同伴荒谬绝伦的呓语，说着平常时节不敢说的数目，三百元，五百元，像很不在乎似的，就把在舱面已冻冷了的大腿，不大规矩的插到那热被里去。

梦做不成了，用船上人脾气，说话以前先骂祖宗：

“狗同你娘好，把我的钱全丢了？”

“你说五百三百，我知道你是牌九正热闹，我就来压你一腿。”

“你这杂种莫闹我，我快赢一千了。”

“我冲你的屁股，说大话，做梦！”

“落雨了么？”

“是退潮，天气好极了。”

两人若是不说话，于是就听到系船的铁链呕呕轧轧的声音。

另外船上是当真有赌博的，就七八个人蹲到铺上，在一盏小小煤油灯下，用一副天九牌作数目不等的输赢。从一些有毛胡子的嘴巴中，喊出离奇不经的口号，又从另外一种年青人的口里，愤恨中说出各样野话。因为是夜静，本来是话说得很轻，也似乎非常宏大了，到同伙之一觉得太不像样时，就仍然用辱骂作命令，使这声音缩小，莫让船主之类生气。因争持一毛两毛，揪打成一堆的事也有过。因赌输了钱，保守骨牌的主人，抖气把那三十二张一起丢到江里，且赌咒不再玩牌的事也有过。赌博尽兴了，收场了，各人走到舱面，扯脱了裤头，露出黑色的一条，哗哗的洒着热尿，见了星月，也同样生出点家乡何处的感想，或者向镇上一方面望去，看到不知什么人家的灯光，就想起在镇上土娼家过夜的船主，有点不平了，骂着自己也骂着别人，“狗鸡公养的，你享福！浪打死你！”或者说，“革命党来公你的妻共你的产，把船充公，看你睡婊子去！”这些蠢头蠢脑的人，是一点也没有想到浪打了船主或船为革命党充公，自己又到什么地方去生活的。妇人这东西，时时刻刻就像与自己是仇敌了，睡过一夜第二天爬桅子就无气力，同到妇人一住久就不能同人比劲气，但是这样毛脚毛手的汉子，平时在工作上毫不知道节省气力，一有机会到妇人面前时，却是仍然同样没有吝惜气力过的。凡是在一个妇人面前，得到“水牛”“长蛇”之类意义暧昧的绰号汉子，每到有机会想起妇人的好处时，总即刻觉得人是与绰号不相称，很忸怩，因为无法同这妇人在一处，绰号的意义也失去了。他们也常常梦到与妇人有关系的那类事情，肆无所忌的，完全不为讲礼教的人着想那种神气，没有美，缺少诗，只极单纯的，物质的，梦到在一个肥壮的妇人面前，放荡的做一切事。梦醒了，就骂娘，以为妇人这东西，到底狡猾，就是在梦里也能骗到男子一种东西。

也有不愿意做点梦就以为满足的汉子，一到了不必拉篷摇橹的时节，必须把所有气力同金钱完全消费到一个晚上这样事情的，江边的小屋，汊港里的小船，就是所要到的地方了。这些地方可以使这些愚蠢的人得到任性后安静的睡眠，也可以产生记忆留到将来做梦。

不做梦，不关心潮涨潮落，只把二毛六分钱一个数目看定，做十三点钟夜工，在黄色薄明的灯光下，站在机车边理茧，是一些大小不一的女孩子。这些贫血体弱的女孩子，什么也不明白的就活到这世界上了，工作两点钟就休息五分，休息时一句话不说，就靠在乱茧堆边打盹，到后时间到了，又仍然一句话不说到机车边做事。

江潮落尽时，这些肮脏的孩子，计算到休息已经四次了，他们于是想起世界快要光明，以为天明就可以休息，工作也更勤快了许多。曾被人说到那是狗一类东西，同时没有睡觉没有做梦的监察工人，从机车的排列里走过，平时不轻易在小孩子面前发笑的脸，可以看得出高兴的神气了。

孩子们自己不会做梦，却尽给了家中父母们在长夜里做梦的方便。两块钱一个夜晚的生活，是[①]有住到江边小乌篷船上穿红衣打水粉的年青女人才能享受的。这些父母，完全知道得住江船女人那么清楚，且知道上等人完全不明白的“人的行市”，自己的女儿已能在厂里做二毛八分钱的夜工，每一个日子往后退去，人就长大成年，冬天的夜虽然很长，总不会把梦做到穷尽了。

十九年八月改

本篇收入《游目集》以前未见发表。

①原文“是”疑为“只”字之误。

三个男子和一个女人

中尉连附罗义，略略显得忧郁而又诙谐的说道：

有什么人知道我们的开差，为什么要落雨的理由么？

我们自己是找不出那理由的。或者这理由团部的军需才能够知道，因为没有落雨时候，开差草鞋用得很少，落了雨，草鞋的耗费就多了。但落了雨才开差，对于军需是利益还是损失，我们是又不大能够说得清楚的。照例那些事非常复杂，照例那些事团长也不大知道，因为团长是穿皮靴的。不过每次开拔总同落雨有一种密切关系，这是今年来我们遇到很巧妙事情之一种。

在大雨中作战，还有许多勇敢的人，所以在雨里开差，我们是不应当再有怨言了。雨既然时落时止，我们的油布雨衣，都很完全，我们前面办站的副官，从不因为借故落雨，便不把我们的饮食预备妥当。我们的营长，骑在马上，尽雨淋湿全身，也不害怕发生疟疾。我们在雨中穿过竹林，或在河边等候渡船，因为落雨，一切景致实在也比平常日子美丽许多。

泥浆是落雨才有的，但滑滑的走着长路，并不使人十分难过。我们是因为这样，才把应走的里数缩短的。我们还可以在方便中，借故走到一个有青年妇人的家里去，说几句俏皮话，顺便讨取几张棕衣，包到脚上。我们因为落雨，才可以随便一点，同营长在一个小盆里洗脚。一个兵士还能有机会同营长在一个盆里洗脚，这出乎军纪风纪以上的放肆，在我们那时节，是不什么容易得到的机会！

我们走了四天，到了我们所要到的地点。天气是很有趣味的天气，等到队伍已经达到目的地，忽然放了晴，有了太阳了。一定有许多人是正在嘲骂这太阳的，一定有许多人要笑它，以为太阳是故意同我们作对，好吧，这个我们可管不了许多，我们是移到这里来填防的，原来所驻的军队早已开走了，我们所以到这地方来补缺，别人做什么无聊事我们还是要继续来作。

乘到满天红霞夕阳照人时，我们有一营人留在此地了。另外一营人，今天晚上虽然也留在此地，明天还得开拔到一个五十里外的镇上去。明天还要开拔的，这时全驻扎到各小客栈同民房，我们却各处去找寻应当驻宿的地点。因为各个部队已经分配好了，我们的旗子插到杨家祠堂，我们一连人中谁也不知道这杨家祠堂的方向，只是在街中乱抓别的一连的兵士询问。

原来杨家祠堂有两个，我们找了许久，找到的还是好像不对。因为这祠堂太小，太坏，内中极其荒凉。但连长有点生气了，他那尊贵的脚不高兴再走一步了。他说，这里既然是空的，就歇息一下，再派人去问吧。我们全是走了一整天长路的人，我们还看到有许多兵士，在民房里休息，用大木盆洗脚，提干鱼匆匆忙忙的向厨房走去。别人倦了饿了，都得到了解决，只有我们都在这市镇街上各处走动，像一队无家可归的游民。现在既然有歇脚地方，并且这时又已经快夜了，我们所以谁也不以为意，都在祠堂外廊下架了枪，许多人都坐在那石狮子下，松解身上的一切东西。

一个年青号兵不知从什么地方得来了一个葫芦，满葫芦烧酒，一个人很贪婪的躲到墙边喝它。有些兵士见到了这件事都去抢这葫芦，到后葫芦就打碎了，所有的酒也泼在还不十分干燥的石地上了，号兵大声的辱骂，而且追打抢劫他的同伴。

连长听到这个吵闹，想起号兵的用处了，就要号兵吹号探问团部。号兵爬到石狮子上去，一手扳到那为夕阳所照及的石狮，一手拿着那紫铜短小喇叭，吹了一通问答的曲子，声音飘荡到这晚风中，极其抑扬动人。

这时满天是霞，各处人家皆起了白白的炊烟，在屋顶浮动。许多年青妇人带着惊讶好奇的神气，穿的是新浆洗过的月蓝布衣裳，挂着扣花的围裙，抱了小孩子，远远的站在人家屋檐下看热闹。

那号兵，把喇叭吹过后，不久就得到了驻在山头庙里团部的回音。连长又要号兵，问询是不是就在这祠堂歇脚。那边的答复还是不能使我们的连长满意，于是那号兵，第三次又鼓着那嘴唇，吹他那紫铜喇叭。

在街的南端，来了两只狗，有壮伟的身材，整齐的白毛，聪明的眼睛，如两个双生小孩子一样，站在一些人的面前，这东西显然是也知道了祠堂门前发生了什么事情，特意走来看看的。

我们都对这狗起了一种野心，我们是走到任何地方看到了一只肥狗，心上就即刻有一个杀机兴起，极难遏止的。可是另外还有使人注意的，是听到有一个女子的声音喊“阿白”，清朗而又脆弱，喊了两声，那两只狗对我们望望，仿佛极其懂事，知道这里不能久玩，返身就跑去了。

天气快晚了。

在我们之间发生了一个意外的变故。那号兵，走了一整天的路，到了地，大家皆坐下休息了，这年青人还爬到石狮上去吹了好几次号。到后脚腿一发麻，想跳下石狮，谁知两脚已毫无支持他那身体的能力，跳到地下就跌倒不能爬起，因此双脚皆扭伤了筋，再也不能照平常人的方便走路了。

这号兵是我的一个同乡，我们在一个堡砦里长大，一条河里泅水过着夏天，一个树林子里拾菌消磨长日，如今便应当轮到我来照料了。

一个二十岁的人，遇到这样不幸，那有什么办法可言？因为连长也是同乡，号兵的职务虽不革去，但这个人却因为这不幸的事情，把事业永远陷到号兵的位置上了。他不能如另外号兵，在机会中进干部学校再图上进了，他不能再有资格参加作战剿匪的种种事情了，他不能再像其他青年兵士，在半夜里爬过墙去与本地女子相会了。总而言之，是这个人做人的权利，因为这无意中一摔，一切皆消灭无余，无从补救了。

我因为同乡原故，总是特别照料到这个人。我那时是一个什长，只能在一班兵士中有点职权，我就把他放在我那一棚里。这年青人仍然每早得在天刚发白时候爬起，穿上军衣，弄得一切整齐，走到祠堂外边石阶上去，吹天明起床号一通。过十分钟，又吹点名号一通。到八点又吹下操号一通。到十点又吹收操号一通。……此外还有许多次数，都不能疏忽。军队到了这里，半月来是完全不下操的，但照规矩那号兵总得尽号兵的职。他每次走到外边去吹他的喇叭时，都得我照扶他。我或者没有空闲，这差事就轮到班上的火夫了。

我们都希望他慢慢的会好的，营部的外科军医，还把十分可信的保证送给我们同这个不幸的人。这年青人两只腿皆被用杉木板子夹好，皆被军医放过血，揉搓过许久，且用药烧灼过无数次。日子一天一天的过去，还是得不到少许效验，我们都有点失望了，他自己却不失望。

他说他会好的，他只要过两个月就可以把杉木夹板取去，可以到田里去追野兔了。听到这个话军医也笑了，因为军医早知道这件事，是这个人永远无可希望的事情，不过他遵守着他做医生的规则，且法律又正许可这类人说谎，所以他约许的种种利益，有时比追兔子还夸张得不合事实。

过了两个月，这年青人还是完全不济事。伤处的肿是已经消了，血毒症的危险不会有了，伤部也不至于化脓溃烂了，但这个号兵，却已完全是一个瘸脚人了。他已经不要人照料，就可以在职务上尽力了。他仍然住在我的棚里，因为这样，我们两人之间，成立了一种最好的友谊。

我们所驻在的市镇，并不十分热闹，但比起湘边各小城市，却另有一种风味。这里只四条大街，中央一个鼓楼操纵到全城。这里如其他地方一样，有药铺同烟馆，有赌博地方同喝酒地方。我每天差不多都同这个有残疾的号兵在一处过活，出去时总在一块，喝酒是两人帮忙，赌博两人拉伴平分。

若是不开拔，这年青人是仍然有一切当兵人的幸福的。凡是一个兵士能做到的事，他仍然可以有分。他要到那些有妇人的住处去，同妇人调笑，妇人们却不敢得罪他。他坐上桌子赌五十文一注的二十一点扑克，别人也不好意思行使欺骗。他要吹号，凡是在过去没有赶得过他的，如今还是不会超过他。大家知道这个号兵的不幸，还不约而同的帮助这个人。

但他的性情，在我看来，有些地方却变了。他是一个号兵，照例一个号兵，对于他的喇叭应当有一种特殊嗜好，无事时到各处走去，喇叭总不能离身。他一定还是一个动作敏捷活泼喜事的人。他可以在晨光微曦中，爬到后山头或城堡上去试音，到了夜里，还要在月光下奏他的曲子，同远远的另一连互相唱和，别的连上的号手，在逢场时节，还各人穿了整齐的制服，排队到场上游行，成列的对本城人有所炫耀，说不定其中就有意外的幸运发生，给那些藏在腰门后面，露出一个白白的额同黑亮的眼睛的妇女们注了意。还有，他若是行动自由而且方便，拿喇叭到山上去吹，会有多少小孩子，带着微微的害怕，围拢来欣赏这大人物的艺术，他就可以同那些小孩子成立了一种友谊。慢慢地，他就得到许多小朋友了。

属于号兵分外的好处，一切都完了，他仅有的只是一点分内的职务。平时好动喜事的他，有点儿阴郁，有点儿可怜，他的脚已经瘸了，连长当到人面前就大声的喊瘸子。一切人不好意思当面叫这名称，背地里就免不了要喊他为“瘸脚号兵”。为了一种方便，为了在辨别上容易认出，自从这号兵一瘸，大家都在他的号兵名字上加了“瘸子”两字，本连火夫也有了一种权利，对这个人存轻视心，轻轻的互相批评这不幸的人，且背地里学这人的行动，作为娱乐了。

在先，对于号兵的职务，他仍然如一个好人一样，按时站到祠堂门外，或内面殿堂前石阶上，非常兴奋的奏他的喇叭。后来因为本连补下一个小副手，等到小号兵已经能够较正确的吹完各样曲子时，他就不常按时服务了。

他同我每天都到南街一个卖豆腐的人家去，坐在那大木长凳上，看铺子里年青老板推浆打豆腐。这铺子对面是一个邮政代办所，一家比本城各样铺子还阔气的房子，从对街望去，看得见铺子里许多字画，许多贴金洒金的对联。最初来的那一天，我们所见到的那两只白色大狗，就是这家所豢养的东西。这狗每天蹲在门前，遇到熟人就站起身来玩一阵，到后就是听到有人的叫唤，两只狗皆显得匆匆忙忙，走到有金鱼缸的门里的天井去了。

我们难道是靠着白吃一碗豆浆，就成天来赖到这铺子里面么？

我们难道当真想要同这年青老板结拜兄弟，所以来同这人要好么？

我们来到这里是有别的原因！但是，两个兵士，一个是废人，一个虽然被人家派为什长，站班时能够走出队伍来喊报名，在弟兄中有一种权利，在官长方面也有一种权利，俨然是一个预备军官，更方便处是可以随意用各样希奇古怪的名称，辱骂本班的火夫，作为脾气不好时节的泄气东西，可是一到外面，还有什么威武可说？一个班长，一连有十个或十二个，一营就有三十六个，一团就有一百以上。什长的肩章领章，在我们这类人身上，只是多加一层责任罢了。一个兵士的许多利益，因为是班长，却无从得到了。一个兵士有许多放肆处，一个班长也不许可了。让我说，班长也是一个废物，是一个不幸的职位吧，因为若有人知道作战时班长同排长的责任，谁也将承认班长的可怜悯了。我到这儿是不以班长自居的，我擅用了一个兵士的权利，来到这豆腐铺了。虽然我们每天总不拒绝由那个单身的强健的年青人手里，接过一碗豆浆来喝，我们可不是为吃豆浆而上门的。我们原来是看中了那两只狗，同那狗的女主人了。

真是一个标致的女人！在我生来还不曾见到有第二个这样的女子。我看到许多师长的姨太太，看到许多学生。第一种人总是娼妓出身，或者做了太太，变成娼妓。第二种人壮大得使我们害怕，她们跑路，打球，或者做一些别的为我所料不到的事情，都成了水牛。她们都不文雅，不窈窕。至于这个人呢？我说不出那完全合意的是些什么地方，可是我从不说谎，我总觉得这是一朵好花，一个仙人。

我们一面也服从营规，一面服从自己的欲望，在这城里我们是不敢撒野的，因为这样我们就每天到这豆腐铺子里来坐下了。我们一面同年青老板谈天，或者帮助他推磨，上浆，包豆腐，一面就盼望到那女人出来。我们常常在那二门天井大鱼缸边，望到白衣的一角，心就大跳，血就在全身管子里乱窜。我们每天又想方设法花了钱买了些东西，送给那两只狗吃，同这个畜生要好。在先，这畜生竟像知道我们存心不良，送它的东西嗅了一会就走开了。但到后来这东西由豆腐铺老板丢过去时，这畜生很聪明的望了一下老板，好像看得出这并不是毒药，所以吃下了。

这一定有人要问，为什么我们要在这无希望的努力上用心？因为按照我们的身分，我们即或能够同这个人家的两只狗要好，也仍然无从与那狗主人接近的。这人家是本地邮政代办所的主人，也就是这小城市唯一的绅士，他是商会的会长，铺子又是本军的兑换机关。时常见到这人家请客，到此赴席的全是体面有身分的人物，团长同营长，团副官，军法军需，无不在场。平常时节也常常见到营部军需同书记官，到这铺子里来玩，同到那主人吃酒打牌。

因为我们问到豆腐铺的老板，才知道那女人是会长最小的姑娘，年纪还只十五岁。我们知道一切无望了，还是每天来坐到豆腐铺里，找寻方便，等候这娇生惯养的小姑娘出外来，只要看看那明艳照人的女人，我们就觉得快乐了。或者一天没有机会见到，就是单听到那脆薄声音，喊叫她家中所豢养狗的名字，叫着大白二白，我们仿佛也得到了一种安慰。我们总是痴痴的注意到那鱼缸，因为从那里常常见到白的衣角，就知道那小姑娘是在家中天井里玩的。

那两只狗到后同我们做朋友了，带着一点谨慎小心的样子，走过豆腐铺来同我们玩。我们又恨这畜生又爱这畜生，因为即或玩得很好，只要听到那边喊叫，就离开我们走去了。可是这畜生是那么驯善，那么懂事！不拘什么狗是都永远不会同兵士要好的，任何种狗都与兵士作仇敌，不是乘隙攻击，就是一见飞跑：只有这两只狗竟做了我们的朋友。我们还因为它们是每天同女人接近的，所以更对这个畜生增加了不少爱慕。

我曾说过了这个豆腐铺老板是一个年青人，这人强健坚实，沉默少言，每天愉快的作工，同一切人做生意，晚上就上了店门睡觉。好像他是除了守在铺子面前，什么事情也不理，除了做生意，什么地方也不去。我初初看来竟不知道这人什么时候吃饭，什么时候去买办他制豆腐的黄豆。他虽不大说话，可是一个主顾上门时节，他总不至于疏忽一切的对答，我们问他一切不知道的事情时，他答应得也非常满意。

我们曾邀约他喝过酒，等到会钞时，我走到柜上去算账，却听说豆腐老板已先付了账。第二次我们又请他去，他就毫不客气的让我们出钱了。

我们只知道他是从乡下搬来的，间或也有乡下亲戚来到他的铺子里，看那情形，这人家中一定也不很穷。他生意做得不坏，他告诉我说，他把积下的钱都寄回乡下去，问他是不是预备讨一个太太，他就笑了。他还会唱一点歌，唱得很好，声音调门都比我们营里人为高明，这是我们有一次下午邀约到河边玩时，才知道的。他又会玩一盘棋，这人并不识字，“车”“马”“象”“士”却分得很清楚。他做生意从未用过账簿，但赊欠来往数目，他都能用记忆或别的方法记着，不至于使它错误。他把我们当成朋友看待，不防备我们，也不谄谀我们。我们来到他的铺子里，虽然是好像单为了看望那商会会长的小姑娘，但若是没有这样一个同我们合得上的人，也不会每天不问晴雨到这铺子里混了！

我同到我那同伴瘸脚号兵，在他豆腐铺里谈到对面人家那姑娘，有时免不了要说出一些粗话蠢话，或者对于那两只畜生常常又要做出一点可笑的行为，这个年青老板，总是微微的发笑，在他那微笑中我们却看不出什么恶意，我总就要说：

“你笑什么？你不承认她是美人么？你不承认这两只狗比我们幸福么？”照例这句话是不会得到回答的。即或回答了，也仍然只是忠厚诚实而几几乎还像是有女性害臊神气的微笑。这照例是使我不平的，我将说：

“为什么还是笑？你们乡下人，完全不懂到美！你们一定欢喜大奶大臀的妇人，欢喜母猪，欢喜水牛，因为肥大合用。但是这因为你不知道美人，不知道好看的东西。”

有时那跛子号兵，也要说：“我只愿意变一只小狗。”且故意窘那豆腐铺老板，问他愿不愿意，也变成一只狗，好得到一种每天与那小姑娘亲近的机会。

照例到这些时节，这年青人一面便特别勤快的推磨，一面还是微笑。

谁知道这是什么意思？谁又一定要追寻这意思？

我们的日子可以说是过得很快乐的。因为我们除了到这里来同豆腐老板玩，喝豆浆看美丽女人以外，还常常去到场坪看杀人。我们的团部，每五天逢场，总得将由各处乡村押解来到的匪犯，选择几个有做坏事凭据的，牵到场头大路上去砍头示众。从前驻扎在ＸＸ，杀人时，若是分派到本连护围，派一排兵押犯人，号兵还得在队伍前面，在大街上吹号。到场时，队伍取跑步向前，还得吹冲锋号，使情形转为严重。杀过人以后，收队回营，从大街上慢慢通过，也仍然得奏着得胜曲子。如今这事情瘸子号兵已无分了。如今护围的完全归卫队，就是平常时节团长下乡剿匪时保护团长平安的亲兵，属于杀人的权利也只有这些人占有了。我们只能看看那悲壮的行列，与流血的喜剧了。我也不能再用班长资格，带队押解犯人游街了。可是这并不是我的损失！我们既然不在场护卫，就随时可以走到那里去看那些杀过后的人头，我们可以停顿在那地方很久，不须即时走开。

有一次，我们把豆腐老板拉去了，因为这个人平素是没有胆量看这件事的。到那血迹殷然的地方，四具死尸躺在坪里，上衣全剥去了，如四只死猪。许多小兵正穿着不相称的军服，脸上显着极其顽皮的神气，拿了小小竹杆，刺拨死尸的喉管。一些狗远远的蹲在一旁，望到这边的一切新奇事情，非常出神。

号兵就问豆腐老板，对于这个害不害怕，这年青乡下人的回答，却仍然是那永远神秘永远无恶意的微笑。看到这年青人的微笑，我们为我们的友谊感到喜悦，正如听到那女子的声音，感到生命的完全一个样子。

因为非常快乐，我们的日子也极其容易过去了。

一转眼，我们守在这豆腐铺子看望女人的事情就有了半年。

我们同豆腐老板更熟了，同那两只狗也完全认识了。我们有机会可以把那白狗带到营里去玩，带到江边去玩，也居然能够得到那狗主人的同意了。

因为知道了女人毫无希望（这是同豆腐老板太熟习了，才从他口中探听到不少事情的），我们都不再说蠢话，也不再做愚蠢的企图了。仍然每天到豆腐铺来玩，帮助到这个朋友，做一切事情，我们完全学会制造豆腐的方法，我们能辨别豆浆的火候，认识黄豆的好坏了。我们还另外同许多本地主顾也认识了，他们都愿意同我们谈话，做我们的朋友。遇到主顾是兵士时，我们的老板，总要我多多的给他们豆腐，且有时不接受主顾的钱。我们一面把生活同豆腐生意打成一片，一面便同那两只白狗成了朋友，非常亲昵，非常要好。那小姑娘的声音，虽仍然能够把狗从我们身边喊叫回去，可是有时候我们吹着哨子，也依然可以嗾使狗飞奔的从家中跑出来。

我们常常见到有年青的军官，穿着极其体面的毛呢军服，白白的脸庞，带着一点害羞的红色，走路时胸部向前直挺，用那有刺马轮的长统黑皮靴子，磕着街石，堂堂的走进那人家二门里去，就以为这其中一定有一些故事发生。我到底是懂事一点的人，受了这个打击还知道用别的方法安慰到自己，可是我的同伴瘸脚号兵，却因此更忧郁了。

我常常见到他对那些年青官佐，在那些人背后，捏起拳头来作打下的姿式。又常常见到他同豆腐老板谈一些我不注意到的事情。

我说过这样的话，在有一次到一个小馆子里，各人皆喝多了一点酒的时候，我向那跛脚的残废人说：

"你是废人，我的朋友；我的庚兄；你是废人！一个小姐是只合嫁给我们的年青营长的。我们试去水边照照看，就知道这件事我们是无分了。我们是什么东西？七块钱一月，开差时就在泥浆里走路，驻扎下来就点名下操，夜间睡到稻草席垫上，口是吃牛肉同酸菜的口，手只合捏那冰冷的枪筒。……我们年青，可是万万不及从学校出身的营长美貌多才。我们只是一些排成队伍的猪狗罢了，为什么对于这姑娘有一种野心？为什么这样不自量？……"

我那次是的确有点醉了，我不知道我应当节制的语言，只是糊糊涂涂，教训这个平时非常听好话的朋友。我似乎还用了许多比喻，提到他那一只脚。那时只是我们两个人在一处，到后，不知为什么理由，这朋友忽然改变了平常的脾气，完全像一只发疯了的兽物，扑到我的身上来了。我们于是就揪打到一堆，各人扭着对方的耳朵，各人毫不虚伪的打了一顿。我实在是醉了，他也是有点醉了。我们都无意思的骂着闹着，到后有兵士从门外过身，听到里面的吵闹，像是自己的人，才走进来劝解。费了许多方法我们才分开了，两人皆由另外兵士照扶回到连上去。

回到连上，各人呕了许多，半夜里，我们酒醒了，各人皆因为口渴，爬起来到水缸边拿水喝。我们喝了好些冷水，皆恍恍惚惚记起上半夜的事情，两人都哭了。为什么要这样斗殴？什么事使我们这样切齿？什么事必须要这样作？我们又哭又笑，披了新近领下的棉军服，一同走到天井去，看快要下落的月亮，如一个死人的脸庞。天空各处有流星下落，作美丽耀目的明光。各处有鸡在叫。我们来到这里驻防，我这个朋友跌坏了腿的那时，还是四月，如今已经是十月了。

第二天，两人各望着对方的浮肿的脸，皆非常不好意思，连上有人知道了我们的殴打，一定还有人担心到我们第二次的争斗，可料不到昨夜醉里的事，我们两人早已忘记了。我们虽然并不忘却那件事，但我们正因为这样，把友谊更坚固的成立了。

两人到后仍然到了豆腐铺，使豆腐老板初初见到，非常惊讶，以为我们之间发生重大的事故。因为我们两人的脸有些地方抓破了，有些地方还是浮肿，我们自己互相望到也要发笑。

到后还是我来为我们的朋友把事情说明，豆腐老板才清楚这原委。我告诉他说，我恍惚记忆得到我说了许多实话，我还骂他是一只瘸脚公狗，到后，不知为什么两人就揉在一处了。幸好是两人皆醉了，两个醉人手脚都无气力，毫不落实，虽然行动激烈，却不至于打破头部。

这时那个姑娘正走出门来，站在她的门前，两只白狗非常谄媚的在女人身边跳跃，绕着女人打圈，又伸出红红的舌头舐女人的手。

我们暂时都不说话了，三个人皆望到对面，到后那女人似乎也注意到我们两个人的脸上，有些蹊跷，完全不同往日了，她望到我们微笑；她似乎毫不害怕我们，也毫不疑心到我们对她有所不利。可是，那微笑，竟又俨然像知道我们昨晚上的胡闹，是为了一些什么理由！

我那时简直非常忧郁，因为这个小姑娘竟全不以我们为意，在那小小的心里，说不定还以为我们是为了赚一点钱，同这豆腐老板合股做生意，所以每天才来到这里的！我望了一下那号兵，他的样子也似乎极其忧郁，因为他那只瘸腿是早已为人家所知道了的，他的样子比我又坏了一点，所以我断定他这时心上是很难受的。

至于豆腐老板呢，我不知道他是有意还是无意，他这时正露着强健如铁的一双臂膊，扳着那石磨，检察石磨的中轴，有无损坏。这事情似乎还是第三次了，另一回，也是在这类机会发现时，这年青诚实单纯的男子，也如今天一样检察他的石磨！

我想问他却没有开口的机会。

不到一会儿，人已经消失到那两扇绿色贴金的二门里不见了。如一颗星，如一道虹，一瞬之间即消逝了，留在各人心灵上的是一个光明的符号。我刚要对着我的瘸腿朋友作一个会心的微笑，我那朋友忽然说：

“义哥，哥哥，你昨晚上骂得我很对，骂得我很对！我们是猪狗！我们是阴沟里的蛤蟆！……”

因为这号兵那惨沮样子，我反而觉得要找寻一些话语，安慰这个不幸的废人了。我说：

“不要这样说吧，这不是男子应说的话。我们有我们的志气，凭这志气凡事都无有不可以做到。我们要做总统，做将军，一个女人，算不了什么希奇？”

号兵说：“我不打量做总统，因为那个事情太难办到。我只要做一个人……”

“谁不许你做人？你的脚将来会想法子弄好的，你还可以望连长保荐到干部学校去念书。你可以同他们许多学生一样，凭本领挣到你的位置。”

“我是比狗都不如的东西。我这时想，如果我的脚好了，我要去要求连长，为我补正兵的名额。我要成天去操坪锻炼……”

“慢慢的自然可以做到，”我转头向豆腐老板望着，因为这年青人已经把石磨安置妥当，又在摇动着长木的推手了。“我们活下来同推磨一样，你的意思以为怎么样？”

这汉子，对于我说的话好像以为同我的身分不大相称，也不大同他的生活相合，还是完全同别一时节别一事情那样向我微笑。

我明白了，我们三个人皆同样的爱上了这个女子。

十月十四，我被派到七十里外总部去送一件公文，另外还有些别的工作，在 X X 候信住了一天，路上来回消磨了两天。

回到本城，把回文送到团部，销了差，正因为这一次出差，得了六块钱奖赏，非常快乐，预备回连上去打听是不是有人返乡，好把钱寄四块回去办冬天的腊肉。到了连上见到瘸子，我还不能开口说出我的欢喜，那号兵就说：

“那个女人死了！”

这是什么话？难道我的耳朵，是准备受人来这样戏弄取乐的么？这些不合人情的谰言，这些无道理的谎话，我还应当有一种义务去相信么？

可是，我一面从容的俯下去脱换我的草鞋，瘸子站在我面前，又说了一些话，使我不得不认真了。我听清楚这话的意义了，我忽然立起，简直可说是非常粗暴的揪着了这人的领部，大声的问这事真伪。到后他要我用耳朵听听，因为这时远处正有一个人家，办丧事敲锣打鼓，一个唢呐非常凄凉的颤动着吹着那高音。我一只脚光了脚板，一只还笼在湿草鞋里，就拖了瘸子出门。我们几乎是用救火的速度向豆腐铺跑去，也不管号兵的跛脚，也不管路人的注意。但没有走到，我已知道那唢呐锣鼓声音，便是由那豆腐铺对门人家传出。我全身皆在发寒，我的头脑好像被谁重重的打击了一下，耳朵发哄哄的声音，眼睛起了无数金光……

到后我能静静的坐在那豆腐铺的长凳上了。我能接过了朋友给我的一碗热豆浆吃下了。我望到对面，这个人家大门前，凭空多了许多人，门前挂了丧事中的白布，许多小孩子头上缠了白包头，在门外购买东西吃。我还看到那大鱼缸边，有人躬身用长铗焚着银锭，火光熊熊向上冒，纸灰飞得很高，才为二门上的白布帘所遮掩，无从见到了。

我知道这些事情都是真实，就全身拘挛，然而笑了。

我望到那豆腐老板，这个人这时却不如往天那样乐观，显然也受了一种打击，有点支持不住了。他作为没有见到我的样子，回过脸去。我又望号兵，号兵却做出一种讨人厌烦的样子。我不知道为什么我这时有点厌烦这跛脚的人，我心中想打他一拳，可是我到底没有做过这种蠢事。

到后我问，才知道昨天这女子吞金死了。为什么吞金，同些什么事情有关系，我们当时一点也不明白，直到如今也仍然无法明白。许多人是这样死去，活着的人毫不觉得奇怪的。女人一死，我们各人皆觉得损失了一种东西，但先前不会说到，却到这时才敢把这东西的名字提出。我们先是很忧郁的说及，说到后来大家都笑了，到分手，我们简直互相要欢喜到相打了。

为什么使我们这样快乐也是说不分明的。似乎各人皆知道女人正像一个花盆，不是自己分内的东西，这花盆一碎，先是免不了有小小惆怅，然而当大家讨论到许多花盆被一些混账东西所占据，凡是花盆终不免为权势所独占，这花盆却碎到地下，我们自然而然又似乎得到一点放心了。

可是，回到营里，我们是很难受的。从此我们生活破坏无余了。从此再也不会为一些事心跳，在一些梦上发痴了。我们的生活，将永远有一个缺口，一处补丁，再也不是完全的生活了。

其实这样女人活在世界上同死去，对于我们有什么关系？假使人还是好好的活下，开差移防的命令一到，我们还有什么希望可言？我们即或驻扎到这里再久，一个跛脚的号兵，一个什长，这样两个宝贝，还有什么机会，能够使我们同那两只狗认识以外，有何种伟大企图？

第二天，两人很早的起来了，互相坐在铺上对望，沉默不能言语。各人皆似乎在努力想把自己安置到空阔处去，不再为过去的记忆围困。各人皆要生气，却不知道为什么忽然脾气就坏到这样子。

“为什么眼睛有点发肿？你这个傻瓜！”

号兵因为我嘲笑他，却不取反攻姿式，只非常可怜的望到我。

我说：“难道人家死了，你还要去做孝子么？”

他还是那样，似乎想用沉默作一种良心的雄辩，使我对于他的行为注意。

我了解这点，但我却不放弃我嘲骂他的权利。

末了他只轻轻的问我：“是不是死了的人还会复活？”因这一句痴话我又说了他一顿。

两人到豆腐铺时，却见到对面铺门极其冷清，我们的朋友，那个年青老板，坐到长凳上用手扶了头，人家来买豆腐时，就请主顾自己用钢刀铲取板上的豆腐。见到我们来了，他有了一点生气，好像是遮掩到自己的伤痕，仍然对我笑着。他的笑，还是说明他的健康与善良的人格。

“为什么？”

“埋了，埋了，一早就埋了！”

“早上就埋了么？”

“天还不大亮就出门了的。”

“你有了些什么事情，这样不快乐？”

“我什么也不。”

他说了后，忙着为我们去取碗盏，预备盛豆浆给我们吃。

坐到那豆腐铺子里，望到对面的铺子，心中总像十分凄凉，我同号兵坐了一会儿，就离开这个豆腐铺子，走到一个本地妇人处去打牌。我们从那里探听得到这女人所埋葬的地点，在离城两里的鲢鱼庄上。

不知为什么我望到那号兵忧郁样子，就使我生气要打他骂他。好像这个人的不欢样子，侮辱到我对那小姑娘的倾心一样。好像他这样子，简直是在侮辱我。我实在不愿意再同他坐在一个桌上打牌了，我自走回连上，躺到草垫上睡了。

这夜里朋友竟没有回到连上来，他曾告我不想回连上去睡，我知道他一定在那妇人处过夜了，也不觉得稀奇。第二天，我还是不愿意出门，仍然静静的躺在床上。到下午来我的头有点发烧，全身也像害了病，心中又不甚想进饮食。我在连上吃过一点草药。因为必须蒙头取汗，到全身为汗水湿透人醒来时，天气已经夜了。

我爬身到大殿后面园里去小便，正是雨后放晴，夕阳挂到屋角，留下一片黄色，天空一角白云，为落日烘成五彩，望到这暮景，望到那个在人家屋上淡淡的炊烟，听到鸡声同狗声，听到军营中喇叭声音，我想起了我们初来到此地的那一天发生的事情。我想起我这个朋友的命运，以及我们生活的种种，很有点怅惘。我有一个疑问的弧号隐藏在心上，对于人生，我的思想自然还可以说是单纯而不复杂。

我到后仍然回去睡了，不想吃饭，不想说话，不想思索。我仍然睡下去不知道有多少久时间，只是把棉被蒙了头颅，隐隐约约听到在楼上兵士打牌吵闹的声音，迷迷糊糊见到许多人，又像是我们已经开了差，已经上了路，已经到了地。过去的事重复侵入我的记忆，使我重新看到号兵跌倒时的神气。醒回时好像有人坐在我的身边，把被丢去，才知道灯已经熄了，只靠着正殿上的大油灯余光，照得出有一个人影，坐在我身边不动。

“瘸子，是你吗?”

“是我。”

“为什么这时才回来?”

他把脸藏在黑暗里，没有做声。我因为睡了多久，这时候究竟已经是什么时候，也依然不很分明，就问他有了几点钟。他还是好像不曾听到我的话样子，毫无动静。

过了一会，他才说：“义哥，放哨的差一点把我打死了。”

“你不知道口令么?”

“我那里会知道口令?”

“难道已经是十二点过了么?”

“我不知道。”

“你今天到些什么地方去，这时才回来?”

他又不做声了。我见到放在米桶上兵士们为我预备的一个美孚灯，把灯头弄得很小，还可以使它光亮，就要他捻一下灯。他先是并不动手，我第二次又请他做这件事。

灯光大了一点，我才望到这号兵，全身是黄泥，极其狼狈，脸上正如刚才不久同人殴打过样子，许多部分都牵制着显著受伤的痕迹。我奇异而又惊讶，望到这朋友，不知道如何问他这一天来究竟到过些什么地方，做了些什么事情。我的头脑这时也实在还是有点糊涂，因为先一时在迷糊中我还梦到他从石狮上滚到地下的情形，所以这时还仿佛只是一个梦。

他轻轻的轻轻的说：“义哥，哥哥，坟不知道被谁挖掘了。”

“谁的坟呢。”

“好像是才挖掘不久的，我看得很清楚。”他的话，带着顽固神气，使我疑心他已经发了狂。

我说：“你讲什么人的坟？在什么地方，为什么你又知道？”

“为什么我又不知道吗？我听人说埋在那里，我要去看看。我昨天到过一次，还是很好的。我今天晚上又去，我很分明记到那一条路，那座坟，不知道已经被谁挖了。”

如不是我有点发狂，一定就是我这个朋友发了狂，我忽然明白他所指的坟是谁埋葬在那里了，我像一个疯人，就跳了起来，“你到过她的坟上么，你到过她的坟上么？”

这朋友，却毫不惊讶，静静的幽悄的说：“是的，我到过她的坟上，昨天到过今天又到过。我不是想做坏事的人！我可以赌咒，天王在上，我并不带了什么家伙去。我昨晚上还看到那个土堆，今天晚上变了。我可以赌咒，看到的是昨晚那座坟，却完全不是原有样子。不知是谁做了这样事情，不知是谁把她从棺木里掏出，背走了。”

我听到这个吓人的报告，却忽然想起一个人来了。但我并不说出口，因为这个人还只在我的心上一闪，就又即刻消失了。我起了一个疑问，以为是这个女子复活，因为重新生回，所以从棺木中挣扎奔出，这时或者已经跑到家中同她的爹爹妈妈说话了。我疑心她是假死，所以草草的埋葬，到后，另外一个人就又把她掘出，把她救走了。我疑心这个事一定在我这个朋友有了错误，因为神经的错乱，忘记了方向和地位，第一次同第二次并不是在一个地方，所以才会发生这误会。我用许多估计去解释，以为这件事并不完全真实。

到后我问他为什么要到坟边去，他很虚怯，以为我是疑心这事他一定已经知道，或者至少事后知道这主谋人是谁，他一连发了七种誓言，要求各样天神作证，分辩他并无劫取女尸的意思。他只是解释他并不预先拿有何种铁器作掘墓的人犯。他极力分辩他的行为，他把话说完了，望见我非常阴沉，眼睛里含有一种疑惧神色，如果我当时还不能表示对他的信托，他一定可以发狂把我扼死。

我的病已完全吓走了，我计算应当如何安置到这个行将疯狂的朋友。我用许多别的话解释，且找出许多荒唐故事安慰到这个破碎的心灵。说到后来这人忽然哭了。他的血慢慢的冷静，一切兴奋过去后，非常悲哀的哭了。他担心惊吵了外面铺上的别人，只是抽咽。他告给我他实在也有过这种设想，因为听到人说吞金死去了的人，如是不过七天，只要得到男子的偎抱，便可以重新复活。他告我第一天，他还只是想象他到了坟边，听得到有呼救声音，便来作一次侠义事，从坟墓中把人救出。第二天，他因为听到这个话，才到那里去，预备不必有呼救声音，也把女人掘出。可是到了那里坟头已经完全变了样子，棺木的盖掀到一旁，一个空棺张着大口等候吃人。他曾跳到棺里去看过一下，除了几件衣服以外什么也不见到。一定是有人在稍前一些时候做了这事情，一定把坟掘开，这人便把女子的尸身背走了。

他已经不再请天神作他的伪证了。他诚实而又巨细无遗的同我说到过去一切，我听到了他这些话，找不出任何话来安慰他了。我对于这件事还是不甚相信，我还是在心中打量，以为这事情一定是各人皆身在梦中。我以为即或不是完全的梦，到了明天早上，这号兵也一定要追悔今晚所说的话语，因为这种欲望谁也无从禁止，行诸事实总仍然不近人情。

他因为追悔他的行为，把我杀死灭口也做得出。我这样想着不免有所预防，可是，这个人现在软弱得如一个妇人，他除了忏悔什么也不能做了。我们有一个问题梗到心上来了，就是我们此后对于这件事如何处置，是不是要去禀告一声，还尽那个哑谜延长？两人商量了一会，靠着简单的理智，认为这发现我们无权利去过问，且等到天明到豆腐铺看看。走了许多夜路的号兵，一只瘸腿已经十分疲倦了，回来又哭了许久，所以到后就睡了。我是白天睡了一整天的人，这时无论如何也不能再睡了，望到这个残废苦闷的脸，肮脏的身，我把灯熄了，坐到这朋友身边，等候天明。

到豆腐铺时间已经不早了，却不见到那年青老板开门。昨晚上我所想到的那件事，又重新在我心上一闪。门是向外反锁，分明不是晏起，或在家中发生何等事故了，我的想象或将成为事实，我有点害怕，拉了号兵跑回连上，把这估计告给了那起过非凡野心的他。他不甚相信事情一定就是这样子，一个人又跑出了许久，回来时，脸色哑白，说他已经探听了别一个人家，知道那老板的确是昨天晚上就离开了他的铺子的。

我们有三天不敢出去，到后听到有人在营里传说一件新闻，这新闻生着无形的翅翼，即刻就全营皆知了。“商会会长女儿的新坟被人刨掘，尸骸为人盗去。”另一个新闻，是“这少女尸骸有人在去坟墓半里的石峒里发现，赤身的安全的卧到洞中的石床上，地下身上各处撒满了蓝色野菊。”

这个消息加上人类无知的枝节，便离去了猥亵转成神奇。

我们为这消息愣住了。

从此我们再不能到那豆腐铺里去，坐到长凳上，喝那年青朋友做成的豆浆，也再不曾见到这个年青诚实的朋友。至于我那个瘸子同乡，他现在还是第四十七连的号兵，他还是跛脚，但他从不同人说到过这件事情。他是不曾犯罪的，但别一个人的行为，使他一生悒郁寡欢。至于我，还有什么意见没有？我现在已经有了三个儿子，连长缺出，便应轮到我了。我实在有点忧郁，有点不能同年青合伴的脾气，因为我常常要记起那些过去事情。

十九年八月廿四日

本篇发表于1930年10月15日《文艺月刊》第1卷第3号。署名沈从文。

平凡故事

匀波，ＸＸ教会大学文科三年级正式生，按照身分，这个人如其他许多讲规则的教会大学校的好学生一样，选课很多，对于功课都做得很好。风气所归，这人另外读过一些中外名著，自己又会拿笔写散文写诗，作品皆登载到学校刊物，同别的不甚著名刊物上。他是学生会的会计，和别两种会的会员。在他宿舍床前面，挂得有从杂志中剪下来的世界文学名家照片，不规则的用小小钢钉钉上墙壁。他的书架放在床头，上面有很多书籍同杂志。他的写字桌有套新文房四宝，一枝钢笔，一个墨水瓶，一个贴有吸墨纸的家伙，另外就是可以每一页扯下作写情书用的白色蓝界洋纸本了。这些东西在桌上，本来不是重要的东西，还有其他许多物件，占了桌上全面积三分之二。

他是一个有普遍趣味的人，所以从一个生物学的教授讨来一个无用处了的骷髅，从考古学教授得了一块旧砖，从……这些东西把书架的上一层与桌子的大部分占据了，每天这些东西加多一点，桌面还总是从前一般大，桌子上的空间更少了。

学文科的人大致是一见可以了然的，白白的脸，小小的手和脚，长头发披在脑后，眼睛有点失眠神气。还有是说话带着一点特别体裁，谈到不拘什么事情，欢喜引用一点故事上不甚恰当的比喻，来作自己所持的主张辩护。至于性格完全是千人一样就是那好管闲事的精神。这些年青人是在没有学好文学以前，把这些习惯先就学好了，使人一见可以明白他是文学者的。匀波同这类大学生在一处过活，自己也是一个。

课余无事时候，几个同学在一处，总是谈谈空洞的希望，或者关于文学，或者关于爱情。又或者把政治社会各问题提出来，肆无忌惮的批评一阵，各以自己所看过的几本书作为根据，每人有一个不同的主张，为了拥护自己的主张，到某问题上，理性的言语已显得毫无用处时，就互相带着一点儿感情，用许多术语骂对方一顿，如像“落伍”，“醉生梦死”，“帝国主义走狗”……差不多都是因为从上海方面印行的刊物上默记下来的，所以读书特多的匀波，语源也就特别丰富。不过这些话语，在上海刊物中，含有的凶恶意义，在这些人口上却已失去，成为无害于事的嘲弄了。在他的日记本上，曾有似乎极其得意的记录，是这样写下来的：

……老王，赵四侉子，裁缝李，拜轮，说到ＸＸ，都被我战败了。这些人平常只会做点诗，呈皇后某某，谈到根本问题，是落伍了的。

大约几个名字都是同学的绰号，因为这些年青人，同在一个大学念书，有些还同在一个寝室睡觉，他们是每一个人都应当有一个绰号的。匀波他自己还有两个，常常为同学所引用。他的所谓根本问题，似乎是不出他身分上的几种事情，生活，爱情，文学。一个大学生，对前途有希望，口上心上，离不了这些问题，那是应当的。他们在教会学校念书，却不大谈上帝，因此这一批人，被另外一群上帝的爱儿爱女们，看作违悖圣道的异教者，感情算不得好。

这些年青人虽然这样聪明有趣，却无一个得到女子的垂青。因为学校的风气，所以这些多情的小子，陷到英雄无用武之地的情形中，过着日子。

就因为大家对女人只是一个抽象，在这上面，匀波于同学中建设了生活的基础。他懂得比别人为多，大家都承认他的知识，他常常是极其快乐，看一切在眼底的事物，发各种光泽。他对于生活感到满意，因为在他左右的同学，为他学力所征服，趣味所支配，很有不少的人数。

他的品貌是许多读书识字女人理想中情人的模子，他的性情又足使年青女人减去拘束，所以在ＸＸ大学第三年级的下学期，众人还是毫无办法的时节，ＸＸ学校新来一个为众人所倾心的公主，在一种方便凑巧情形中，不久就成为匀波的爱人了。

但这事是秘密的，从无第二人知道。

幸运原是势利的，到各处去全是孪生，在ＸＸ学校得到了爱情的匀波，在另外机会中另外地方又遇到了一个女子。同样的柔媚雅洁，青春可人，匀波如一般聪明人一样，不固执，不虚伪，于是又爱上了那个女子。

他用谎语在那两个女人之间，救济到自己的过失，因为他虽然对于幸运不加以拒绝，却从习惯中看出自己普遍趣味，若是用在爱情上面时，将有不幸的事发生。他很巧妙的在两者之间，取到那青年女子在热情中的发狂的拥抱，肆无忌惮的调谑，以及因小小过失而成的流泪与赔礼机会。他把自己所作的诗分抄给两个人，得到两份感谢。他常常发誓，学得用各样新奇动人的字句。他把谎话慢慢的说得极其美丽悦耳，不但是女人没有觉到，他自己到后来，也就生活在他那罔诞的言语中，变成另外一种人了。

他为这个事情把快乐同苦楚一并得到了，他的行为自然还是向快乐上努力，极力避开纠纷。他外貌显得冲和，内心自然免不了有些冲突。

他的朋友于是为他取了一个新的绰号，称他为神秘之诗人，“诗人”是他本来的身分，“神秘”则因为他瞒到了同学，做了许多使好管闲事的同学无从索解的事情。他知道年轻男子在没有得到一个女子以前，都欢喜生事，放肆得有点怕人，因为那不拘形迹，毫无秘密，虽能作成了同学的友谊，却最足妨害那另外一方面事情的进行，所以在ＸＸ大学，匀波同到两个女子发生爱情以后，他同宿舍的同学，还居然无从知道详细。

这个聪明人，在日记簿上，他写了一些平常事情，却把那要紧的事一字不提。因为照规矩他们是常常在一种方便中，同学们，皆有权利攫到另一同学的秘本日记看，且把搜察所得公开给同学知道的。匀波明白这利害，他的秘密只是抄录到自己的心上。

一群二十岁左右的人，只是因为二十岁这点点理由，他们可以放纵不拘作任何天真烂漫行为，是ＸＸ大学无法取缔的。礼拜六的下午，同学们把一个礼拜的日课上过了，把饭吃过了，为国为家做人的义务，已经尽过，到应当由自己趣味，来支配时间的时候到了，几个人约到一个幽僻地方去开会。这会是他们定下来有了一年的，每礼拜皆出席，每次出席如其他任何年青人的集会一样，还是说一些空话，吃一些东西，从耳朵中塞进问题，从口中塞进点心，到后大家唱一个歌；或歌也不唱，就分手了。

但他们的会是匀波发起，因为发起人的原故，这会的严肃气分比本校其他哲学会，数学会，以及什么金贵银贱研究会都不同了。这会是用“文学俱乐部”出面，向学校当局注了册的，实际内容比文学还宽泛许多。他们一到会，什么都谈，并且还不拘什么都作。其中有一件事，是每礼拜集会皆不缺少的，就是同学中之一个，当众人来报告他那好管闲事的成绩。恋爱，吵架，写情书，以及……报告者总是用一个演谐剧者态度，把那所探得到的消息说出，另外还有副手代为补充。被侦察的或是会中同学，或不是会中同学，皆不会使说者听者减少兴味。全是年青人，全是生活同课程皆折磨不了那有生命力的身心，所以日子过下去，这俱乐部的会员，数目由四个到十七个，扩大成为一校最有名的组织，并且新来入会的，竟因为无法得到全体会员通过，全遭摈绝了。

会中没有女人，所以他们集会谈到女人时更显得十分放肆。

因为个人的秘密，匀波这次到会较晚，走进作为会场的学校礼堂地下室第三号，推了门进去时，就听到一阵拍掌鼓噪声音。

一个在数理系的同学，对于微积分得过最好奖语，却在这俱乐部中也得到盛名的蜜司忒文，ＸＸ拍卖行经理人的儿子，从家长方面学得一种洋盘气派，正爬到一个桌子上去，如拍卖汽车时的神气，谈到一个故事。

匀波来了，讲话停顿，几个同学不让匀波说话，就掀拥匀波上了桌子，与那拍卖行的小开在一处并立了。那小开主席用小雄鸡的声音说道：“来得最迟的一个，应作本次集会的记录，把同学小宋的报告写下。”

年青人又用鼓噪一致赞成。

匀波看看在场人数，一共是十六个，按照习惯无可推托，就笑着答应了。

记录是应当拿了笔，坐到报告者一旁，把所有说明加以详细记载，且应尽力把说话者态度，声音，颜色，描写到笔录上去，以便他日参考的。关于这一件事匀波原最在行，他有一个诗人的天分，善于用字措词，只是他今天却有点儿心不在乎此等事情，因为他无意中发现了一个隐秘，是关于那两个爱人之间其中一个女子的故事。他其所以迟到也是为此。他想到有些不快乐的影子遮到自己心上，他有点自私，知道这事情会要来的，却料不到那么快就发生了。

那名叫小宋的同学，是一个近视眼。这人眼睛虽患近视，有了点毛病，却在学校有全能的成绩。凡是平常人眼睛看不到的，他都有方法探听明白。他的聪明是全校公认的，他的天才是在没有方法完全明白事情上还能造一点谣言。他把谣言混合在最合理知的估计中，所以即或在说谎，听的人也仍然相信他的话独多。

他的声音又有点像雄鸡，这理由或者是这学校的位置有小小关系，牧师的籍贯同学生籍贯也有小小关系。学校七百人中，其中具雄鸡咯咯咯声音的，有四分之一左右，还有许多不单是在声音上像一只鸡，就是那外表，那带点骄傲的步武，把头昂起站在池塘边唱圣诗，那神气，也一切是公鸡的神气。女生则肥胖的很多，有公鸡声音却为母鸡体格，那因为这些人有很多是上了一点年纪，吃穿都很舒服，不知道学校以外每天在发生些什么事情，又或者是虽然出身处境很卑，但想到一把学分念完，毕了业，就可以得张牧师或王牧师介绍，到青年会一类地方做事，所以也不得不胖了。

在这个会上没有母鸡，公鸡却有四席，当小宋笑眯眯的爬上了台子，站到那上面，最先学到他的同乡牧师，用战败公鸡神气，作一种祷告姿势，又用公鸡声音喊了一句阿们时，引得另外几只同乡雄鸡都发笑了。他说：

“书记，记好吧，我说的是我们学校公主有了情人。”

大家就嚷着：“哈！说是谁！?”

匀波因为瞒到这事情有了一个月，听到这报告，以为是小宋发现这事了，手就微微发抖，不敢像其他人一样问小宋。小宋却非常稳定，若无其事，又喊了一声书记。匀波只是笑，悄悄的望到同学，为这一件事情兴奋的情形，其中有沉默低下了头的人，是因为曾经对这女生倾心，现在也还是爱着，以为小宋提到的一定是自己，所以也如匀波一样，心中为这消息跳跃着，血为这消息激动着，都想用憨笑处置过去，免得丢人。

“告给你们吧，我无意中拾了一封信件，裁开了。”

其中有个曾经为一个女人写过信的，就说：“这是犯法的事！”

“为什么犯法？这信是写给我的，并不是写给公主。不过很奇怪的，是我并不到信件架上得到，却在外楼走廊下得到。那信封面上明明白白写玄字十四号宋国才收，我于是就照到那标明的主权，把信裁了。”

另一只雄鸡叫着：“谁写的？”

“我不能告这个，因为无关本题。我只说从这信上我知道一个秘密，就是我们的公主，同网球家ＸＸＸ要了好。不止要好，还恐怕有了……”

大家说：“要命！为什么会有这样事情发生？”

“不止这样，还有一种使人不好意思说明的下文……”

匀波红了脸，站起身来说道：“小宋，你这是造谣言。”

小宋指到匀波，仿佛重新来介绍给同学的神气：“大家看，他说我是造谣言。他是生气了，脸红了。我承认我是造谣言吧。但也同时要得意我的计策，因为我探听得到我们的诗人，有点同公主要好的痕迹，为这件事我各处奔走，都证明这事是实在的。但没有十分完全的证据，如今可明白了。既然有人指我说造谣言，但问问为什么十五个人中只有匀波对我这谣言红了脸站起来否认，这理由一定是有一个的，要匀波答复才好。”

同学皆哄然大笑了，且有拍掌称赞这小宋巧妙的取证的，就杂乱的嚷着，要匀波解释。一个同学平时以吃白食为能的，排除了众人的杂潮，貌作庄重，故意的说道：

“这一定是谣言，因为无根据，无确证，不过我们让匀波来分辩吧，因为若果这事情完全是谣言，小宋是应当请我们吃酒处罚的。”

另一个法律系的同学就说:“小宋还得把所谓痕迹报告,才合乎‘司法制度’。”

大家嚷着十分纷乱,匀波本来应当受窘,如今反而总是微笑着。因为他见到这消息如何扰乱到同学的心,如何使同学兴奋,他忘记了消息露布以后不利于己种种的事情了。

到后众人议论稍平,集中到匀波一面了,要他答复,匀波就说:

“若果大家希望这谣言是事实,我用不着分辩了,若果有人还希望谣言是谣言。那我应当说,这希望也不完全错误。……”

从匀波口中取到了新的口供,于是全场重新起了骚扰与哗笑。同学中分成了两类,一类赞美小宋的聪明,匀波艳福。另一类则愤怒到小宋同匀波,因为若不是这两个人,这些学生是都对于那女子怀到有一种希望的,如今却俨然一切绝望了。但这两种人心情虽完全不同,笑闹总是一致。小宋另外提了一个议案,要本日书记报告这事情的内容,且同时记录下来。这苛刻的建议又起了纷乱,大家无法把问题弄清楚,大家皆有所争持。

匀波看看情形不好,于是乘到小宋正在同一个北方大块头同学,笑骂不已的时节,溜出了会场,走到图书馆去了。

匀波当晚就买了许多点心,约请本会会员。他不说什么理由,吃点心的人也不问什么理由。

第二天,在ＸＸ大学校宿舍间,就有了一张壁报,说到女人的事情,隐隐约约还有匀波的影子。这壁报,不消说就是那为女人写信失望过的同学所做的事情。与匀波的同住的学生把壁报扯去,还是壁报发现以后五分钟的事。壁报出现时间虽只五分钟,但这消息如生着羽毛的翅膀,不到一会儿,就飞到女生宿舍那方面去了。

女生们,全是母鸡的性情,无事时话说得比男子更多。嫉妒,好事,虚伪,浅薄,凡是属于某种女子的长德,在这个学校也如其他学校一样,是比知识还容易得到许多的。各样知识装饰了这些女人的灵魂,香料同柔软衣服又装饰了这些女人的身体。她们信上帝却爱慕虚荣,上帝使她们安宁,不如别人称赞她们的美丽使她们快乐。她们的功课,都因为学校规则严格,做得完全及格,比男子还用功努力,可是功课余外事情却都不知道。她们没有正当事情可作的时节，就在一处互相批评笑谑一阵，或者为教授们取一个绰号，或者为同学男子取一个绰号用为娱乐。她们讨论同伴中什么人肌肤白净，什么人善于收拾，又常常把话移到男子方面去。她们每一个人心里，都隐到一个秘密，却善于掩饰，不让同伴知道。其中一些出身教会，从卑微的境遇中爬到大学校里来，有小牧师的女儿，医院执事人的妹子，青年会司账人的亲戚，这些女人就常常到洋牧师家中去走动走动，也学到外国人看不起中国人，只同那些有势力的小姐们巴结，又嘲笑那些说英语发音不正的同学。

她们做礼拜一律都比男生为诚实，有很好的嗓子，在礼拜堂中唱赞美诗，声音都异常动人。可是在某种小小变故发生时节，她们为惊讶而发的叫声，为悲哀而发的哭声，使人同时记起的是一个兽物，一只猫。她们那清亮喉咙，除了唱歌还用得到对骂上面去。教育虽使这些东西像一个女人，习惯使这些女人还各有一副为男子动心的外表。然而那根本上的种种，属于女人，以及属于靠到叫卖圣雅各为生活的家庭环境空气这些女子是成了铸定的样子，永远不会改变了的。

她们来学校读书，在方便中也同男子恋爱，非常小心谨慎，看到男子发狂，就带着希奇不解的神气，同这个男子疏远了。一定要男子说了许多谎话，到后又自然而然为谎话所醉，就仍然在“方便”中嫁给这个男子了。凡是经什么男子爱过以后，即或是男子很坏，她们也都能忍受，相信配偶中的命定。她们的行为，有许多是十分贞节的，这些人无从恋爱或不敢嫁人，把身体售给上帝，也就得到一切幸福了。

不过近年来学校办理的认真，使外国出钱的商人，慷慨的把钱送来，使中国有身分的绅士更信托的交给了许多儿女，学校一发达，社会地位增加了不少，因此全校空气也稍稍不同了。ＸＸ大学男生有了两派，一派是基督教徒，酸溜溜的手拿圣经一本，外表朴素又谦恭，预备把神学课程念完时节去作牧师。另一派，则只吸收了洋气，服饰整洁，语言流畅，会作一切的娱乐，英语演说会记名，在学校虽反基督教，出学校时还得用ＸＸ学校出身的资格炫耀世人。女子中也有了两派，与男子差不多，所不同的是男子漂亮的将来作“官”，女子则是“太太”罢了。

与匀波相好的女子，名字叫做一梅。这人出身中产家庭，父亲在从前的北京政府，找得一些钱，讨了两个年青姨太太，她因此懂了许多属于女人的标致的爱好。她从一个教会女子中学卒业，又学得了一些别的事情。因这两种理由，这人到了ＸＸ大学来，不久就成为一校的皇后了。

皇后或公主，所有的事情，按照一时代风气所归，自然就是常常尽义务，看一些从不知什么地方凭什么理由写来的信件。照例这要一点取舍本领，若是单有一个温柔的心可不行了。因为大学生时代的年青男子，实在不甚容易应付，他们的热情是不讲道理的，他们的贪得，不是常常使他们糊涂，就是常常使他们胡闹。他们在这方面只知道进取，却不担负何种责任，什么人习惯于勇往直前，到后他就成了功。女子呢，按照生活所得的一点点经验，从家庭记到小心谨慎，从学校学到来往认识，从小说书同美国通俗影片看到接吻，或关于男女悲剧同喜剧，对于婚姻男女意识，她们从这些各方面，就建立了各个做人的态度。胆小的感到男子麻烦而又难于处置，任性的又成为女子众矢之的，——因为是女人，女子与女子在同类中所发生的纠纷，比男女关系还更复杂，更难于处置，许多女子不敢同男子往来，只是因为担心同类的注意。年青女子恐怕男子的负心，还没有恐怕另一女子散布流言为大。所以在学校中男女往来，女子对这件事保守秘密，比男子还更加要紧，即或许多人已经成为公开的事实，她总不大愿意尽别一个人来开心。

但女子原具长舌本能，在教会学校中，因为功课的拘束，与教会人格的努力，更容易培养这本能发展。因为完全是女人与女人互相监视，ＸＸ学校的学风，被人所夸奖，学校当局却获得了不应当得到的许多绅士的感谢。其中另外一些女子，自己没有与人相爱的机会，就把所发现的秘密广事传播，又选择那要紧的禀告学校，且以维持学风校誉，有得到学校的褒奖过这一类事。

一梅是从中学校知道了各样做教会学校学生的诀窍，对男子极其谨慎，对女人却极其小心的，爱了匀波，并不完全秘密，总不让把柄落到女同学手中。她美丽而不骄傲，聪明懂事，又不缺少小姐高尚的身分。她对于男子十分得体，对于女子，更努力使那些吃教饭长大的她们无从置嘴，她用沉默拒绝了一切愚蠢男子的狂妄，用点心安置到一切好说闲话女子的口中，所以她得到了全校的敬视，很少有人用恶意批评到这个人。

但自从壁报一出，在女生方面趣味可不同了。大家似乎并不以为这是损害了一梅多少，那在平日搽胭脂准备接吻的嘴唇，皆为这一件事忙着了。

“我想起来了，我那次坐车到 X X 去，记到好像看到这两个人！”

“我知道她告假的理由！”

“我听到一个人说，她又听到另一个人说，匀波是有了妻子的人。”

“我听到是有养媳妇，还生了一个儿子。”

“我听说他们一定六月结婚，若是……那真是……”

“我听说她是定过婚了的，是一个瘸子。”

“我听说不是瘸子，是出过洋，到过欧洲得过学位的人，有了一点胡子。”

“不会有胡子！”

“那有钱，一定坐汽车。”

“我还听说她是寡妇，因为若不是嫁过人的女子，不会这样待人。”

“我听说有一个男子为她自杀了，死的只是一个男子，不大熟习，并不十分爱好，所以不算寡妇。”

一切聪明而又大胆的设证与引例，是这学校女子们最感生兴味诸事之一种。

总而言之，她们说的不是听人谈到，就是由于自己所估计。听人说及就是听那些同学说及，与自己瞎估乱猜，还是一样的无可稽考。但话尽是三三五五谈下去，她们总不觉得一时就会厌倦，她们都把到这里说到的又去那里再说一次，互相交换谣言，所以下半日，一梅就从一个要好的女同学方面，听到说是有人骂她许多丑话。两个人都因为是女人，所以说到后来都气哭了。

因这谣言的扩张，一梅完全变了。

在两天后，匀波同一梅，在一个教授家中会了面。

“匀波，我听到有谣言发生了。”

“我也听到过！”

“我很不快乐！”

“你怕谣言吗？”

“我怕麻烦！我听到这谣言，哭过了，因为想不到谣言这样利害。”

“那自然是应当有的事。”

两个人这样说了一阵，却都不曾把谣言说的是什么话提及。匀波从壁报发生以后，所听到的谣言只是平常的谣言，就是一听便可以知道谣言的传播，不外由于一些失意男子的浅薄攻讦。这出于男子的谣言，由一个男子当来，是极容易应付的。但一梅听得到的谣言，却全出于女子，女子照例对于谣言的散布，不拘任何小事，总有极大想象力使之变成动听的新闻。一梅听到的，是有人见过匀波的太太同儿子，这话由她那女友复述时，为了对朋友的忠悫，附了诚恳的誓言，帮助那谣言成为事实。

匀波本来可以询问一梅那方面谣言，究竟是些什么事，全因为这男子同另一女子的故事，使这聪明男子有所顾忌，不能再作分辩了。

一梅因为女子的性格，既然还没有同匀波定婚，所以就不好意思把那些有人发誓证实过的谣言说出，说了一阵就分手了。

两人当面可以说清楚的，完全为一种隐情不曾提到，离开以后却各用想象来把这事加以解释，结果两人都为这谣言感到动摇了。

一梅想，这样继续过日子，一定要把自己放到危险上面去，并且谣言可以转过方向，变成另外一种姿式，损害到自己学业与前途，她就为匀波写了一个信去，表示他们的界限，是应当为舆论而划清的。当匀波接到一梅的信时，一梅也正得到匀波一个信，不过说话却完全相反。同谣言作战，是男子一种趣味，女子却极难同意。匀波的信反而增加了她的疑心，她以为可以从这方面更证实谣言并非完全谣言。

匀波的信写得极长，具一种文学的风格，他把一切理由都归之于当然，所以他要一梅更信任他一点，使友谊不致因谣言而动摇。凡是信上所说的话，皆是一个聪明的男子，有非常细腻思想，合乎自私，又好像极其大方，对付女人的话。他说到末了，还正想利用这谣言，得到一种先前还不曾得到的好处。他要求一梅于日内给他一个机会，再详细面谈一下。他打算到在见及一梅时向她表示，如果她高兴答复，他就要问她，愿不愿意用事实证明谣言。他还怀了决心，只要是一梅答应了允许他爱情的独占，他就决定同另外那人分手了。

一梅回复他的信，说是不必面谈。回信也很长，除了照到一个女子胆小畏事的性格，说了一些琐碎空话外，别的问题不提。她仿佛不甚懂到恋爱是要论及嫁娶的，所以就用一般人的措词，说我们始终当是两个好朋友。她费了斟酌，以为这话说得非常得体。关于谣言她仍然不提，她极力避免接触到那中心问题上去。她意思想忠厚一点，既然发现了别人的危险，就不同这人要好，既然看到前面的路不大好走，就不向前好了。

匀波第二次又写了信，说及的还是见见面谈一下。这男子是懂得到两个不甚认识的人，写信非常有用，一到最后的事上，十次最得体的书信还不及一度五分钟的晤面。他要利用一个机会，一梅却不让他得到这机会。两人一同到课堂时，在众目眈眈之下，是照例不能多说空话的。另外下课时节，一梅总是故意同另外一些女生站在一处。匀波知道当前横阻的是那壁报的影响，只有日子可以慢慢的把痕迹拭去。

在四天之中，匀波似乎真爱上了一梅，忘却另外那一个人。虽说在那方面并无完全弃绝的意思，但心上的燃烧，是为一梅而起，不在平分春色了。

他计算到一梅的性情，认为事还大有可为，需要一些日子，所以他并不完全消沉。

等到他以为事情可以继续进行了，又为一梅写了封信去，到应当回信时，接到了一梅短短的一个回信，仍然失望。同时却接到一个极长的由他处寄来的信，这信是另外那个女子寄来的。

另外那个女人，责难到匀波的疏忽，又以为这疏忽或者由于疾病或心情不好，原谅到他。所说全是女子的谎话，解释到一切。这由于生活所酿成的恋爱的酒，若是女子没有其他妨碍，总比男子还容易醉倒，所有的空想，辽远而且无碍，在男子认为是可笑的怪梦时，由女子看来常常是合理的希望。那女子因为匀波一礼拜来的疏隔，平时的灵魂习惯于用谄谀来培养，如今便衰萎了，寂寞了。因为男子取了后退姿式，激动了这年青女人的热情，奋勇而且顽固，第一天寄信来了，第二天还来了一个信。她明明白白的说，她是离不了他的，因为她爱他。

匀波是愿意在两者之间维持那普遍趣味的人。他在一梅方面所有的损失，就从另外一人得到了补救机会。他同另外那女子，约了一会晤地点，见面了一次。他从那女人方面，讨得了些属于男女知己始放心赠与的幸福，一回住处，就又寄信给一梅，说是如何为她废寝忘餐。他说的话也仍然不完全是谎话，一个男子，照例把已得到的当成分内的平常东西，得不到的却视为珍奇，而且即从此中生出懊恼，感到生存无趣。另外一方面的所得，无从抵销此一方面的不幸，所以匀波的确是为了一梅而不快乐的。

他非常爱她了，觉得一梅比另外那人一切都似乎完全。他爱了她，却又极力在男同学方面否认，因为要这样他才方便行事。

另外一处，一个礼拜的两次晤面，他已约定了。他在这最新的约束上，才知道做人的幸福。他在那另外女人身边，显得十分勇迈，十二分忠诚，毫无虚饰，完全倾倒。他一切行为皆非常得体，使那女子怀着一种燃烧的热情，又带着一点儿忧郁，与他接近。他因为想把事情做得完善一点，在一梅方面应当有的行为，就暂时来完全给了另外一个女人。

他自己常常心中设想，以为自己所有的行为，是在训练他自己的身心。用这个设辞，他就自己能饶恕自己的行为，即或是才从另外那女人身边回来，又来为一梅寄信，夸张而且虚伪，他自己也不觉得可笑。在另外那女人方面，他又常常发誓，证明他的忠诚，当发誓的时节，他实在也不觉得还有别的女人，更比她完全更好。在男同学方面，他告他们，女子并不值得倾心，因为男子还有许多责任，要摆脱女子才能做去。

一个男子是富于好奇而又冒险的，他宁愿胆战心惊来取他那还不曾得到的爱情，却不甘守着一种单纯熟习的情欲。他记着有志者事竟成的格言总是极力向一梅要好。一梅因为这样，就故意坚持，不为所动。到后他渐渐的已经忘记了她，可是无事时，与另外那女人在放纵生活中有了厌倦，还是为一梅寄信。

他只把这件事当成一种游戏，日子就过了下来，一梅却心中默认他是未来丈夫了。

两个女人都愿意他娶了她，另外一个从行为里发现了他的好处，一梅从书信里发现了他的好处，却因为种种使女子不习惯的传说，对于婚姻问题无从启齿。三个人似乎都非常快乐，毫无缺陷，所以暂时不谈未来的事，还算是聪明的处置。

匀波在两方面中求完全，还另外更努力使谣言平息。他在那个文学俱乐部的集会上也赌了咒，说是一切谣言无稽，不可轻信。他否认从前小宋的传言，以及自己的告白。他说明这是一个夸张的企图，因为明白这事情的无望，所以现在任何人皆不爱了。

他在他的日记上，把关于同另外那个女子相晤会的事情，皆写上去，不过别人看来，却只看到他说某日某时阅读什么书籍的记录。他还常常有意使这日记落到文学俱乐部会员的手中，却无一个人能够知道他指的那名著便是一个女人。

因为语言的辩给，在那文学会上是有人相信匀波的谎话的。那些要同一梅恋爱的白脸体面年青的人，到后来听到匀波的宣言，本来还有一点芥蒂的，也都来同匀波讲和了。

到暑期，学校方面给了匀波一个荣誉的奖章，说是因为匀波在功课方面的努力，以及其他品行方面模范的证明。实则只是校长为表示教会学校的大公无私而有的一种手段。

这个这样完全的人却出人意外在秋天忽然害血毒病死掉了。文学俱乐部的人，都非常悲哀，非常忙碌，因为平常集会再不会有这个善于说谎的人出席，匀波的追悼会又只差三天就要举行了。

ＸＸ学校都感到重大的损失，所有教授和同学都承认这天才的熄灭为可惜，为了表示各人的悲恸，都做诗做文章，登载到特刊上，开会纪念，大家作极其沉痛的演说，且商量立碑事情，各处捐款。两个女子极其伤心，以为匀波是自己的唯一情人，在追悼会时各人都想到送了一个大而美丽的花圈去，却不写上赠这花圈人的姓名。

十九年七月。

本篇发表于1930年9月15日《文艺月刊》第1卷第2号。署名沈从文。

如蕤集

《如蕤集》1934年5月由上海生活书店初版。

原目：《如蕤》、《三个女性》、《上城里来的人》、《生》、《早上——一堆土一个兵》、《泥涂》、《节日》、《白日》、《黄昏》、《黑夜》、《秋》。

《泥涂》、《黑夜》见第9卷《短篇选》。

《秋》为《阿黑小史》一章，见本卷《阿黑小史》。

其余诸篇据上海生活书店初版本编入。

如　蕤

（秋天，仿佛春天的秋天。）

协和医院里三楼甬道上，一个头戴白帽身穿白长袍的年轻看护妇，手托小小白磁盆子，匆匆忙忙从东边回廊走向西去。到楼梯边时，一个招呼声止住了她的脚步。

从二楼上来了一个女人，在宽阔之字形楼梯上盘旋，身穿绿色长袍，手中拿着一个最时新的朱红皮夹，使人一看有“绿肥红瘦”感觉。这女人有一双长长的腿子，上楼时便显得十分轻盈。年纪大约有了二十七八，由于装饰合法，又仿佛可以把她岁数减轻一些。但靥额之间，时间对于这个人所作的记号，却不能倚赖人为的方法加以遮饰。便是那写在口角眉目间的微笑，风度中也已经带有一种佳人迟暮的调子。

她不能说是十分美丽，但眉眼却秀气不俗，气派又大方又尊贵。身体长得修短合度，所穿的衣服又非常称身，且正因为那点“绿肥红瘦”的暮春风度，故使人在第一面后，就留下一个不易忘掉的良好印象。

这个月以来她因为每天按时来院中看一病人，同那看护已十分熟习，如今在楼梯边见到了看护，故招呼着，随即快步跑上楼了。

她向那看护又亲切又温柔的说：

“夏小姐，好呀！”

那看护含笑望望喊她的人手中的朱红皮夹。

“如蕤小姐，您好！”

“夏小姐，医生说病人什么时候出院？”

“曾先生说过一礼拜好些，可是梅先生自己，上半天却说今天想走。”

“今天就走吗？”

“他那么说的。”

穿绿衣的不作声，把皮夹从右手递过左手。

穿白衣的看护仿佛明白那是什么意思，便接说着：

“曾先生说‘不行’。他不签字，梅先生就不能出院。”

甬道上西端某处病房里门开了，一个穿白衣剃光头的男子，露出半个身子，向甬道中的看护喊：

“密司夏，快一点来！”

那看护轻轻的说：“我偏不快来！”用眉目作了一个不高兴的表示，就匆匆的走去了。

如蕤小姐站在楼梯边一阵子，还不即走，看到一个年青圆脸女孩，手中执了一把浅蓝色的大花，搀扶了一个青年优美的男子，慢慢的走下楼去。男子显得久病新瘥的样子，脸色苍白，面作笑容，女孩则脸上光辉红润，极其愉快。

一双美丽灵活的眼睛，随着那两个下楼人在之字形宽阔楼梯上转着，到后那俪影不见了，为楼口屏风掩着消灭了。这美丽的眼睛便停顿在楼梯边棕草毡上，那是一朵细小的蓝花。

“把我拾起来，我名字叫作‘毋忘我草’。”

她弯下腰把它拾起来。

一张猪肝色的扁脸，从肩膊边擦过去。一个毛子军人把一双碧眼似乎很情欲的望着这女人一会，她仿佛感到了侮辱，匆匆的就走了。

不到一会，三楼三百十七号病房外，就有只带着灰色丝织手套的纤手，轻轻的扣着门。里面并无声音，但她仍然轻轻的推开了那房门。门开后，她见到那个病人正披了白色睡衣，对窗外望，把背向着门边。似乎正在想到某样事情，或为某种景物堕入玄思，故来了客人，他却全不注意。

她轻轻的把门掩上，轻轻的走近那病人身边，且轻轻的说：

“我来了。”

病人把头掉回，便笑了。

“我正想到为什么秋天来得那么快。你看窗外那株杨柳。”

穿绿衣的听到这句话，似乎忽然中了一击，心中刺了一下。装作病人所说的话与彼全无关系神气，温柔的笑着。

“少想些，秋来了，你认识它就得了，并不需要你想它。”

“不想它，能认识它吗？”

女人于是轻轻的略带解嘲的神气那么说：

“譬如人，有些人你认识她就并不必去想她！”

“坐下来，不要这样说吧。这是如蕤小姐说话的风格，昨天不是早已说好不许这样吗？”

病人把如蕤小姐拉在一张有靠手的椅子旁坐下，便站在她面前，捏着那两只手不放：

“你为什么知道我不正在念你？”

女人嘴唇略张，绽出两排白色小贝，披着优美卷发的头略歪，做出的神气，正像一个小姑娘常作的神气。

病人说：

“你真像小孩子。”

“我像小孩子吗？”

“你是小孩子！”

“那么，你是个大人了。”

“可是我今年还只二十二岁。”

“但你有些方面，真是个二十二岁的大人。”

“你是不是说我世故？”

“我说我不如你那么……”

“得了。”病人走过窗边去，背过了女人，眉头轻微蹙了一下。回过头来时就说：“我想出院了，那医生不让我走。”

女人说：“忙什么？”随即又说，“我见到那看护，她也说曾医生以为你还不能出去。”

“我心里躁得很。我还有许多事……”

“你好些没有？睡得好不好？”

病人听到这种询问，似乎从询问上引起了些另一时另一事不愉快的印象，反问女人：

“你什么时候动身？”

女人不好回答，抬着头把一双水汪汪的眼睛望着病人，望了一会，柔弱无力的垂下去，轻轻的透了一口气，自言自语的说：“什么时候动身？”

病人明白那是什么原因，就说：

“不走也好！北京的八月，无处景物不美。并且你不是说等我好了，出了院，就陪我过西山去住半个月吗？那边山上树叶极美，我欢喜那些树木。你若走了，我一个人可不想到那边去。你为什么要走？”

女的把头低着，带着伤感气氛说：“我为什么要走？我真不知道！”

病人说：

“我想起你一首诗来了。那首名为《季蕤之谜》的诗，我记得你那么……”若说下去，他不知道应当说得是“寂寞”还是“多情善感”，于是他换了口气向女人说：“外边一定很冷了，你怎么不穿紫衣？”

女人装作不曾听到这句话，无力地扭着自己那两只手套，到后又问：“你出了院，预备上山不预备上山？”

病人似乎想起了这一个月来病中的一切，心中柔和了，悄然说道：“你不走，你同我上山，不很好么？你又一定要走。”

“我一定要走，是的，我要走。”

“我要你陪我！”

“你并不要我陪你！”

“但你知道……”

“但你……”

什么话也不必说了，两人皆为一件事喑哑了。

她爱他，他明白的，他不爱她，她也明白的。问题就在这里，三年来各人的地位还依然如故，并不改变多少。

他们年龄相差约七岁。一片时间隔着了这两个人的友谊，使他们不能不停顿到某一层薄幕前面。两人皆互相望着另外一个心上的脉络，却常常黯然无声的呆着，无从把那个人的臂膊张开，让另一个无力地任性地卧到那一个臂膊里去。

（夏天，热人闷人倦人的夏天。）

三年前，南国ＸＸ暑假海滨学术演讲会上，聚集五十个年青女人，七十个年青男子，用帐幕在海边经营暑期生活。这些年青男女皆从各大学而来，上午齐集在林荫里与临时搭盖的席棚里，听北平来的名教授讲学，下午则过海边浴场作海水浴，到了晚上，则自由演剧，放映电影，以及小组谈话会，跳舞会，同时分头举行。海边沙上与小山头，且常燃有火炬，焚烧柴堆，作为海上荡舟人与入山迷失归途的人指示营幕所在地。

女子中有个杰出的人物。ＸＸ总长庶出的女儿，岭南大学二年级学生。这女子既品学粹美，相貌尤其丰丽。游泳，骑马，划船，击球，无不精通超人一等。且为人既活泼异常，又无轻狂佻野习气。待人接物，温柔亲切，故为全个团体所倾心。其中尤以一个青年教授，一个中年教授，两人异常崇拜这个女子。但在当时，这女孩子对于一切殷勤，似乎皆不甚措意。俨然这人自觉应永远为众人所倾心，永远属于众人，不能尽一人所独占，故个人仍独来独往，不曾被任何爱情所软化。

当她发觉了男子中即或年纪到了四十五岁，还想在自己身边装作天真烂漫的神气，认为妨碍到她自己自由时，就抛开了男子们，常常带领了几个年幼的女孩，驾了白色小船，向海中驶去。在一群女孩中间她处处像个母亲，照料得众人极其周到，但当几人在沙滩上胡闹时，则最顽皮最天真的也仍然推她。

她能独唱独舞。

她穿着任何颜色任何质料的衣服，皆十分相称，坏的并不显出俗气，好的也不显出奢华。

她说话时声音引人注意，使人快乐。

她不独使男子倾倒，所有女子也无一不十分爱她。

但这就是一个谜，这为上帝特别关切的女孩子，将来应当属谁？

就因为这个谜，集会中便有万千男子皆发着痴，心中思索着，苦恼着。林荫里，沙滩上，帐幕旁，大清早有人默默的单独的踱着躺着，黄昏里也同样如此。大家皆明白“一切路皆可以走近罗马”那句格言，却不明白有什么方法，可以把这颗心傍近这女人的心。“一切美丽皆使人痴呆”，故这美丽的女孩，本身所到处，自然便有这些事情发生，同时也将发生些旁的使男子们皆显得可怜可笑的事情。

她明白这些，她却不表示意见。

她仍然超越于人类痴妄以上，又快乐又健康的打发每个日子。

她欢喜散步，海滨潮落后，露出一块赭色沙滩，齐平如茵褥，比茵褥复更柔和。脚所践履处，皆起微凹，分明地印出脚掌或脚跟美丽痕迹。这沙滩常常便印上了一行她的脚迹。许多年青学生，在无数脚迹中皆辨识得出这种特别脚迹，一颗心追数着留在那沙上那点东西，直至潮水来到，洗去了那东西时，方能离开。

每天潮水的来去，又正似乎是特别为洗去那沙上其他纵横凌乱的践履记号，让这女孩子脚迹最先印到这长沙上。

海边的潮水涨落因月而异。有时恰在中午夜半，有时又恰在天明黄昏。

有一天，日头尚未从海中升起，潮水已缩，淡白微青的天空，还嵌了疏疏的几颗白星，海边小山皆还包裹在银红色晓雾里，大有睡犹未醒的样子。沿海小小散步石道上，矗立在轻雾中的电灯白柱，尚有灯光如星子，苍白着脸儿。

她照常穿了那身轻便的衣服，披了一件薄绒背心，持了一条白竹鞭子，钻出了帐幕，走向海边去。晨光熹微中大海那么温柔，一切万物皆那么温柔，她饱饱的吸了几口海上的空气，便起始沿了尚有湿气与随处还留着绿色海藻的长滩，向日头出处的东方走去。

她轻轻的啸着，因为海也正在轻轻的啸着。她又轻轻的唱着，因为海边山脚豆田里，有初醒的雀鸟也正在轻轻的唱着。

有些银色的雾，流动在沿海山上，与大海水面上。

这些美丽的东西会不会到人的心头上？

望到这些雾她便笑着。她记起蒙在她心头上一张薄薄的人事网子。她昨天黄昏时，曾同一个女伴，坐到海边一个岩石上，听海涛呜咽，波浪一个接着一个撞碎在岩石下。那女子年纪不过十七岁，爱了一个牧师的儿子，那牧师儿子却以为她是小孩子，一切打算皆由于小孩子的糊涂天真，全不近于事实所许可。那牧师儿子伤了她的心。她便一一诉说着，且说他若再只把她当小孩，她就预备自杀给他看。问那女孩子："自杀了，他会明白么？除了自杀难道就并无别的办法让他明白吗？而且，是不是当真爱他？爱他即或是真的，这人究竟有什么好处？"那女孩沉默了许久，昂起头带着羞涩的眼光，却回答说："我自己也不知道这是怎么回事。他所有好处在别个男孩子品性中似乎皆可以发现，我爱他似乎就只是他不理我那分骄傲处。我爱那点骄傲。"当时她以为这女孩子真正是小孩子。

但现在给她有了一个反省的机会。她不了解这女孩子的感情，如今却极力来求索这感情的起点与终点。

爱她的人可太多了，她却不爱他们。她觉得一切爱皆平凡得很，许多人皆在她面前见得又可怜又好笑。许多人皆因为爱了她把他自己灵魂，感情，言语，行为，某种定型弄走了样子。譬如大风，百凡草木皆为这风而摇动，在暴风下无一草木能够坚凝静止，毫不动摇。她的美丽也如大风。可是她希望的正是永远皆不动摇的大树，在她面前昂然的立定，不至于为她那点美丽所征服。她找寻这种树，却始终没有发现。

她想："海边不会有这种树。若需要这种树，应当深山中去找寻。"

的的确确，都市中人是全为一个都市教育与都市趣味所同化，一切女子的灵魂，皆从一个模子里印就，一切男子的灵魂，又皆从另一模子中印出，个性特性是不易存在，领袖标准是在共通所理解的榜样中产生的。一切皆显得又庸俗又平凡，一切皆转成为商品形式。便是人类的恋爱，没有恋爱时那分观念，有了恋爱时那分打算，也正在商人手中转着，千篇一律，毫不出奇。

海边没有一株稍稍崛强的树，也无一个稍稍崛强的人。为她倾倒的人虽多，却皆在同样情形下露出蠢像，做出同样的事情，世故一些的先是借些别的原因同在一处，其次就失去了人的样子，变成一只狗了。年纪轻些的，则就只知写出那种又粗鲁又笨拙的信，爱了就谦卑谄媚，装模作样，眼看到自己所作的糊涂样子，还不能够引动女人，既不知道如何改善方法，便作出更可笑的表示，或要自杀，或说请你好好防备，如何如何。一切爱不是极其愚蠢，就是极其下流，故她把这些爱看得一钱不值了。

真没有一个稍稍可爱的男子。

她厌倦了那些成为公式的男子，与成为公式的爱情。她忽然想起那个女孩口中的牧师儿子。她为自己倏然而来飘然而逝的某种好奇意识所吸引，吃了点惊。她望望天空，一颗流星正划空而逝，于是轻轻的轻轻的自言自语说道："逝去的，也就完事了。"

但记忆中那颗流星，还闪着悦目的光辉。"强一些，方有光辉！"她微笑了，因为她自觉是极强的。然而在意识之外，就潜伏了一种欲望，这欲望是隐秘的，方向暧昧的。

左拉在他的某篇小说上，曾提及一个贞静的女人，拒绝了所有向她献媚输诚的一群青年绅士，逃到一个小乡村后，却坦然尽一个粗鲁的农夫，在冒昧中吻了她的嘴唇同手足。骄傲的妇人厌倦轻视了一切柔情，却能在强暴中得到快感。

她记起了左拉那篇小说。那作品中从前所不能理解的。现在完全理解了，倘若有那么凑巧的遭遇，她也将如故事所说，"毫不拒绝的躺到那金黄色稻草秸上去。"固执的热情，疯狂的爱，火焰燃烧了自己后还把另外一个也烧死，这爱情方是爱情！

但什么地方有这种农夫？所有农夫皆大半饿死了。这里则面前只是一片砂，一片海。

民族衰老了，为本能推动而作成的野蛮事，也不会再发生了。都市中所流行的，只是为小小利益而出的造谣中伤，与为稍大利益而出的暗杀诱捕。恋爱则只是一群阉鸡似的男子，各处扮演着丑角喜剧。

她想起十个以上的丑角，温习这些自作多情的男子各种不得体的爱情，不愉快的印象。

她走着，重复又想着那个不识面的牧师儿子。这男子，十七岁的女子还只想为他自杀哩，骄傲的人！

流星，就是骑了这流星，也应当把这种男子找到，看他的骄傲，如何消失到温柔雅致体贴亲切的友谊应对里。她记着先前一时那颗流星。

日光出来了，烧红了半天，海面一片银色，为薄雾所包裹。

早日正在融解这种薄雾。清风吹人衣袂如新秋样子。

薄雾渐渐融解了，海面光波耀目，如平敷水银一片。不可逼视。

眩目的海需要日光，眩目的生活也需要类乎日光的一种东西。这东西在青年绅士中既不易发现，就应当注意另外一处！

当天那集会里应当有她主演的一个戏剧。时间将届时，各处找寻这个人，皆不能见到。有人疑心她或在海边出了事，海边却毫无征兆可得。于是有人又以可笑的测度，说她或者走了，离开这里了，因此赴她独自占据的小帐幕中去寻觅，一点简单行李虽依然在帐幕里，却有个小小字条贴在撑柱上，只说："我不高兴再到这里，我走了，大家还是快乐的打发这个假期吧。"大家方明白这人当真走了。

也像一颗流星，流星虽然长逝了，在人人心中，却留下一个光辉夺目的记号。那件事在那个消夏会中成为一群人谈论的中心，但无一个人明白这标致出众的女人，为什么忽然独自走去。

日头出自东方，她便向东方注意，坐了法国邮船向中国东部海岸走去。她想找寻使她生活放光同时他本身也放光的一种东西。她到了属于北国的东方另一海滨。

那里有各地方来的各样人，有久住南洋带了椰子气味的美国水兵，有身著宽博衣裳的三岛倭人，有流离异国的北俄，有庞然大腹由国内各处跑来的商人政客，有……

她并不需要明白这些。她住到一个滨海著名旅馆中后，每日皆默默的躺到海滩白沙大伞下眺望着大海太空的明蓝。她正在用北海风光，洗去留在心上的南海厌人印象。她在休息，她在等待。

有时赁了一匹白马，到山上各处跑去，或过无人海浴处，沿了潮汐退尽的沙滩上跑去。有时又一人独自坐在一只小艇内，慢慢的摇着小桨，把船划到离岸远到三里五里的海中，尽那只小艇在一汪盐水中漂流荡漾。

陌生地方陌生的人群，却并不使她感到孤寂。在清静无扰孤独生活中，她有了一个同伴，就是她自己的心。

当她躺在沙上时，她对于自然与对于本性，皆似乎多认识了一些。她看一切，听一切，分析一切，皆似乎比先前明澈一些。

尤其使她愉快的，便是到了这地方来，若干游客中，似乎并无一个人明白她是谁，虽仿佛有若干双陌生的眼睛，每日皆可在沙滩中无意相碰，她且料想到，这些眼睛或者还常常在很远处与隐避处注视到她，但却并无什么麻烦。一个女子即或如何厌烦男子，在意识中，也仍然常常有把这种由于自己美丽使男子现出种种蠢像的印象，作为一种秘密悦乐的时节。我们固然不能欢喜一个嗜酒的人，但一个文学者笔下的酒徒，却并不使我们看来皱眉。这世界上，也正有这若干种为美所倾倒的人类可怜悯的姿态，玩味起来令人微笑！

划船是她所擅长的运动，青岛的海面早晚尤宜于轻舟浮泛。有一天她独自又驾了那白色小艇，打着两桨，沿海向东驶去。

东方为日头所出的地方，也应当有光明热烈如日头的东西，等待在那边。可是所等待的是什么？

在东方除了两个远在十哩以外金字塔形的岛屿以外，就只一片为日光镀上银色的大海。这大海上午是银色，下午则成为蓝色，放出蓝宝石的光辉。一片空阔的海，使人幻想无边的海。

东边一点，还有两个海湾，也有沙滩，可以作海水浴，游人却异常稀少。

她把船慢慢的划去，想到了第三个海湾时为止。她欢喜从船上看海边景物。她欢喜如此寂寞地玩着，就因她早为热闹弄疲倦了。

当船摇到离开浴场约两哩左右，将近第三海湾，接近名为太平角的山岨时，海上云物奇幻无方，为了看云，忘了其他事情。

盛夏的东海，海上有两种稀奇的境界，一是自海面升起的阵云，白雾似的成团成饼从海上涌起，包裹了大山与一切建筑；一是空中的云彩，五色相煊，尤以早晨的粉红细云与黄昏前绿色片云为美丽。至于中午则白云嵌镶于明蓝天空，特多变化，无可仿佛，又另外有一番惊人好处。

她看得是白云。

到后夏季的骤雨到了，挟以雷声电闪，向海面逼来，海面因之咆哮起来，各处是白色波帽，一切皆如正为一只人目难于瞧见的巨手所翻腾，所搅动。她匆忙中把船向近岸处尽力划去。她向一个临海岩壁下划去。她以为在那方面当容易寻觅一个安全地方。

那一带岩石的海岸，却正连续着有屋大的波浪，向岩石撞去，成为白沫。船若傍近，即不能不与一切同归于尽。

船离岩壁尚远，就倾覆了，她被波浪卷入水中后，便奋力泅着。

头上是骤雨与吓人的雷声，身边是黑色愤怒的海，她心想："这不是一个坏经验!"她毫不畏怯，以为自己的能力足支持下去，不会有什么不幸。她仍然快乐的向前泅去。

她忽然记起岩壁下海面的情形，若有船只，尚可停泊，若属空手，恐怕无上岸处，故重复向海中泅去，再看看方向，观察从某一方泅去，可以省事一些，方便一些。

她发现了她应当向东泅去，则可在第二海湾背风的一面上岸。

她大约还应泅半哩左右。她估计她自己能力到岸有剩余，故她毫不忙乱。

但到后离岸只有二百米左右时，她的气力已不济事了，身体为大浪所摇撼，她感觉疲倦，以为不能拢岸，行将沉入海底了。

她被波浪推动着。

她把方向弄迷了，本应当再向东泅去，忽又转向南边一点泅去。再向南泅去，她便将为浪带走，摔碎到岩石上。

当她在海面挣扎中，被一只强而有力的手臂攫住头发，带她向海岸边泅去时，她知道她已得了救助，她手脚仍然能够拍水分水，口中却喑哑无言，到岸时便昏迷了。那人把她抱上了岸，尽她俯伏着倒出了些咸水，后来便让她卧下，蹲在她身边抚摩着手心。

她慢慢的清楚了。张开两只眼睛，便看到一个黑脸长身青年俯伏在她身边。她记起了前一时在水中种种情形，便向那身边陌生男子孱弱的笑着，作的是感谢的微笑。她明白这就是救她出险的男子，她想起来一下，男子却把手摇着，制止了她。男子也微笑着，也感谢似的微笑着，因为他显然在这件事情上得到了最大的快乐。

她闭上眼睛时，就看到一颗流星，两颗流星。这是流星还是一个男孩子纯洁清明的眼睛呢？

她迷糊着。

重新把眼睛睁开时，那陌生青年男子因避嫌已站远了一些了。她伸出手去招呼他。且让他握着那只无力的手。于是两人皆微笑着。一句“感谢”的话语融解成为这种微笑，两人皆觉得感谢。

年青人似乎还刚满二十岁，健全宽阔的胸脯，发育完美的四肢，尖尖的脸，长长的眉毛，悬胆垂直的鼻头，带着羞怯似的美丽嘴唇，无一不见得青春的力与美丽。

行雨早过了，她望着那男子身后天空，正挂着一条长虹。女人说：

“先生，这一切真美丽！”

那男子笑了，也点头说：

“是的，太美丽了。”

“谢谢您，没有您来带我一手，我这时一定沉到这美丽海底，再不能看到这种好景致了。为什么我在海中你会见到？”

“我也划了一只船来的，我看看云彩，知道快要落雨了，故把船泊近岸边去。但我见到你的白船，我从草帽上知道您是个小姐，我想告你一下，又不知道如何呼喊您。到后雨来了，我眼看着你把船尽力向岸边划来，大声告你不能向那边岩壁下划去，你却不能听到。我见你把船向岩边靠拢，知道小船非翻不可，果然一会儿就翻了，我方从那边跳下来找你。”

“你冒了险作这件事，是不是？”

男子笑着，承认了自己的行为。

“你因为看清楚我是个女人，故那么勇敢从悬岩上跃下把我救起，是不是？”

那男子羞怯似的摇着头，表示承认也同时表示否认。

“现在我们已经成为朋友了，请告我些你自己的事情吧，我希望多知道些，譬如说，你住在什么地方？在什么学校念书？这家有些什么人，家中人谁对你最好，谁最有趣？你欢喜读的书是那几本？”

“我姓梅，……”

“得了，好朋友是用不着明白这些的。这对我们友谊毫无用处。你且告我，你能够在这一汪咸水里尽你那手足之力，泅得多远？”

“我就从不疲倦过。”

“你欢喜划船吗？”

“我有时也讨厌这些船。”

“你常常是那么一个人把船划到海中玩着吗？”

“我只是一个人。”

“我到过南方。你见不见到过南方的大棕榈树同凤尾草？”

“我在黑龙江黑壤中长大的。”

“那么你到过北京城了。”

“我在北京城受的中学教育。”

“你不讨厌北京吗？”

“我欢喜北京。”

“我也欢喜北京。”

“北京很好。”

“但我看得出你同别的人欢喜北京不同。别人以为北京一切是旧的，一切皆可爱。你必定以为北京罩在头上那块天，踏在脚下那片地，四面八方卷起黄尘的那阵风，一些无边无际那种雪，莫不带点儿野气。你是个有野性的人，故欢喜它，是不是？”

这精巧的阿谀使年青男子十分愉快。他说：

“是的，我当真那么欢喜北京，我欢喜那种明朗粗豪风光。”

女子注意到面前男子的眉目口鼻，心中想说：“这是个小雏儿，不济事，一点点温柔就会把这男子灵魂高举起来！你并不欢喜粗野，对于你最合适的，恐怕还是柔情！”

但这小雏儿虽天真却不俗气。她不讨厌他。她向他说：

“你傍我这边坐下来，我们再来谈谈一点别的问题，会不会妨碍你？你怕我吗？”

青年人无话可说，只好微带腼腆站近了一点，又把手遮着额部，眺望海中远处，吃惊似的喊着：

“我们的船并不在海中，一定还在岩壁附近。”

他们所在的地方，已接近沙滩，为一个小阜上，却被树林隔着了视线，左边既不能见着岩壁，右边也看不到沙滩，只是前面一片海在脚下展开。年青男子走过左边去，不见什么，又走过右边去，女人那只白色小艇正斜斜的翻卧在沙滩上，赶忙跑回来告给女人。

女的口上说："船坏了并不碍事。"心中却想着："应当有比这小船儿更坚固结实的'小船'，容载这个心，向宽泛无边的人海中摇去！"她看看面前，却正泊着一只理想的小船。强健的胳膊，强健的灵魂，一切皆还不曾为人事所脏污。如若有所得的微笑着，她几乎是本能地感到了他们的未来一切。

她觉得自己是美丽的，且明白在面前一个人眼光中，她几乎是太美丽了。她明白他曾又怯又贪注意过她的身体的每一部分。她有些羞恧，但她却不怕他也不厌烦他。

他毫无可疑，只是一个大学一年生，一切兴味同观念，就是对女人的一分知识，也不会离开那一年级生的限制。他读书并不多，对于人生的认识有限，他慢慢的在学习都市中人的生活，他也会成为庸碌而无个性的城市中人。她初初看他，好像全不俗气，多谈了几句话，就明白凡是高级中学所输入于学生的那分坏处，这个人也完全得到他应得的一分。但不知怎么样的稀奇的原因，这带着乡下人气分的男子，单是那点野处单纯处，使她总觉得比绅士有意思些。他并不十分聪明，但初生小犊似的，天下事什么都不怕的勇气，仿佛虽不使他聪明，却将令他伟大。真是的，这孩子可以伟大起来！

她问他：

"你每天洗海水浴吗？"

他点着头，故她又问：

"你到什么时候方离开这海滨？"

"我自己也不知道。"

"自己应当知道自己。想怎么样就怎么样，你难道不想么？"

"我想也没有用处。"

"你这是小孩子说法，还是老头子说法？小孩子，相信爸爸，因为家中人管束着他，可以那么说。老头子相信上帝，因为一切事皆以为上帝早有安排，故常常也不去过分折磨自己情感。你……”

女的说到这里时，她眼看着身边那一个有一分害羞的神气，她就不再说下去了。她估计得出他不是个“老头子”。她笑了。

那男子为了有人提说到小孩与老人，意思正像请他自行挑选，他便不得不说出下面的话语。

“我跟了我爸爸来的。我爸爸在ＸＸ部里作参事，有人请我们上崂山去，我在山上住了两天厌倦了，独自跑回来了，爸爸还在山上做诗！”

“你爸爸会做诗吗？”

“他是诗人，他同梁任公夏ＸＸ曾……”

“啊，你是ＸＸ先生的少爷吗？”

“你认识我爸爸吗？”

“在ＸＸ讲演时我见过一次，我认得他，他不认识我。”

“你愿不愿意告给我……”

女的想起了自己来此本不愿意另外还有人知道她的打算了，她实极不愿意人家知道她是ＸＸ总长的小姐，她尤其不愿意想傍近她的男子，知道她是个百万遗产的承继人。现在被问到时，她一时不易回答，就把手摇着，且笑着，不许男的询问。且说：

“崂山好地方，你不欢喜吗？”

“我怕寂寞。”

“寂寞也有寂寞的好处，它使人明白许多平常所不明白的事情。但不是年青人需要的，人年纪轻轻的时节，只要得是热闹生活，不会在寂寞中发现什么的。”

“你样子像南方人，言语像北方人。”

“我的感情呢，什么都不像。”

“我似乎在什么地方看过你。”

“这是句绅士说的话，绅士看到什么女人，想同她要好一点时，就那么说，其实他们在过去任何一时皆并不见到，他那句话意思也不过是说‘我同你熟了’或‘看你使人舒服’罢了。你是不是这意思？”

男的有点羞怯了，把手去抓取身边的小石子，奋力向海中掷去，要说什么又不好说，不敢说。其实他记忆若好一点，就能够说得出他在某种画报上看到过她的相片。但他如今一时却想不起。女的希望他活泼点，自由点，于是又说：

“我们应当成为很好的朋友，你说，我是怎么样一种人？”

男的说：

“我不知道你是怎么样身分的人，但你实在是个美人！”

听到这种不文雅的赞美，女的却并不感觉怎样难堪。其实他不必说出来，她就知道她的美丽早已把这孩子眼目迷乱了。这时她正躺着，四肢匀称柔和，她穿的原是一件浴衣，浴衣外面再罩了一件白色薄绸短褂。这短褂落水时已弄湿，紧紧的贴着身体，各处襞皱着。她这时便坐了起来，开始脱去那件短褂，拧去了水，晾到身边有太阳处去。短褂脱掉后，这女人发育合度的肩背与手臂，以及那个紧束在浴衣中典型的胸脯，皆收入了男子的眼底。

男子重新拾起了一粒石子，奋力向海中抛去，仿佛那么一来，把一点引起妄想的东西同时也就抛入了海中。他说：“得把它摔得极远极远，我会作这件事！”但石子多着，他能摔尽吗？

女的脱掉短褂后，站起来活动了一下四肢，也拾起了一粒石子向海中摔去，成绩似乎并不出色，女的便解嘲一般说道：

“这种事我不成，这是小孩子作的事！”

两人想起了那只搁在浅滩上的小船，便一同跑下去看船，从水边拉起搁到砂上，且坐在那船边玩。玩得正好，男的忽向先前两人所在的小阜上跑去，过一会，才又见他跑回来，原来他为得是去拿女人那件短褂！把短褂拿来时晾到船边，直到这时两人似乎才注意到这个男子身上所穿的衣服，不是入水的衣服。这男孩子把船从浴场方面绕过炮台摇来时，本不预备到水中去，故穿得是一件白色翻领衬衫，一件黄色短裤。当时因为匆忙援救女子，故从岩壁上直向海中跳下，后来虽离了险境，女子苏醒了，只顾同她谈话，把自己全身也忘记了。

若干时以来，湿衣在身上还裹着，这时女子才说：

“你衣全湿了，不好受吧。”

“不碍事。”

“你不脱下衣拧拧吗？”

“不碍事，晒晒就干了。”

男子一面用木枝画着砂土，一面同女子谈了很多的话。他告给她，关于他自己过去未来的事情，或者说得太多了些，把不必说到的也说到了，故后来女人就问他是不是还想下海中去游泳一阵。他说他可以把小船送她回到惠泉浴场去，她却告他不必那么费事，因为她的船是旅馆的，走到前面去告给巡警一声，就不再需要照料了。她自己正想坐车回去。

其实她只是因为同这男子太接近了，无从认清这男子。她想让他走后，再来细细玩味一下这件凑巧的奇遇。

她爬上小阜去，眼看那男孩子上了船，把船摇着离开了海岸后，这方面摇着手，那方面也摇着手，到后船转过峭壁不见了，她方重新躺下，甜甜的睡了一阵。

他们第二天又在浴场中见了面。

他们第三天又把船沿海摇去，停泊在浴人稀少的长砂旁小湾里，在原来树林里玩了半天。分别时，那女孩子心想：“这倒是很好的，他似乎还不知道说爱谁，但处处见得他爱我！”她用得是快乐与游戏心情，引导这个男孩子的感情到了一个最可信托的地位。她忘了这事情的危险。弄火的照例也就只因为火的美丽，忘了一切灼手的机会。

那男孩子呢？他欢喜她。他在她面前时，又活泼，又年青，离开她时，便诸事毫无意绪。他心乱了。他还不会向她说“他爱了她”，他并不清楚什么是爱。

她明白他是不会如何来说明那点心中烦乱的爱情的，她觉得这些方面美丽处，永远在心上构成一条五色的虹。

但两人在凑巧中成了朋友，却仍然在另一凑巧中发生了点误会，终于又离开了。

（一个极长的冬天。）

那年秋天他转入了北京的工业大学理科。她也到了北京入了燕京教会大学的文科二年级。

他们仍然见了面。她成了往日在南海之滨所见到的一个十七岁女孩子，非得到那个男孩子不成了。

她爱了他。他却因为明白了她就是一个官僚的女子，且从一些不可为据的传闻上，得到这个女人一些故事，他便尽避着她。

年龄同时形成两人间一种隔阂，女人却在意外情形中成为一个失恋者。在各样冷淡中她仍然保持到她那分真诚。至于他呢？还只是一个二十一岁的孩子，气概太强了点，太单纯了点，只想在化学中将来能有一分成就，对于国家有所贡献。这点单纯处使他对于恋爱看得与平常男子不同了。事实上他还是个小孩子，有了信仰，就不要恋爱了。

如此在一堆无多精彩的连续而来的日子中，打发了将近一千个日子。两人只在一分亲切友谊里自重的过着下去。

到后却终于决裂了，女人既已毕了业，且在那个学校研究院过了一年，他也毕业了。她明白这件事应得有一个结束，她便结束了这件事，告给他，她已预备过法国去。那男的只是用三年来已成习惯的态度，对于她所说的话表示同意，他到后却告她，他只想到上海一家酸类工厂做助理技师，积了钱再出国读书。

她告他只要他想读书，她愿意他把她当个好朋友，让她借给他一笔钱。他就说他并不想这样读书，这种读书毫无意思。

他们另外还说了别的，这骄傲美丽的男子，差不多全照上面语气答复女子。

她到后便什么话也不说，只预备走了。

他恰好于这时节在实验室中了毒。

后来入了医院，成为协和医院病房中一位常住者，病房中病人床边那张小椅子上，便常常坐了那个女子。

人在病中性情总温柔了些。

他们每天温习三年前那海上一切，这一片在各人印象中的海，颜色鲜明，但两人相顾，却都不像从前那么天真了。这病对于女人给许多机会，使女人的柔情，在各种小事上，让那个躺在白色被单里的病人，明白它，领会它。

（春天，有雪微融的春天。不，黄叶作证，这不是春天！）

一辆汽车停顿在西山饭店前门土地上，出来了一个男子，一个硕长俊美的男子，一个女人，一个穿了绿色丝质长袍的女人，两人看了三楼一间明亮的房间。一会儿，汽车上的行李，一个黄衣箱，一个黑色打字机小箱，从楼下搬来时，女人告给穿制服的仆役，嘱告汽车夫，等一点钟就要下山。

过了一点钟后，那辆汽车在八里庄坦平官道上向城中跑去时，却只是一辆空车。

…………

将近黄昏时，男子拥了薄呢大衣，伴同女人立定在旅馆屋顶石栏杆边，望一抹轻雾流动于山下平田远村间，天上有赧霞如女人脸庞。天空东北方角隅里，现出一粒星星，一切皆如梦境。旅馆前面是上八大处的大道，山道上正有两个身穿中学生制服的女孩子，同一个穿翻领衬衣黄色短裤子的男子，向旅馆看门人询问上山过某处的道路。一望而知这些年青人皆是从城中结伴上山来旅行的。

女人看看身旁久病新瘥的男子，轻轻的透了口气。

去旅馆大约半里远近，有一个小小山阜，阜上种得全是洋槐，那树林浴在夕阳中，黄色的叶子更觉得耀人眼目。男子似乎对于这小阜发生了兴味，向女人说：

“我们到那边去看看好不好？”

女人望了一望他的脸儿，便轻轻的说：

“你不是应当休息吗？”

“我欢喜那个小山。”男的说：“这山似乎是我们的……”

“你不能太累！”女的虽那么说，却侧过了身，让男的先走。

“我精神好极了，我们去玩玩，回来好吃饭。”

两人不久就到了那山阜树林。这里一切恰恰同数年前的海滨地方一样，两人走进树林时，皆有所惊讶，不约而同急促的举步穿过树林，仿佛树林尽处，即是那片变化无方的大海。但到了树林尽头处，方明白前面不是大海，却只是一个私人的坟地。女的一见坟地，为之一怔，站着发了痴。男的却不注意到这坟地，只愉快的笑着。因为更远处，夕阳把大地上一切皆镀了金色，奇景当前，有不可形容的瑰丽。

男子似乎走得太急促了一些，已微微作喘，把手递给女子后，便问女子这地方像不像一个两人十分熟习的地方。她听着这个询问时，轻微地透了一口气，勉强笑着，用这个微笑掩饰了自己的感情。

“回忆使人年青了许多。”男的自语的说着。

但那女的却自心中回答着：“一个人用回忆来生活，显见得这人生活也只剩下些残余渣滓了。”

晚风轻轻的刷着槐树，黄色叶子一片一片落在两人身上与脚边，男子心中既极快乐，故意作成感慨似的说：

“夏天过了，春天在夏天的前面，继着夏天而来的是秋天。多美丽的秋天！”

他说着，同时又把眼睛望着有了秋意的女人的眼、眉、口、鼻。她的确是美丽的，但一望而知这种美丽不是繁花压枝的三月，却是黄叶藉地的八月。但他现在觉得她特别可爱，觉得那点妩媚处，却使她超越了时间的限制，变成永远天真可爱，永远动人吸人的好处了。他想起了几年来两人间的关系，如何交织了眼泪与微笑。他想起她因爱他而发生的种种事情，他想起自己，几年来如何被爱，却只是初初看来好像故意逃避，其实说来则只漫无理性的拒绝，便带了三分羞惭，把一只手向女人伸去，两人握着了手，眼睛对着眼睛时，他便抱歉似的轻轻的说：

“我快乐得很。我感谢你。”

女人笑了。瞳子湿湿的，放出晶莹的光。一面愉快的笑，一面似乎也正孤寂的有所思索，就在那两句话上，玩味了许久，也就正是把自己嵌入过去一切日子里去。

过了一会，女人说：

“我也快乐得很。”

“我觉得你年青了许多，比我在山东那个海边见你时还年青。”

“当真吗？”

“你看我的眼睛，你看看，你就明白你的美丽处，如何反映在一个男子惊讶上！”

“但你过去并从不为什么美丽所惊讶，也不为什么温柔所屈服。”

“我这样说过吗？”

“虽不这样说过，却有这样事实。”

他傍近了她，把另一只手轻轻的搭上她的肩部，且把头靠近她鬓边去。

“我想起我自己糊涂处，十分羞惭。”

她把脸掉过去，遮饰了自己的悲哀，却轻轻的说道：

“看，下面的村子多美！……”

男子同一个小孩子一样，走过她面前去，搜索她的脸，她便把头低下去，不再说话。他想拥她，她却向前跑了。前面便是那个不知姓氏的坟园短墙，她站在那里不动，他赶上前去把她两只手皆捏得紧紧的，脸对着脸，两人皆无话可说。两人皆似乎触着一样东西，喑哑了，不能用口再说什么了。

女的把一只白白的手摩着男的脸颊同胳膊，“冷不冷？夜了，我们回去。”男的不说什么，只把那只手拖过嘴边吻着。

两人默默的走回去。

到旅馆后，男的似乎还兴奋，躺在一张靠背椅上，女的则站在他的身边，带着亲切的神气，把手去抚男子的额部，且轻轻的问他：

“累不累？头昏不昏？”

男的便仰起头颅，看到女人的白脸，作将近第五十次带着又固执又孩气的模样说：

“我爱你。”

女的笑说：

“不爱既不必用口说我就明白，爱也可以无需乎用口说。”

男的说：

“还生我的气吗？”

女的说：

“生你什么气？生气有什么用处？”

两人后来在煤油灯下吃了晚饭。饭吃过后，女的便照医生所嘱咐的把两种药水混合到一个小瓶子里，轻轻的摇了一会，再倒出到白瓷杯子里去。

服过了药，男的躺在床上，女的便坐在床边，同他来谈说一切过去事情。

两人谈到过去在海边分手那点误会时，男的向女的说：

"……你不是说过让我另外给你一个机会，证明你是个什么样的人吗？我问你，究竟是什么样的机会？"

女的不说什么，站起了一下，又重复坐下去，把脸贴到男的脸边去。男的只觉得香气醉人，似乎平时从不闻过这种香味。

第二天早上约莫八点钟，男的醒来时，房中不见女人，枕头边有个小小信封，一个外面并不署名，一拈到手中却知道有信件在里面的白色封套。撕去了那个信封的纸皮，里面果然有一张写了字的白纸，信上写着：

> 我不知为什么，总觉得走了较好，为了我的快乐，为了不委屈我自己的感情，我就走了。莫想起一切过去有所痛苦，过去既成为过去，也值不得把感情放在那上面去受折磨。你本来就不明白我的。我所希望的，几年来为这点愿心经验一切痛苦，也只是要你明白我。现在你既然已明白我，而且爱了我，为了把我们生命解释得更美一些，我走了，当然比我同你住下去较好的。
>
> 你的药已配好，到时照医生说的方法好好吃完，吃后仍然安静的睡觉。学做个男子，学做个你自己平时以为是男子的模样，不必大惊小怪，不必让旅馆中知道什么。
>
> 希望你能照往常一样，不必担心我的事情。我并不是为了增加你的想念而走的。我只觉得我们事情业已有了一个着落，我应当走，我就走了。
>
> 愿天保佑你！
>
> 如蕤留

把信看完后，他赶忙揿床边电铃，听差来了，他手中还捏着那个信，本想询问那听差的，同房女人什么时候下的山，但一看到听差，却不作声，只把头示意，要他仍然出去。听差拉上了门出去后，他伸手去攫取那个药瓶，药瓶中的白汁，被振时便发着小小泡沫。

他望着这些泡沫在振荡静止以后就消灭了，便继续摇着。他爱她，且觉得真爱了她。

廿二年六月在青岛写成

（登在《申报·自由谈》原名《女人》）

本篇曾以《女人》为篇名分 17 次连载于 1933 年 8 月 25 日，9 月 10 日《申报·自由谈》。署名沈从文。这是作者以《女人》为篇名的作品之一。

三个女性

海滨避暑地，每个黄昏皆是迷人的黄昏。

绿的杨树，绿的松树，绿的槐树，绿的银杏树。绿的山，山脚齐平如掌的绿色草坪，绣了黄色小花同白色小花，如展开一张绿色的毯子。绿的衣裙，在清风中微举的衣裙。到黄昏时，开始皆为夕阳镀上了一层薄薄的金光，增加了一点儿温柔，一点儿妩媚。

一个三角形的小小白帆，镶在那块蓝玉的海面上，使人想起那是一粒杏仁，嵌在一片蜜制糕饼上。

有什么地方正在吹角，或在海边小船上，或在山脚下牧畜场养羊处。声音那么轻，那么长，那么远，那么绵邈。在耳边，在心上，或在大气中，它便融解了。它像喊着谁，又像在答应谁。

“它在喊谁?”

“谁注意它，它就在喊谁。”

有三个人正注意到它，这是三个年纪很轻的女孩子，她们正从公园中西端白杨林穿过，在一个低低的松树林里觅取上山的路径。最前面的是个年约二十三四，高壮健全具有男子型穿白色长袍的女子，名叫蒲静，其次是个年约十六，身材秀雅，穿了浅绿色教会中学制服的女子，名叫仪青，最后是个年约二十，黑脸长眉活泼快乐着紫色衣裙的女子，名叫黑凤。

三个人停顿在树林里，听了一会角声，年纪顶小的仪青说:

“它在喊我。她告我天气太好，使它忧愁!”

黑凤说:

“它给了我些东西，也带走了我一些东西。这东西却不属于物质，只是一缕不可捉摸的情绪。”

那年纪大的蒲静说：

“我只听到它说：以后再不许小孩子读诗了，许多聪明小孩读了些诗，处处就找诗境，走路也忘掉了。”

蒲静说过以后，当先走了。因为贪图快捷，她走的路便不是一条大路。那中学生是光着两只腿，不着袜子，平常又怕虫怕刺的，故埋怨引路的一个，以为所引的路不是人走的路。

“怎么样，引路的，你把我们带到什么地方去？面前全是乱草。我已经不能再动一步了。我们只要上山，不是探险。”

前面的蒲静说：

“不碍事，我的英雄，我的诗人，这里不会有长虫，不会有刺！”

“不成不成，我不来！”

最后的黑凤，看到仪青赶不上去，有点发急了，就喊蒲静：

“前面的慢走一点，我们不是充军，不用忙！”

蒲静说：

“快来，快来，一上来就可看到海了！”

仪青听到这话，就忘了困难跑过去，不一会，三个人皆到了山脊，从小松间望过去，已可以看到海景的一角。

那年纪顶小美丽如画的仪青，带点惊讶喊着：

“看，那一片海！”她仿佛第一次看到过海，把两只光裸为日炙成棕色的手臂向空中伸去，她像要捕捉那远远的海上的一霎蔚蓝，又想抓取天畔的明霞，又想捞一把大空中的清风。

但她们还应当走过去一点，才能远望各处，蒲静先走了几步，到了一个小坑边，回过身来，一只手攀援着一株松树，一只手伸出来接引后面的两个人。

“来，我拖你，把手送给我！”

“我的手是我自己的，不送人。”

那年纪顶小的仪青，一面笑一面说，却很敏捷的跃过了小坑，在前面赶先走去了。

蒲静依然把手伸出，向后面的黑凤说：

“把手送我。”

“我的手也不送人。”

一面笑一面想蹿过小坑，面前有个低低的树却把她的头发抓住了，蒲静赶忙为她去解除困难。

“不要你，不要你，我自己来！”黑凤虽然那么说，蒲静却仍然捧了她的头，为她把树枝去掉，做完了这件事情时，好像需要些报酬，想把黑凤那双长眉毛吻一下，黑凤不许可，便在蒲静手背上打了一下，也向前跑去了。

那时节女孩子仪青已爬到了半山一个棕色岩石上面了，崖石高了一些，因此小松树便在四围显得低了许多，眼目所及也宽绰了许多。

“快来，这里多好！”

她把她的手向空中举起，做出一个天真且优美的姿势，招呼后面两个人。

不多久，三个人就并排站定在树林中那个棕色岩石上了。

天气过不久就会要夜了。远处的海，已从深蓝敷上了一层银灰，有说不分明的温柔。山上各处的小小白色房子，在浓绿中皆如带着害羞的神气。海水浴场一隅饭店的高楼，已开始了管弦乐队的合奏。一钩新月已白白的画在天空中。日头落下的一方，半边天皆为所烧红。一片银红的光，深浅不一，仿佛正在努力向高处爬去，在那红光上面，游移着几片紫色云彩。背了落日的山，已渐渐的在一阵紫色的薄雾里消失了它固有的色彩，只剩下一种山峰的轮廓。微风从树枝间掠过时，把枝叶摇得刷刷作响。

年纪较大的蒲静说：

“小孩子，坐下来！”

当两个女孩子还在那里为海上落日红光所惊讶，只知道向空中轻轻的摇着手时，蒲静已用手作枕，躺到平平的干净石头上了。

躺下以后她又说：

“多好的床铺！睡下来，睡下来，不要辜负这一片石头，一阵风！”

因为两个女孩子不理会她，便又故意自言自语的说：

“一个人不承认在大空中躺下的妙处，她也就永远不知道天上星子同月亮的好处。”

仪青说：

“卧看牵牛织女星，坐看白云起，我们是负手眺海云，目送落日向海沉！”

“这是你的诗吗？”黑凤微笑的问着，便坐下来了，又说：“石头还热热的。”又说，“诗人，坐下来，你就可以听到树枝的唱歌了。”

女孩子仪青理理她的裙子，就把手递给了先前坐下来的黑凤，且傍着她坐下。

蒲静说：

“躺下来，躺下来，你们要做诗人，想同自然更亲切一些，就去躺在这自然怀抱里，不应当菩萨样子坐定不动！”

“若躺到这微温石头上是诗人的权利，那你得让我们来躺，你无分，因为你自己不承认你作诗！”

于是蒲静自己坐起来，把两个女孩子拉过身边，只一下子就把两人皆压倒了。

可是不到一会，三个人就皆并排躺在那棕色崖石上。

黑凤躺下去时，好像发现了什么崭新的天地，万分惊讶，把头左右转动不已。“喂，天就在我头上！天就在我头上！”她举起了手，“我抓那颗大星子，我一定要抓它下来！”

仪青也好像第一次经验到这件事，大惊小怪的嚷着，以为海是倒的，树是倒的，天同地近了不少。

蒲静说：

“你们要做诗人，自己还不能发现这些玩意儿，怎么能写得出好诗？”

仪青说：

“以后谁说‘诗’谁就是傻子。”

黑凤说：

“怎么办？这里那么好！我们怎么办？”

蒲静因为黑凤会唱歌，且爱听她唱歌，就请她随便唱点什么，以为让这点微风，这一派空气，把歌声带到顶远顶远一处，融解到一切人的心里去，融解到为黄昏所占领的这个世界每一个角隅上去，不算在作一件蠢事情。并且又说只有歌能够说出大家的欢欣。

黑凤轻轻的快乐的唱了一阵子，又不接下去了。就说：

“这不是唱歌的时候。我们认识美，接近美，只有沉默才是最恰当的办法。人类的歌声，同人类的文学一样，都那么异常简单和贫乏，能唱出的，能写出的，皆不过是人生浮面的得失哀乐。至于我们现在到这种情形下面，我们能够用一种声音一组文字说得分明我们所觉到的东西吗？绝对不能，绝对不能。”

蒲静说：

“要把目前一切用歌声保留下来，这当然不能够。因为这时不是我们得到了什么，也不是失掉了什么，只是使我们忘掉了自己。不忘掉，这不行的！不过当我们灵魂或这类东西，正在融解到一雯微妙光色里时，我们得需要一支歌，因为只有它可以融解我们的灵魂！”

这不像平时蒲静的口气，显然的，空气把这个女人也弄得天真哓舌起来了，她坐了起来，见仪青只是微笑，就问仪青：“小诗……你说你的意见，怎么样？”

她仍然微笑，好像微笑就是这年青女孩全部的意见。这女孩子最爱说话也最会说话，但这时只是微笑。

黑凤向蒲静说：

“你自己的意见是怎么样？”

那蒲静轻轻的说：“我的意见是——”她并不把话继续下去，却拉过了仪青的手，放在嘴边挨了一下，且把黑凤的手捏着，紧紧的捏着，不消说，这就是她的意见了。

三个人皆会心沉默是必需的事，风景的美丽，友谊的微妙，是皆只宜从沉默中去领会的。

但过了一会，仪青想谈话了，却故意问蒲静：“怎么样来认识目前的一切，究竟你是什么意见。”

蒲静说：

“我不必说，左边那株松树就正在替我说！”

“说些什么？”

“它说：谁说话，谁就是傻子，谁唱歌，谁就是疯子，谁问，谁就是……”

仪青说：

“你又骂人！黑凤，她骂你！拧她，不能饶她！”

黑凤说：

“她不骂我！”

“你们是一帮的人。可是不怕你们成帮，我问你，诗人是怎么样发生的呢？”

因为黑凤并不为仪青对付蒲静，仪青便噘了一下小嘴，轻轻的说。

蒲静说：

“仪青你要明白么？诗人是先就自己承认自己是个傻子，所以来复述树枝同一切自然所说无声音的话语，到后成为诗人的。”

“他怎么样复述呢？”

“他因为自己以为明白天地间许多秘密，即或在事实上他明白的并不比平常人多，但他却不厌其烦的复述那些秘密，譬如，树杪木末在黄昏里所作的低诉，露水藏在草间的羞怯，流星的旅行，花的微笑，他自信懂得那么多别人所不懂的事情，他有那分权利，也正有那分义务，就来作诗了。”

“可是，诗人虽处处像傻子，尤其是在他解释一切，说明一切，形容一切时，所用的空字，所说的空话，不是傻子谁能够那么做。不过若无这些诗人来写诗，这世界还成什么世界？”

“眼前我们就并不需要一个诗人，也并不需要诗。”

“以后呢？假如以后我们要告给别一个人，告给一百年一千年的人，怎么样？”

蒲静回答说：

“照我说来若告给了他们，他们只知道去读我们的诗，反而不知道领会认识当前的东西了。美原来就是不固定的，无处不存在的，诗人少些，人类一定也更能认识美接近美些。诗人并不增加聪明人的智慧，只不过使平常人仿佛聪明些罢了。让平常人皆去附庸风雅，商人赏花也得吟诗填词，军人也只想磨盾题诗，全是过去一般诗人的罪过。”

仪青说：

“我们不说罪过，我们只问一个好诗人是不是也有时能够有这种本领，把一切现象用一组文字保留下来，虽然保留下来的不一定同当时情景完全相同，却的的确确能保留一些东西。我还相信，一个真的诗人，他当真会看到听到许多古怪东西！”

蒲静微笑把头点着：“是的，看到了许多，听到了许多。用不着诗人，就是我，这时也听到些古怪声音！”

黑凤许久不说话，把先前一时在路上采来的紫色野花，挼碎后撒满了仪青一身，轻轻的说：“借花献佛。真是个舌底翻莲的如来佛！”

仪青照例一同蒲静谈论什么时，总显得又热情又兴奋，黑凤的行为却妨碍不了她那问题的讨论。她问蒲静：

“你听到什么？”

蒲静把散在石上的花朵捧了一手撒到小女孩子仪青头上去。

“我现在正听到那株松树同那几颗高高的槐树在讨论一件事情，她说：‘你们看，这三个人一定是些城里人，一定是几个读书人，日光下的事情知道得那么少，因此见了月亮，见了星子，见了落日所烘的晚霞同一汪盐水的大海，一根小草，一颗露珠，一朵初放的花，一片离枝的木叶，皆莫不大惊小怪，小气处同俗气处真使人难受！’”

“假如树木皆有知觉，这感想也并不出奇！”

“它们并没有人的所谓知觉，但对于自然的见识，所阅历的可太多了。它们一切见得多，所以它们就从不会再有什么惊讶，比人的确稳重世故多了。”

仪青说：“我们也并不惊讶！”

蒲静说：“但我们得老老实实承认，我们皆有点儿傻，我们一到了好的光景下面，就不能不傻，这应当是一种事实。不只树木类从不讨论这些，就是其余若干在社会中为社会活着的人，也不会来作这种讨论！”

“蒲静，这里不是宣传社会主义的地方，因为你说你懂松树的话，难道你就不担心松树也懂你的话吗？你不怕‘告密’吗？”

因为仪青在石上快乐的打着滚，把石罅小草也揉坏了，黑凤就学蒲静的神气，调弄仪青说：

“我听到身边小草在埋怨：那里来那么多不讲道理的人，我们不惹她，也来折磨我们！只有诗人是这样子，难道蹂躏我的是个候补诗人吗？”

“再说我揍你，”仪青把手向黑凤扬起。“我盼望璇若先生再慢来些，三天信也不来。”

璇若是黑凤的未婚夫，说到这里，两人便笑着各用手捞抓了一阵。因为带球形的野花宜于穿成颈圈，仪青挣脱身，走下石壁采取野草去了。

到后蒲静却正正经经的同黑凤说：

“我想起了一件事情，我想起一本书，璇若先生往年还只能在海滨远远的听那个凤子姑娘说话，我们现在却居然同你那么玩着闹了。我问你，那时节在沙上的你同现在的你，感想有什么不同处没有？”

黑凤把蒲静的手拉到自己头上去轻轻的说：“这就不同！”她不把蒲静的手掌摊开覆着自己眼睛。“两年前也是那么夏天，我在这黄昏天气下，只希望有那么一只温柔的手把我的脸捂着，且希望有一个人正想着我，如今脸上已有了那么一只手，且还有许多人想着我！”

蒲静轻轻的说：“恐怕不是的，你应当说：从前我希望一个男人想我，现在我却正在想着一个男人！”

“蒲静，你不忠厚。你以为我……他今天还来了两个信！”

“来信了吗？我们以为还不来信！梦珂ＸＸ的事情怎么样了？”

“毫无结果。他很困难，各处皆不接头，各处皆不知道梦珂被捕究竟在什么地方。他还要我向学校请假四天，一时不能回来！”

“恐怕完事了，他们全是那么样子办去。某一方面既养了一群小鬼，自然就得有一个地狱来安插这些小鬼的。”

黑凤大约想起她两年前在沙上的旧事，且想起行将结婚的未婚夫，因事在ＸＸＸ冒暑各处走动的情形，便沉然了。

蒲静把手轻柔的摸着黑凤的脸颊，会心的笑着。

仪青把穿花串的细草采回来了，快乐的笑着，爬上了岩石，一面拣选石上的花朵，一面只是笑。

黑凤说：

“仪青，再来辩论一会，你意思要诗，蒲静意思不要诗，你要诗的意思不过是以为诗可以说一切，记录一切。但我看你那么美丽，你笑时尤其美，什么文字写成的诗，可以把你这笑容记下？”

仪青说：“用文字写成的诗若不济事时，用一串声音组成的一支歌，用一片颜色描就的一幅画，皆作得到。”

蒲静说：“可是我们能画么？我们当前的既不能画，另一时离远的还会画什么？”

黑凤向蒲静说：

“你以为怎么样合宜？你若说沉默，那你不必说，因为沉默只能认识，并不能保存我们的记录。”

蒲静说：

“我以为只有记忆能保存一切。一件任何东西的印象，刻在心上比保存在曲谱上与画布上总完美些高明些。……”

仪青抢着说道：

“这是自然的事。不过这世界上有多少人的心能够保存美的印象？多数人的记忆，皆得耗在生活琐事上与职务上去，多数人皆只能记忆一本日用账目，或一堆上司下属的脸子，多数人皆在例行公事同例行习惯上注意，打发了每个日子，多数人皆不宜于记忆！天空纵成天挂着美丽的虹，能抬起头来看看的固不乏其人，但永远皆得低着头在工作上注意的也一定更多。设若想把自然与人生的种种完美姿式，普遍刻印于一切人心中去，不依靠这些用文字同声音，颜色，体积，所作的东西，还有别的办法？没有的，没有的！”

“那么说来，艺术不又是为这些俗人愚蠢人而作的了么？”

“决不是为庸俗的人与愚蠢的人而产生艺术，事实上都是安慰那些忙碌到只知竞争生活却无法明白生活意味的人而需要艺术。我们既然承认艺术是自然与人生完美形式的模仿品，上面就包含了道德的美在内，把这东西给愚蠢庸俗的人虽有一时将使这世界上多了些伪艺术作品与伪艺术家，但它的好处仍然可以胜过坏处。”

蒲静说：

“仪青小孩子，我争不赢你，我只希望你成个诗人，让上帝折磨你。”说后又轻轻的说，“明年，后年，你会同凤子一样的把自己变成一句诗，尽选字儿押韵，总押不妥贴，你方知道……”

晚风大了些，把左边同岩石相靠的槐树枝叶扫着石面，黑凤因为蒲静话中说到了她，她便说：“这是树的嘲笑，”且说，“仪青你让蒲静一点，你看，天那边一片绿云多美！且想想，我们若邀个朋友来，邀个从来不曾到过这里的人，忽然一下把她从天空摔到这地面，让她身边一切发呆，你想怎么样?!”

她学了蒲静的语气说：“那槐树将说……”

“不要槐树的意见，要你的意见。”

仪青业已坐起来了些时节，昂起头，便发现了星子，她说：

“我们在这里，若照树木意见说来已经够俗气了，应当来个不俗气的人，——就是说，见了这黄昏光景，能够全不在乎谈笑自若的人，只有梦珂女士好。璇若先生能够把她保出来，接过来，我们四个人玩个夏天可太好了。”

“她不俗气，当真的。她有些地方像个男子，有些地方男子还不如她!”

仪青又说：

“我希望她能来，只有她不俗气，因为我们三个人，就如蒲静，她自己以为有哲学见解反对诗，就不至于为树木所笑，其实她在那里说，她就堕入‘言诠’了。”

蒲静说：

“但她一来我想她会说‘这是资本主义下不道德的禽兽享乐的地方’，好像地方好一点，气候好一点，也有罪过似的。树木虽不嫌她如我们那么俗气，但另外一种气也不很雅。”

仪青说：“这因为你不认识她，你见过她就不会那么说她了。她的好处就也正在这些方面可以看出。她革命，吃苦，到吴淞丝厂里去做一毛八分钱的工，回来时她看得十分自然，只不过以为既然有多少女人在那里去做，自己要明白那个情形，去做就得了。她作别的苦事危险事也一样的，总不像有些人稍稍到过什么新生活荡过一阵，就永远把那点经验炫人。她虽那么切实工作，但她如果到了这儿来，同我们在一块，她也会同我们一样，为目前事情而笑，决不会如某种俗气的革命家，一见人就只说：‘不好了，帝国主义者瓜分了中国，XXX是卖国贼。’她不乱喊口号，不矜张，这才真是能够革命的人！”

黑凤因为蒲静还不见到过梦珂，故同意仪青的说明，且说：

“是的，她真会这样子。她到这儿来，我们理解她，同情她那分稀有的精神，她也能理解我们，同意我们。这才真是她的伟大处。她出名，事情又做得多，但你同她面对面时，她不压迫你。她处处像一个人，却又使你爱她而且敬她。”

蒲静说：“黑凤，你只看过她一面，而且那时候是她过吴淞替璇若先生看你的！”

“是的，我见她一面，我就喜欢她了。”黑凤好像有一个过去的影子在心头掠过，有些害羞了，便轻轻的说：“我爱她，真是的。革命的女子的性格那么朴素，我还不见过第二个！”

仪青就笑着说：

“她说你很聪明很美！”

“我希望她说我‘很有用’。”黑凤说时把仪青的手捏着。

“这应当是你自己所希望的。”蒲静说，“你给人的第一面印象实在就是美，其他德性常在第二面方能显出。我敢说璇若先生对于你第一面印象，也就同梦珂一样！”

黑凤带着害羞的微笑，望着天末残余的紫色，“我欢喜人对于我的印象在美丽以外。”

仪青说：“我本来长得美，我就不欢喜别人说我不美。”

蒲静说：“美丽并不是罪过。真实的美丽原同最高的道德毫无畛域。你不过担心人家对于你的称赞像一般所谓标致漂亮而已。你并不标致艳丽，但你却实在很美。”

“蒲静，为什么人家对于你又常说‘有用’？为什么她不说我‘有用’？”

蒲静回答说：

“这应当是你自己的希望！譬如说，你以为她行为是对的，工作是可尊敬的，生活是有意义的，应当从她取法，不必须要她提到。至于美，有目共赏，璇若……”

“得了，得了，我们这些话不会更怕树木笑人吗？”

晚风更紧张了些，全个树林皆刷刷作响，三人略沉默了一会，看着海，面前的海原来已在黄昏中为一片银雾所笼罩，仿佛更近了些。海中的小山已渐渐的模模糊糊，看不出轮廓了。天空先是浅白带点微青，到现在已转成蓝色了。日落处则已由银红成为深紫，几朵原作紫色的云则又反而变成淡灰色，另外一处，一点残余的光，却把几片小小云彩，烘得成墨黑颜色。

树林重新响着时，仪青向蒲静说：

“古人有人识鸟语，如今有人能翻译树木语言，可谓无独有偶。只是现在它们说些什么？”

蒲静说：

“好些树林皆同一说：‘今天很有幸福，得聆一个聪明美丽候补诗人的妙论。”’

仪青明知是打趣她，还故意问：

“此后还有呢？”

“还有左边那株偃蹇潇洒的松树说：‘夜了，又是一整天的日光，把我全身都晒倦了！日头回到海里休息去了，我们也得休息。这些日子月亮多好！我爱那粒星子，不知道她名字，我仍然爱她。我不欢喜灯光。我担心落雨，也讨厌降雾。我想想岩石上面那三个年青人也应当回家了，难道不知道天黑，快找不着路吗？’可是那左边瘦长幽默的松树却又说：‘诗人是用萤火虫照路的，不必为他们担心。’另一株树又说：‘这几天还不见打了小小火炬各处飞去的夜游者！’那幽默松树又说：‘不碍事，三个人都很勇敢，尤其是那个年轻的女孩子，别担心她那么美，那么娇，她还可以从悬崖上跳下去的！’别的又问：‘怎么，你相信她们会那么做？’那个就答：‘我本不应当相信，但从她们那份谈论神气上看来，她们一定不怕危险。’”

仪青说：

“蒲静，你翻译得很好，我相信这是忠实的翻译。你既然会翻译，也请你替我把话翻译回去，你为我告那株松树，（她手指着有幽默神气的一株）你说：‘我们不怕夜，这里月亮不够照路，萤火虫还不多，我们还可以折些富于油脂的松枝，从石头上取火种，燃一堆野火照路！’”

黑凤因为两个朋友皆是客人，自己是主人，想家中方面这时应当把晚饭安排妥当了，就说：

“不要这样，还是向树林说‘再见’吧。松树忘了告给我们吃饭的时间，我们自己可得记着！”

几个人站了起来，仪青把穿好的花圈套到黑凤颈上去，黑凤说：

“诗人，你自己戴！”仪青一面从低平处跳下岩石，一面便说：“诗人当他还不能把所写的诗代替花圈献给人类中最完美的典型时，他应当先把花圈来代替诗，套到那人类典型头上去！”因为她恐怕黑凤还会把花圈套回自己颈脖上来，平时虽然胆子极小，这时却忘了黑魆魆的松林中的一切可怕东西，先就跑了。

她们的住处在山下，去她们谈笑处约有半里路远近。几个人走回所住的小小白房子，转到山上大路边时，寂寞的山路上电灯业已放光。几个人到了家中，洗了手，吃过饭，谈了一阵，各人说好应当各自回到所住那间小房中去作自己的事情。仪青已定好把一篇法文的诗人故事译出交卷，蒲静已定好把所念的一章教育史读完，黑凤则打算写信给她的未婚夫璇若，询问南京的情形，且告给这边三个人的希望，以为如果梦珂想法保出来了，则必无问题可言，务必邀她过海滨来休息一阵，一面可以同几个好朋友玩玩，一面也正可以避避嫌，使侦探不至于又跟她过上海不放松她。又预备写信给她的父亲，询问父亲对于她结婚的日子，看什么时节顶好。她们谈到各人应作的事情时，并且互相约定，不管有什么大事，总不许把工作耽误。

蒲静同仪青皆回到楼上自己卧室里去了，黑凤因为还有些事告给新来的娘姨，便独自在客厅中等待着，且装作一个名为“费家二小”的乡下女孩子说话，这乡下女孩，正是她自己所作的一篇未完事的小说上人物。

把一些事教给了娘姨以后，她就在客厅旁书房中写信。信写好后，看看桌上的小表，正十点四十分。刚想上楼去看看两个人睡了没有，门前铃子响了一阵，不见娘姨出去开门，就走去看是谁。出去时方知道是送电报的，着忙签了个字，一个人跑回书房去，把电码本子找到了，就从后面起始翻出来。电报是璇若从南京来的，上面说：“梦珂已死，余过申一行即回。璇。”把电翻完，又看看适间所写的信，黑凤心想：“这世界，有用的就是那么样子的结果！”

她记起了梦珂初次过吴淞学校去看她的情形，心里极其难过，就自言自语说：“勇敢的同有用的好人照例就是这样，于是剩下些庸鄙怕事自足糊涂的……”又说：“我不是小孩子，我哭有什么用?”原来这孩子眼睛已红了。

她把电报拿上楼去，站在蒲静的卧室外边，轻轻的敲着门。蒲静问：“黑凤，是你吗……”她便把门推开走到蒲静身后站了一会儿，因为蒲静书读得正好，觉得既然这人又不曾见过梦珂，把这种电报扰乱这个朋友也不合理，就不将电报给蒲静看。蒲静见黑凤站在身后不说话，还以为只是怕妨碍她读书，就问黑凤：“信写好了没有?”

黑凤轻轻的说：“十一点了，大家睡了吧。”

心中酸酸的离开了蒲静房间，走到仪青的房门前，轻轻的推开了房门，只见仪青穿了那件大红寝衣，把头伏在桌子上打盹，攀着这女孩子肩膊摇了她一下，仪青醒来时就说：

“不要闹我，我在划船！我刚眯着，就到了海上，坐在三角形白帆边了。”等一等又说：“我文章已译好了。”

“睡了吧，好好的睡了吧。我替你来摊开铺盖。”

“我自己来，我自己来。你信写好了吗?”

黑凤轻轻的说：“好了的。你睡了，我们明天见吧！”

“明天上山看日头，不要忘记！”

黑凤说：“不会忘记。”

因为仪青说即刻还要去梦中驾驶那小白帆船，故黑凤依然把那电报捏在手心里，吻了一下仪青美丽的额角，就同她离开了。

她从仪青房中出来时，坐在楼梯边好一会。她努力想把自己弄得强硬结实一点，不许自己悲哀。她想："一切都是平常，一切都很当然的。有些人为每个目前的日子而生活，又有些人为一种理想日子而生活。为一个远远的理想，去在各种折磨里打发他的日子的，为理想而死，这不是很自然么？倒下的，死了，僵了，腐烂了，便在那条路上，填补一些新来的更年青更结实的家伙，便这样下去，世界上的地图不是便变换了颜色么？她现在好像完了，但全部的事并不完结。她自己不能活时，便当活在一切人的记忆中。她不死的。"

她自己的确并不哭泣。她知道一到了明天早上，仪青会先告诉她梦里驾驶小船的经验，以及那点任意所为的快乐，但她却将告给仪青这个电报的内容，给仪青早上一分重重的悲戚！她记起仪青那个花圈了，赶忙到食堂里把它找得，挂到书房中梦珂送她的一张半身像上去。

廿二年六月青岛

（登在《新社会半月刊》第五卷三号至六号）

本篇发表于1933年8月1日，16日，9月1日，16日《新社会半月刊》第5卷第3~6期。署名沈从文。

上城里来的人

一

“三月十六日的事。一个坏运气落到了众人头上，来了一些——谁知道这应当用什么称呼为恰当呢——总之他们是来了。不报信，就来了。把一些人从梦中惊醒，但是醒来他们已到寨子中了。狗叫是空的。狗这时似乎也知道叫是空叫，各个逃到空园中去了。人可逃不及。

“于是不用什么名义就动手。知道‘动手’这两字的用意吧。他们动手了，他们有刀，有枪，只有‘请便’可以说了。

“他们是体面的。只要不这么慌张，不这么混乱，成群排队到村中大街上走，吹号打鼓的在前引路，骑马匹的放在后面，我可以赌咒说我不敢疑心他们是——

“我决定说他们能够这么办的，做得体体面面，在另一时节。”

二

“我不是说动手么？

“轮到了牛，轮到了羊，轮到了财物。……当真，应当轮到我们了。

“我们是妇人，妇人是有‘用处’的。

“他们是斯斯文文的，这大致是明白附近无其余的他们。说，

‘来！’我们就过去一个，我忘了告你是在喊来以前我们妇人是如牛羊一样，另外编成一队的了。如今是指定叫谁谁就去。我赌气，说我不害怕。这是平常事，是有过的事。

“但我看到我们的大表妹子——该死的老子这样大年纪还不打发她出门，——她脸色变得真难看。还没有喊她，一双脚只是摇，像纺纱车轴。我的天，你这样胆小，一个女人总有一次的事，怕什么？我是不怕的。用过了，他们就会走路，不是么？

“我轻轻的说，妹子，别这样，你大表嫂也在此，婶婶也在此，不要怕。让他吃，让他用，衙门做官的既不负责，庙里菩萨又不保佑，听他们去，不过一顿饭久就完事。

“他们决不是土匪，不会把我们带去——带去只有累赘他们——所以我心稳稳的。”

三

“像害了一场病，比疟疾还轻松一点的病，我成了今天的我了。

“所以我说，我家中原是有两头母牛，四头羊，二十匹白麻布，二十匹棉家机布，全副银首饰，仍然得上城来帮人做工。这理由，你当然明白了。他们拿去了一切，留下我同我的男子，我又是害病。你们从城里下乡或者当是另外一个理由，因为你们还可以回转城里。

“我就是因此到城里来了。我的牛羊同家产，可不知道随了他们到什么地方去。我顶不放心那匹黑牛，它左脚有病，是真的。我的男人他因此当兵去了，他临动身时说，他将来总会作他们作过的事，说这话时好像生了点气。

“我记到他的话，我告他：若是别人家的牛脚上有病，可为别人留下不要拉走。有病的牛走远路是不相宜的，要这东西随队伍开差，也怪可怜。

“也许他得过一头牛了，就因为记到我的话不把牛牵走。他是好人，我可以同你打赌，尽你去问我村子里的每个人，看有一个人说坏话没有。”

四

“你们城里人真舒服。

“成天开会，说妇女解放，说经济独立，说……我明白，我懂。我记得到，那有就忘记的道理！你不信我念那段话给你听。你告我的我全记得到。‘我们妇女也是人，有理由做男子一切做着的事。’……这我可不明白了，我不知道使我们村子里妇人所害的病，有法子在解放以后就不害它不？

“她们不能全搬进城来住。乡下的她们比城里似乎多多了。”

“她们有牛，羊，麻布，棉布，而他们就有刀，枪，小手枪，小手榴弹。他们是这样多，衣服一色。上城来告状又不是办法，我们告谁？”

…………

五

“不说起，我不记到这些事的。好像是忘了，过去的事忘了倒好点。

“可惜我那牛，我知道它是不愿同我们离开的。临走时被他们牵着打着（我睡到这样想），它必定还流眼泪。我们原来多久就已成为一家人，太熟了。

“若到什么地方碰到它，我断定它还认得我。它是又聪明又懂事的东西，我说得是那只黑色的。唉，可是恐怕我的那男人，我再不会认识他了，这是整五年，从那出门一天算起——不，应当从我害病那天算起。”

十七年八月于上海

（登在上海《中央日报·红与黑》第十号）

本篇发表于1928年8月17日《中央日报·红与黑》第10号。署名茹椒。

生

北京城十刹海杂戏场南头，煤灰土新垫就一片场坪，白日照着，有一圈没事可作的闲人，皆为一件小小热闹粘合在那里。

嗞……

一个裂帛的声音，这声音又如一枚冲天小小爆仗，由地而腾起，五色纸作成翅膀的小玩具，便在一个螺旋形的铁丝上，被卖玩具者打发了上天。于是这里有各色各样的脸子，皆向明蓝作底的高空仰着。小玩具作飞机形制，上升与降落，同时还牵引了远方的眼睛，因为它颜色那么鲜明，有北京城玩具特性的鲜明。

小小飞机达到一定高度后，便俨然如降落伞，盘旋而下，依然落在场中一角，可以重新拾起，且重新派它向上高升。或当发放时稍偏斜一点。它的归宿处便改了地方，有时随风飏起挂在柳梢上，有时落在各种小摊白色幕顶上，有时又凑巧停顿在或一路人草帽上。它是那么轻，什么人草帽上有了这小东西时，先是一点儿不明白，仍然扬长向在人丛中走去，于是一群顽皮小孩子，小狗般跟在身后嚷着笑着，直到这游人把事弄明白，抓了头上小东西摔去，小孩子方始争着抢夺，忘了这或一游人，不再理会。

小飞机每次放送值大子儿三枚，任何好事的出了钱，皆可自己当场来玩玩，亲手打发这飞机“上天”，直到这飞机在“地面”失去为止。

从腰边口袋中掏铜子人一多，时间不久，卖玩具人便笑眯眯的一面数钱一面走过望海楼喝茶听戏去了，闲人粘合性一失，即刻也散了。场坪中便只剩下些空莲蓬，翠绿起皺的表皮，翻着白中微绿的软瓤，还有棕色莲子壳，绿色莲子壳。

一个年纪已经过了六十的老人，扛了一对大傀儡从后海走来，到了场坪，四下望人，似乎很明白这不是玩傀儡的地方，但莫可奈何的却停顿下来。

这老头子把傀儡坐在场中烈日下，一面收着地面的莲蓬，用手捏着，探试其中的虚实，一面轻轻的咳着，调理他那副枯嗓子。他既无小锣，又无小鼓，除了那对脸儿一黑一白简陋呆板的傀儡以外，其余什么东西也没有！看的人也没有。

他把那双发红小眼睛四方瞟着，场坪地位既那么不适宜，天气又那么热，心里明白，若无什么花样做出来，决不能把游海子的闲人牵引过来。老头子便瞻望坐在坪里傀儡中白脸的一个，亲昵的低声的打着招呼，也似乎正在用这种话安慰他自己。

“王九，不要着急，慢慢的会有人来的。你瞧，这莲蓬，不是大爷们的路数？咱们耽一会儿，就来玩个什么给爷们看看，玩得好，还愁爷们不赏三枚五枚？玩得好，大爷们回家去还会同家中学生说：‘嗨，王九赵四摔跤多扎实，六月天大日头下扭着蹩着搂着，还不出汗！（他又轻轻的说）可不是，你就从不出汗，天那么热，你不出汗也不累，好汉子！”

来了一个人，正在打量投水似的神气，把花条子衬衣下角长长的拖着，作成北京城大学生特有的丑样子，在脸上，也正同样有一派老去民族特有的憔悴颜色。

老头子瞥了这学生一眼，便微笑着，以为帮场的“福星”来了，全身作成年轻人伶便姿式，把膀子向上向下摇着。大学生正研究似的站在那里欣赏傀儡的面目，老头子就重复自言自语的说话，亲昵得如同家人父子应对。

“王九，我说，你瞧，大爷大姑娘不来，先生可来了。好，咱们动手，先生不会走的。你小心别让赵四小子扔倒。先生帮咱们绷个场面，看你摔赵四这小子，先生准不走。”

于是他把傀儡扶起，整理傀儡身上那件破旧长衫，又从衣下取出两只假腿来，把它缚在自己裤带上，一切弄妥当后，就把傀儡举起，弯着腰，钻进傀儡所穿衣服里面去，用衣服罩好了自己，且把两只手套进假腿里，改正了两只假腿的位置，开始独自来在灰土坪里扮演两个人殴打的样子。他用各样方法，变动着傀儡的姿式，跳着，蹿着，有时又用真脚去捞那双用手套着的脚，装作掼跤盘脚的动作。他自己既不能看清楚头上的傀儡，又不能看清楚场面上的观众，表演得却极有生气。

大学生忧郁的笑了，而且，远远的另一方，有人注意到了这边空地上的情形，被这情形引起了好奇兴味，第二个人跑来了。

再不久，第三个以至于第十三个皆跑来了。

闲人为了傀儡的殴斗，聚集在四周的越来越多。

众人嘻嘻的笑着，从衣角里，老头子依稀看得出场面上一圈观众的腿脚，他便替王九用真脚绊倒了赵四的假脚，傀儡与藏在衣下玩傀儡的，一齐颓然倒在灰土里，场面上起了哄然的笑声，玩意儿也就作了小小结束了。

老头子慢慢的从一堆破旧衣服里爬出来，露出一个白发苍苍满是热汗的头颅，发红的小脸上写着疲倦的微笑，离开了傀儡后，就把傀儡重新扶起，自言自语的说着：

“王九，好小子，你真能干。你瞧，我说大爷会来，大爷不全来了吗？你玩得好，把赵四这小子扔倒了，大爷会大把子铜子儿洒来，回头咱们就有窝窝头啃了。瞧，你那脸，大姑娘样儿。你累了吗？怕热吗？（他一面说一面用衣角揩抹他自己的额角）来，再来一趟，好劲头，咱们赶明儿还上南京国术会打擂台，给北方挣个大面子！”

众人又哄然大笑。

正当他第二次钻进傀儡衣服底里时，一个麻着脸庞收小摊捐的巡警从人背后挤进来。

巡警因为那种扮演古怪有趣，便不作声，只站在最前线看这种单人掼跤角力。然刚一转折，弯着腰身的老头子，却从巡警足部一双黑色厚皮靴上认识了观众之一的身分与地位，故玩了一会，只装作赵四力不能支，即刻又成一堆坍在地下了。

他赶忙把头伸出，对巡警作一种谄媚的微笑，意思像在说“大爷您好，大爷您好”，一面解除两手所套的假腿一面轻轻的带着幽默自讽的神气，向傀儡说：

“瞧，大爷真来了，黄褂儿，拿个小本子抽收四大枚浮摊捐，明知道咱们嚼大饼还没办法，他们是来看咱们摔跤的！天气多热！大爷们尽在这儿竖着，来，咱们等等再来。”

他记起浮摊捐来了，他手边还无一个大子。

过一阵，他看看围在四方的帮场人已不少，便四向作揖打拱说：

“大爷们，大热天委屈了各位。爷们身边带了铜子儿的，帮忙随手撒几个，荷包空了的，帮忙耽一会儿，不必走开。”

观众中有人丢一枚两枚的，与其他袖手的，皆各站定原来位置不曾挪动，一个青年军官，却掷了一把铜子皱着眉毛走开了。老头子为拾取这一把散乱满地的铜子，照例沿了场子走去，系在腰带上那两只假脚，便很可笑的向左向右摆着。

收捐巡警已把那黄纸条画上了个记号，预备交给老头子，他见着时，赶忙数了手中铜子四大枚，送给巡警，这巡警就口上轻轻说着“王九王九”，含着笑走了。巡警走后，老头子把那捐条搓成一根捻子，扎在耳朵边，向傀儡说：

“四个大子不多，王九你说是不是？你不热，不出汗！巡警各处跑，汗流得多啦！”说到这里他似乎方想起自己头上的大汗，便蹲下去拉王九衣角揩着，同时意思想引起众人发笑，观众却无人发笑。

这老头子也同社会上某种人差不多，扮戏给别人看，连唱带做，并不因为他做得特别好，就只因为他在做，故多数人皆用希奇怜悯眼光瞧着。应出钱时，有钱的也照例不吝惜钱，但不管任何地方，只要有了一件新鲜事情，这点粘合性就失去了，大家便会忘了这里一切，各自跑开了。

柳树阴下卖莲子小摊，有人中了暑，倒在摊边晕去了，大家不知发生了什么事，见有人跑向那方面去，也跟着跑去，只一会儿玩傀儡的场坪观众就走去了大半。少数人也似乎方察觉了头上的烈日，继续渐渐散去了。

带着等待投水神气的大学生，似乎也记起了自己应做的事情，不能尽在这烈日下捧场作呆二，沿着前海大路挤进游人中不见了。

场中剩了七个人。

老头子看看，微笑着，一句话不说，两只手互相捏了一会，又蹲下去把傀儡举起，罩在自己的头上，两手套进假腿里去，开始剧烈的摇着肩背，玩着业已玩过的那一套。古怪动作招来了四个人，但不久之间却走去了五个人。等到另外一个地方真的殴打发生后，其余的人便全皆跑去了。

老头子还依然玩着，依然常常故意把假脚举起，作为其中一个全身均被举起的姿式。又把肩背极力倾斜向左向右，便仿佛傀儡扭扑极烈。到后便依然在一种规矩中倒下，毫不苟且的倒下。自然的，王九又把赵四战胜了。

等待他从那堆敝旧衣里爬出时，场坪里只有一个查验浮摊捐的矮巡警，笑眯眯的站在那里，因为观众只他一人故显得他身体特别大，样子特别乐。

他走向巡警身边去，弯了下腰，从耳朵边抓取那根黄纸捻条，那东西却不见了，就忙匆匆的去傀儡衣里乱翻。到后从地下方发现了那捐条，赶忙拿着递给巡警：巡警不验看捐条，却望着系在那老头子腰边的两只假腿痴笑，摇摇头走了。

他于是同傀儡一个样子坐在地下，计数身边的铜子，一面向白脸傀儡王九笑着，说着前后相同既在博取观者大笑，又在自作嘲笑的笑话。他把话说得那么亲昵，那么柔和。他不让人知道他死去了的儿子就是王九，儿子的死乃是由于同赵四相拼也不说明。他决不提这些事。他只让人眼见傀儡王九与傀儡赵四相殴相扑时，虽场面上王九常常不大顺手，上风皆由赵四占去，但每次最后的胜利，总仍然归那王九。

王九死了十年，老头子在北京城圈子里外表演王九打倒赵四也有了十年，那个真的赵四，则五年前在保定府早就害黄疸病死掉了。

廿二年九月三日在北平新窄而霉斋

（登在《人民评论旬刊》一卷十七号）

本篇发表于1933年9月10日《人民评论旬刊》第1卷第17号。署名沈从文。

早上——一堆土一个兵

天欲发白。一切皆静静的。这分沉静便孕育了稍后一时金铁齐鸣的种子。

老同志伏在山地土沟边如一只狗，身穿破棉袄儿，见得多，听得多，胆量稳稳的，心沉沉的，不怕冷，不怕饿。

为得是会那么一手，有了经验，到时候天空中燕子似的钢铁飞窜，“来，X 你的娘，炸你个七块八块！”一下子把那个黑沉沉的玩意儿，向远处抛去，訇……一堆烟子，一堆石头，一堆泥土，向上直卷。一口猛劲的犁，一只瞧不见的大手，这么一下翻起多少东西！那大腿，那手指，那点撕碎拉长的内脏！起花的肠子，水蛇似的肠子。“来，X 你祖宗，再来一下！”又再来一下。

在那时节老同志是半疯的。空中的一切声音皆使他发疯。“来，X 你……”便又再来了一下。每一个动作相伴而来的是个粗俗的字眼，这包含了一种力量，一分气。

老同志可没有死，天知道这是谁出的主意，勇敢人照例就不会轻易死。枪子儿常常赶人背后穿，你想跑，只一下子你便完事了。你不跑，你不会在冲过来的毛子以前完事。

嘘……一颗流弹，一只紫色的鸟儿打头上飞过去，一个信号，暴雨中第一滴雨点。来了，昨天的事又快来了。同天明一样，黑夜一走终究要来的。

一切过去了，黑夜和沉默皆已过去了。远处有了机关枪声音一阵，过后又异常沉静了。

天已亮，好像再不会有什么事。

老同志把手在空虚里抓了一把，看看风向什么方面吹。老同志身伴一个小同志，一个学生，那顶圆圆的钢盔搁在头上，代为说明他来这儿还不多久。那学生哑哑的说：

"老伴，老伴，别开玩笑，小心一点儿。"

"小心一点儿？小心你做皇帝的命！你是来干吗的？我问你。"

那一边便无回嘴声音了。

过一会儿，那戴了钢盔的学生却说：

"老同志，老同志，到了一万顶钢盔，今早冲锋时可不怕机关枪了。"

人年轻了一点，话说得那么傻，真像机关枪子儿单拣脑瓜子钻，别一处皮肉不作兴穿过似的。故老同志听到这个时笑也不笑。后面的人要买帽子爱国，前面的可不要。他们要大炮小炮，要机关炮同向空中飞机瞄准的高射炮，向谁去要？从学生看来这老同志正有点傻，像那么勇敢，那么猛，不是傻子谁作得出这件事。看看地面各处已现出了淡淡的轮廓，只壕沟如一条黑色带子，向高处爬去。学生问：

"老伴，老伴，你为什么到这儿来？"

"我为什么到这儿来？鬼明白。你为什么到这儿来？我问你。人明白的都不来，来的就不大明白。大家都想搬了宝贝向南边跑，不要脸，不害羞。留下性命做皇帝，这块土地谁来守？"

"你有家，……有土。"

"我有田土舍不得离开吗？我有坟土。毛子来了，占去咱们的土地，祖宗出了多少力，流过多少血，家门前一块肥土让他们拿去，不丢丑？读书人不怕丢丑我可怕丢丑。站不住了，脑瓜子炸了，胸脯瘪了，躺到那炮弹犁起的坑里去，让它烂，让它腐。赶明儿有人会说：'老同志不瘪，争一口气，不让自己离开窄窄的沟儿向宽处跑。他死了，他硬朗，他值价。'"

那学生一句话不说，也把手在空气中捞了那么一下，想爬过来一点，似乎要亲老同志一下，老同志说：

"伙计，小心点，不是玩的。"

"得啦，我让你去做皇帝。我把你这个。"他想脱下那顶帽子，这帽子使他害了羞。

啵……

一下子小雏儿完了，放翻了，一个滚便转到壕沟里泥水中去了。一顶钢盔留在老同志身边。

“发明这玩意儿帽子？”老同志道，“天空中落雪子时，戴它到头上去，挡一阵雪子。送来一万顶，好像全望着别炸碎脑子，枪子儿赶别处进，把受伤的填满一个北京城，让人知道抵抗了那么久，伤了那么多，就来讲和似的。妈妈的，你们讲和我不和。我怕丢丑。我们祖宗并不丢丑。”

稍远处有了枪声，左边有了枪声，右边有了枪声，老同志摸摸身边，身边有一十七个炸药作馅的铁棒槌。寒气中一切皆结了冰似的；空气结了冰，铁也结了冰。

三月二十二日青岛窄而霉斋
（登在三十卷九号《东方杂志》）

本篇发表于1933年5月1日《东方杂志》第30卷第9号。署名沈从文。

节　日

落了一点小雨，天上灰濛濛的，这个中秋的晚上，在 X 城已失去了中秋的意义。

一切皆有点朦胧，一切皆显得寂寞。

街道墙角的转折处，城市里每人的心中，似乎皆为这点雨弄得横糊暗淡，毫无生气。

城中各处商人铺子里，仍然有稀稀疏疏的锣鼓声音，人家院落里有断续鞭炮声音，临河楼上有箫笛声音，每一家也皆有笑语声音。这些声音在细雨寒风里混合成一片，带着忧郁的节日情调，飘飏到一个围墙附近时，已微弱无力，模模糊糊，不能辨别它来处方向了。

雨还在落。因为围墙附近地方的寂静，雨俨然较大了一些。

围墙内就是被 X 城人长远以来称为花园的牢狱。往些年分地方还保留了一种习惯，把活人放在一个木笼里站死示众时，花园门前曾经安置过八个木笼。被站死人给它一个雅致的口号，名为“观花”。站笼本身也似乎是一个花瓶，因此 X 城人就叫这地方为“花园”。现在这花园多年来已经有名无实，捉来的乡下人，要杀的，多数剥了衣服很潇洒方便的牵到城外去砍头，木笼因为无用，早已不知去向，故地方虽仍然称为花园，渐渐的也无人明白这称呼的意义了。

花园里容纳了一百左右的犯人，同关鸡一样，把他们混合的关在一处。这些符合各个乡村各种案件里捕捉来的愚蠢东西，多数是那么老实，那么瘦弱，糊里糊涂的到了这个地方，拥挤在一处打发着命里注定的每个日子。有些等候家中的罚款，有些等候衙门的死刑宣布，在等候中，人还是什么也不明白，只看到日影上墙，黄昏后黑暗如何占领屋角，吃一点粗糙囚粮，遇闹监时就拉出来，各爬伏到粗石板的廊道上，卸下了裤子，露出一个肮脏的屁股，挨那么二十三十板子。打完了，爬起来向座上那一个胡子，磕一个头，算是谢恩，仍然又回到原来地方去等候。

牢里先是将整个院落分成四部各处用大木柱作成的栅栏隔开，白日里犯人可以各处走动。到了晚上，典狱官进牢收封点名时，犯人排成一队站好。典狱官拿了厚厚的一本点名册，禁卒肩上搭了若干副分量不等的脚镣手梏，重要的，到时把人加上镣梏，再把铁锁锁定到木栅栏柱旁一个可以上下移动的铁环上，其余则各自归号向预定的草里一滚，事情就已完毕，典狱官同禁卒便走去了。此后就是老犯来处置新犯，用各样刑罚敲诈钱财的时候了。这种风气原是多年以来就养成了的。到后来，忽然有一天，许多乡下人在典狱官进监以后，把典狱官捆着重重的殴打了一顿，逃跑了一些犯人，因此一来，这狱里就有了一种改革。院中重新在各处用铁条隔开，把院中天井留出了一段空地，每日除了早上点名出恭时，各犯人能到院中一次以外，其余时节所有犯人皆各在自己所定下的号内住下，互相分隔起来。院中空地留为典狱官进监点名收号来去的道路，从此典狱官危险也少了。新的改革产生一种新的秩序，铁条门作好后，犯人们皆重新按名编号，重新按名发给囚粮，另外也用了一种新的规矩，就是出了一点小事时，按名加以鞭打。因为新的管狱方法不同了一点，管狱员半夜里还可以来狱中巡视，老犯的私自行刑事情也随同过去制度消灭了。

新狱规初初实行时，每一个犯人在每早上皆应在甬道上排队点名，再鱼贯而行依次到那个毛房去出恭，再各归各号。大多数犯人皆乡下农民，不习惯这件事，因此到时总大家挤着推着，互相用那双愚蠢的畜生一般的眼睛望着同伴微笑，有镣梏的且得临时把它解开，所以觉得非常新奇有趣。到后久一点，也就十分习惯自然了。

这狱中也如同别的地方别的监狱一样，放了一批，杀了一批，随即又会加上一批新来的人。大家毫无作为的被关闭到这一个地方，每日除了经过特许的老犯，可以打点草鞋以外，其余人什么事也不作，就只望到天井的阳光推移，明暗交替打发掉每一个飘然而来倏然而逝其长无尽的日子。

所有被拘留的人皆用命运作为这无妄之灾的注释。什么人被带去过堂了，什么人被打了，什么人释放了，什么人恭喜发财牵去杀头了，别的人皆似乎并不十分关心，看得极其自然。

每天有新来的人。这种人一看就可以明白，照例衣服干净一点，神气显得慌张焦灼，一听到提人时就手足无措。白天无事，日子太长，就坐到自己草荐上，低下头一句话不说，想念家中那些亲人同所有的六畜什物。想到什么难受起来时，就幽的哭着。听人说到提去的什么人要杀头了时，脸儿吓得焦黄，全身发抖，且走过去攀了铁条痴痴的望着。坐牢狱稍久一点，人就变愚呆了，同畜生差不多，没有这种神经敏锐了。

老犯自由行刑的权利，虽因为制度的改革，完全失去，可是到底因为是老犯，在狱里买酒买肉，生活得还是从从容容。狱里发生什么小争持时，执行调解的也总是这一类人。

老犯同城市中的犯人，常常酗酒闹事，互相殴打，每到这种事件发生时，新来的乡下犯人，多吓怕得极其厉害，各自远远的靠墙根躺着，盼望莫误打到身边来。结果则狱吏进来，问讯是谁吵闹，照例吵闹的不肯说出，不吵闹的谁也不敢说出，于是狱吏的鞭子，在每人身上抽一两下，算是大家应得的待遇。

因为过节的习惯，在 X 城还好好的存在，故在这种地方，犯人们也照例得到了些过节的好处。各人把那从上面发下来的一片肥肉，放在糙米饭团上，囫囵吃下后，各人皆望到天空的黄昏雨景，听到远处的各种市声，等候狱官来收封点名。到后收号的来了，因为过节，狱官们的团圆酒还喝得不够量，马马虎虎的查看了一下，吩咐了几句照例的话，就走去了。

到了二更左右，有些人皆蜷成一团卧在稻草里睡着了，有些人还默默的思索到花园外边的家中节日光景，有些人不知道为什么原因，忽然吵闹了起来了。先是各人还各自占据到一个角隅里，在黑暗中互相辱骂，到后越说越纷乱不清，一个抛了一只草鞋过去，另一个就抛了一件别的东西过来。再到后来，两个人中有一个爬了起来赶过去理论，两个人即刻就在黑影里撞打起来了。

只听到肉与肉撞触的钝声，拳头同别的东西相碰的声音，木头，瓶子，镔铁锅，以及其他抛掷的声音。骨节戛戛发声，喘息，辱骂，同兽类咬牙切齿时那种相似沉默的挣扎，继续着，不知在什么时节才可以告一段落。显然的，这里也有一些人，为了这个节日喝了不少酽冽的烧酒，被烧酒醉倒，发生着同别的世界也会同样发生的事情了。

两个醉醺醺的犯人在一个角隅里翻天覆地的扑闹时，一时节旁边事外的人皆不说话。只听到一个卷着舌头的人，一面喘息一面辱骂：

“X你的娘，你以为我对不起你。婆娘们算个什么？婆娘们算个什么？……”

似乎这个人正被压在下层，故话还在说着，却因为被人压定，且被人嘴边打了一拳，后来的话就含糊不清了。

另外黑暗一隅有上了点年纪的人喊着：“四平，四平，不要打出人命，放清醒点！”

又有人说：“打死一个就好了，打死一个，另一个顶命，这里就清静了。”

又有人说：“管事的头儿快来了，各人四十板，今天过节，我们不能为你们带累领这种赏！”

还有人为别的事说别的话，似乎毫不注意身边附近殴打的。

说话的多是据守屋角没有酒喝的人物。在狱中喝酒是有阶级身分的。

一会儿，只听到一种钝声，一个人哎的喊了半个字，随后是一个打草鞋用的木榔槌，远远的摔到墙边铁条上复落在院子中的声音。于是一切忽然静寂了。

两人中有一个被打晕了。

于是就听到有人挣扎着，且一面含含糊糊的骂着：

“X你的娘，你以为我对不起你。婆娘们算个什么？要你莫扼喉咙你不相信，你个杂种，一下子就相信了。你个杂种。……让开点，你个杂种。”

这仍然是那个卷舌头醉鬼说话的声音。名为四平的醉鬼，这时还压在他的身上，可是因为已经被那一榔槌敲晕了，这压在下面的醉鬼，推了一阵，挣扎了一阵，总仍然爬不起来，一面还是骂着各样丑话粗话，一面就糊糊涂涂，把脸贴在湿霉的砖地上睡着了。

稍静寂一会。

黑暗中许多人又说话了，大家推论着。

“打死了一个。下面那个打死上面那个了。”

“四平打不死的，若打死，早在堂上被夹板折磨断气了。”

“一个晕了，一个睡了。”

“杂种！成天骂杂种，自己就是杂种！”

“把烧酒放烟头的才真是杂种！”

“轻说点，酒店老板阎王来了。”

各处有嘘嘘的声音，各处在传递知会，有些犯人就了悬在院中甬道上油灯的微弱灯光，蹲着在地面下田字棋，有些做别的事情，怕管事一来知道，皆从这知会中得到了消息，各人就躺在原来所据的地面草堆里，装成各已安睡的样子，让管事的在门外用灯照照，且用长杆子随意触撞一两个草堆里那一团东西，看看是不是还在那里。管事的一切照例的作着，一面照例的骂着许多丑话，一面听着这些丑话，于是这人看看甬道上的油灯，检查一下各个铁门上的锁钥，皮靴橐橐的又走了。

当真阎王来了。

一个大眉、大眼、方脸、光头、肥厚的下颏生了一部络腮胡子，身高六尺的人物，手上拿了一个电筒，一根长长的铁杖，踉踉跄跄的走过来，另外一个老年人提了一盏桅灯，似乎也喝了一杯，走路时见得摇摇晃晃。提灯的虽先开了门，到里面甬道时却走在后面一点，因为照规矩阎王应走在前面。

这人在外边开了一个酒铺，让靠近西城下等人皆为他那种加有草烟头的烧酒醉倒，也让这烧酒从一些人手中巧妙的偷运送到狱中来，因此就发了一点小财。照 X X 当地的风气，一切官吏的位置皆可以花钱买得，这人为了自己坐过一阵监狱，受过了一些鞭笞，故买了一个管狱位置。这人作官以后，每每喝了一肚子自己所酿的烧酒，就跑到这地方来巡查，乘了酒性严厉的执行他的职务，随意的鞭打其中任何一个人。有时发现了一些小小危险东西，或是一把发锈的小刀，或一根铁条，或一枚稍大的钉子，追究不出这物件的主人时，就把每人各打二十下，才悻悻的拿了那点东西走去。

这人的行为似乎只是在支取一种多年以前痛苦的子息，X 城人是重在复仇的，他就在一切犯人的身上，索回多年以前他所忍受那点痛苦。

阎王来时，大家皆装睡着了。各处有假装的鼾声，各人皆希望自己可以侥幸逃避一次灾难。

这人把电筒扬起，各处照了一下，且把铁条从铁栏外伸过去，向一个草堆里戳了几下，被戳的微微一动，这人便笑着，再用力戳了一下。

“该死的，你并不睡，你并不睡。你装睡，你在想你的家中，想月亮，想酒喝，你是抢犯，你正在想你过去到山坳里剥人衣服的情形。……不要想这些，明天就得割你的头颅，把你这个会做梦的大头漩到田中去，让野猪吃你！”

那个缩在草堆里成一团的乡下人，一点不明白他所说的意思，只是吓得把鼻头深深的埋到草里，气也不敢向外放出。尽铁条戳了两下，又在臀部脊部各打击了两下，也仍然不作声，难关过去了，因为这铁条又戳到第二个人身上去了。

第二个又被骂“把头丢到田里”，又被重重的抽了两下。

如此依次下去，似乎每一个人皆不免挨两下。

大家皆知道阎王今天一定多喝了两杯，因为若不多喝两杯酒，查验不会如此苛刻。还没有被殴打辱骂的，皆轻轻的移动了卧处的地位，极力向墙边缩进去，把头向墙边隐藏，把臀部迎向那铁条所及一面，预备受戳受打。

到第五个时，那先前一时互相殴打，现在业已毫无知觉重叠在一堆的两个醉人便被阎王发现了。

阎王用电筒照了一下，把铁条在上面那个人身上戳了一下。

“狗 X 的。你做什么压到别人身上？你不是狗，你是猪。我知道你们正在打架，我听到吵闹的声音，你见我来了，来不及把两个人拉开，就装成吃醉了睡觉的样子，狗X的，你装得好。”

一、二、三、四……

这人一面胡胡乱乱的算着数目，一面隔了铁条门，尽是把那个压在上面失了知觉的犯人用力打着，到了四十后又重新再从一、二、三、四算下去。

打了一阵还是不见有什么声息。

其余的人皆知道那是永远打不醒了的，但谁也不敢作声。

跟同阎王来的老狱卒，把灯提得高高的照着，看看尽打不醒，觉得这样打下去也无什么意思了，就说：

“大老，他醉了，今天过节。一定醉了，算了吧。”

阎王把老狱卒手中的灯抢手来，详详细细照了一下老狱卒的面孔。

“你这家伙说什么。你以为我不知道吗？你以为我不明白他们送你的节礼吗？好，今天过节，既然醉了，多打两下不会痛楚的，再打十下，留五十明天再说。”

一、二、三、四打了十下。不行，又一、二、三、四打了十下。

第六个刚被戳了一下时，老狱卒在旁边又说话了。

“大老，你不要再打他们，你也打倦了，明天一总算账吧。”

“明天算账，明天算账，明天加一倍算账！”

阎王一面说一面又抢了老狱卒手中的灯，照了老狱卒的面孔一会，似乎想认清楚说话的人是不是这个人。口中哼哼的，仍然在那第六个的犯人身上重重的戮了一下，打了一下，才离开了铁栅栏，站到通道中央去，大声的骂着一个已经绞死了多年的老犯人名字。

阎王老了，只听到外面牢门落锁的声音，又听到不知为什么原因，在外边大声骂人的声音，但不久一切就平静了，毫无声音了。

黑暗中有人骂娘的声音，有逃过了这种灾难，快乐得纵声大笑的声音，有摹仿了先前管狱人的腔调来说话的。

“妈的个东西，刀砍的，绳子绞的，妈的个东西……。”

有人同鬼一样咕咕的笑着。

有人嘶了个嗓子说着。

“你妈的，你上天去，你那个有毒的烧酒终有一天会打发你上天去的！”

远远的，什么地方响了一声枪，又随即响了两声。

大家睡了。大家皆知道烧酒已经把狱官打倒，今天不会再挨打了。

半夜里有人爬起走向栅栏角上撒尿的，跌倒到两个重叠在一处的醉鬼身旁，摸摸两个人的鼻子，皆冷冷的已经毫无热气。这人尿也不敢撒了，赶忙回去蜷卧在自己的草窠里，拟想明天早上一定有人用门板抬人出去，一共得抬两次。这是一个新来花园不久的乡下人，还不明白花园的规矩，在狱中瘐死的，是应得从墙洞里倒拖出去的。

城中一切皆睡着了，只有这样一个人，缩成一团的卧在草里，想着身旁的死人，听着城外的狼嗥。

X 城是多狼的，因为小孩子的大量死亡，衙门中每天杀人，狼的食料就从不如穷人的食料那么贫乏难得。

本篇发表于1932年11月16日《东方杂志》第29卷第6号。署名沈从文。

白　日

玲玲的样子，黑头发，黑眉毛，黑眼睛，脸庞红红的，嘴唇也红红的。走路时欢喜跳跃，无事时常把手指头含在口里。年纪还只五岁零七个月，不拘谁问她：

“玲玲，你预备嫁给谁？”

这女孩子总把眼睛睁得很大，装作男子的神气：“我是男子，我不嫁给谁。”

她自己当真以为自己是男子，性格方面有时便显得有点顽皮。但熟人中正因为这点原因，特别欢喜惹她逗她，看她作成男子神气回话，成为年长熟人的一种快乐源泉。问第三次，她明白那询问的意思，不作答跑了。但另一时有人问及时，她还是仍然回答，忘记了那询问的人用意所在。

她如一般中产者家庭中孩子一样，生在城市中旧家，性格聪明，却在稍稍缺少较好教育的家庭中长大，过着近于寂寞的日子。母亲如一般中产阶级旧家妇人一样，每日无事，常常过亲戚家中去打点小牌，消磨长日。玲玲同一个娘姨，一个年已二十左右的姊姊，三个人在家中玩。娘姨有许多事可作，姊姊自己作点针线事务，看看旧书，玲玲就在娘姨身边或姊姊身边玩，玩厌了，随便倒在一个椅子上就睡了。睡醒来总先莫名其妙的哭着，哭一会儿，姊姊问，为什么哭？玲玲就想：当真我为什么哭？到后自然就好了，又重新一个人玩起来了。

她如一般小孩一样，玩厌了，欢喜依傍在母亲身边，需要抚摸，慰藉，温存，母亲不常在家，姊姊就代替了母亲的职务。因为姊姊不能如一个母亲那么尽同玲玲揉在一处，或正当玩得忘形时，姊姊忽然不高兴把玲玲打发走开了，因此小小的灵魂里常有寂寞的影子。她玩得不够，所以想象力比一般在热闹家庭中长大的女孩子发达。

母亲今天又到三姨家去了，临行时嘱咐了家中，吃过了晚饭回家，上灯以后不回来时，赵妈拿了灯笼去接。母亲走后，玲玲靠在通花园的小门边，没精打采的望着一院子火灼灼的太阳，一只手插在衣袋里，叮铃当啷玩弄着口袋里四个铜板，来回数了许久，又掏出来看看。铜板已为手中汗水弄得湿湿的，热热的。这几个铜板保留了玲玲的一点记忆，如果不是这几个铜板，玲玲早已悄悄的走出门，玩到自己也想不起的什么地方去了。

玲玲母亲出门时，在玲玲小手中塞下四枚铜板，一面替玲玲整理衣服，一面回头向姊姊那一边说：

“我回来问姊姊，如果小玲玲在家不顽皮，不胡闹，不哭，回来时带大苹果一个。顽皮呢……没有吃的，铜板还得罚还放到扑满里去，且不久就应当嫁到ＸＸ作童养媳妇去了。姊姊记着么？”

姊姊并不记着，只是笑着，玲玲却记着。

母亲走了，姊姊到房中去做事，玲玲因为记着母亲嘱咐姊姊的话，记忆里苹果实在是一种又香又圆又大的古怪东西，玲玲受着诱惑，不能同姊姊离开了。

姊姊上楼后，玲玲跟到姊姊身后上去，姊姊到厨房，她也跟到厨房。同一只小猫一样，跟着走也没有什么出奇，这孩子的手，嘴，甚至于全身，都没有安静的时刻。她不忘记苹果。她知道同姊姊联络，听姊姊吩咐，这苹果才有希望。看到赵妈揉面，姊姊走去帮忙，她就晓得要作大糕了，看到揉面的两只手白得有趣味，一定也要做一个，就揪着姊姊硬要一块面，也在那里揉着。姊姊事情停当了，想躺到藤椅上去看看书，她就爬到姊姊膝上，要姊姊讲说故事。讲了一个，不行，摇摇头，再来一个。……两个也不够。整个小小的胖胖的身子，压在姊姊的身上，精神虎虎的，撕着，扯着，搓着，揉着，嘴里一刻不停的哼着，一头短发在姊姊身边揉得乱乱的。姊姊正看书看到出神，闹得太久了，把她抱下来，脚还没有着地，她倒又爬上来了。

姊姊若记着母亲的话，只要："玲玲，你再闹，晚上苹果就吃不成了。"因此一来玲玲就不会闹了。但姊姊并不记着这件事可以制服玲玲。

姊妹俩都弄得一身汗，还是扭股儿糖似的任你怎么哄也哄不开。

姊姊照例是这样的，玲玲不高兴时欢喜放下正经事来哄玲玲，玲玲太高兴时却只想打发开玲玲，自己来作点正经事。姊姊到后忽然好像生气了，面孔同过去一时生气时玲玲所见的一模一样。姊姊说：

"玲玲，你为什么尽在这里歪缠我，为什么不一个人在花园玩玩呢？"

玲玲听到了这个话，望望姊姊，姊姊还是生气的样子。玲玲一声不响，出了房门，抱了一种冤屈，一步一挨走到花园门边去了。

走到花园门边，一肚子委屈，正想过花园去看看胭脂花结的子黑了没有，就听到侧面谷仓下母鸡生蛋的叫声。母鸡生蛋以后跳出窠时照例得大声大声的叫着，如同赵妈与人相骂一样，玲玲在平常时节，应当跳着跑着走到鸡窠边检察一下，看新出的鸡蛋颜色是黄的白的，间或偷偷用手指触了一下，就跑回到后面厨房去告给佣人赵妈。因为照习惯小孩子不许捏发热的鸡蛋，所以当赵妈把鸡蛋取出时，玲玲至多还是只敢把一个手指头去触那鸡蛋一下。姊姊现在不理她。她有点不高兴，不愿意跑到后面找赵妈去了。听到鸡叫她想打鸡一石头，心想，你叫吗，我打你！一跑着，口袋中铜板就撞触发出声音。她记起了母亲的嘱咐，想到苹果，想到别的。

……妈妈不在家，玲玲不是应该乖乖儿的吗？

应该的。应该的。她想她是应该乖乖儿的。不过在妈面前乖乖儿的有得是奖赏，在姊姊面前，姊姊可不睬人。她应当仍然去姊姊身边坐下，还是在花园里葵花林里太阳底下来赶鸡捉虫？她没有主意儿明白应当怎么样。

她不明白姊姊为什么今天生她的气。她以为姊姊生了她的气，受了冤屈，却不想同谁去说。

一个人站在花园门口看了一会，大梧桐树蝉声干干的喊得人耳朵发响。天的底子是蓝分分的，一片白云从树里飞过墙头，为墙头所遮盖尽后，那一边又是一片云过来了。她就望到这云出神，以为有人骑了这云玩，玩一个整天，比到地上一定有趣多了。她记起会驾云的几个故事上的神人，睨着云一句话不说。

太阳先是还只在脚下，到后来晒过来了，她还不离开门边。

赵妈听到鸡叫了一会，出来取鸡蛋时，看到了玲玲站在太阳下出神。

“玲玲，为什么站到太阳下去，晒出油来不是罪过吗？”

玲玲说：

“晒出油来？只有你那么肥才晒得出油来。”

“晒黑了嫁不出去！”

“晒黑了你也管不着。”

赵妈明白这是受了委屈以后的玲玲，不敢撩她，就走到谷仓下去取鸡蛋，把鸡蛋拿进屋去以后，不久就听到姊姊在房里说话。

“玲玲，玲玲，你来看，有个双黄鸡蛋，快来看！”

玲玲轻轻的说：

“玲玲不来看。”

姊姊又说：

“你来，我们摆七巧，学张古董卖妻故事。”

玲玲仍然轻轻的说：

“我不来。”

玲玲今天正似乎自己给自己闹别扭，不知为什么，说不去看，又很想去看看。但因为已经说了不去看，似乎明白姊姊正轻轻的在同赵妈说：“玲玲今天生了气，莫撩她，一撩她就会哭的。”她想，我偏不哭，我偏不哭。

姊姊对玲玲与母亲不同，玲玲小小心灵儿就能分别得出。平常时节她欢喜妈妈，也欢喜姊姊，觉得两人都是天地间的好人。还有赵妈，却是一个天地间的好人兼恶人。母亲到底是母亲，有凡是做母亲的人特具的软劲儿，肯逗玲玲玩，任她在身上打滚胡闹，高兴时紧紧抱着玲玲，不许玲玲透出气来，玲玲在这种野蛮热情中，有一种说不出的快乐。只要母亲不是为正经事缠身，玲玲总能够在母亲的鼓励下，那么放肆的玩，不节制的大笑，锐声的喊叫。在姊姊身边可不同了。姊姊不如母亲的亲热，欢喜说：“玲玲，怎么不好好穿衣服?”“玲玲，怎么不讲规矩，作野女人像!”但有时节玲玲作了错事，母亲生气了，骂人了，把脸板起来，到处找寻鸡毛帚子，那么发着脾气要打人时，玲玲或哭着或沉默着，到这时节，姊姊便是唯一的救星。在鸡毛帚子落到玲玲身上以前，姊姊就从母亲手上抢过来，且一面向母亲告饶：“玲玲错了，好了，不要打了。”一面把玲玲拉到自己房中去，那么柔和亲切的为用衣角拭擦到小眼睛里流出的屈辱伤心的眼泪，一面说着悦耳动听的道理，虽然仍在抽咽着，哭着，结果总是被姊姊哄好了，把头抬起同姊姊亲了嘴，姊姊在玲玲心目中，便成为世界上第一可爱的人了。分明是受了冤屈，要执拗，要别扭，到这时，玲玲也只有一半气恼一半感激，用另外一意义而流出眼泪，很快的就为姊姊的故事所迷惑，注意到故事上去了。

譬如小病吃药，母亲常常使玲玲哭泣；在哭泣以后，玲玲却愿意受姊姊的劝哄，闭了眼睛把一口极苦的药咽下去。

母亲和姊姊不同处，可以说一个能够在玲玲快乐中而快乐，这是母亲，一个能够在玲玲痛苦中想法使玲玲快乐，这是姊姊。两人的长处玲玲嘴里说不出，心里有一种数目。

玲玲夜间做梦，常梦到恶狗追她，咬到她的衣角，总是姊姊来救援她，醒时却见睡在母亲身上，总十分奇怪。玲玲的心灵是在姊姊的培养下长大的。一听人说姊姊要嫁了，就走到姊姊身边去，悄悄的问：“姊姊，你当真要嫁人吗?”姊姊说：“玲玲你说胡话我不理你，姊姊为了玲玲是不嫁的。”玲玲相信姊姊这一句话，所以每听到人说姊姊要嫁时，玲玲心里总以为那是谎话。但当她同姊姊生气时，就在心里打量，“姊姊不理我了，姊姊一定要嫁了才不理我的。”

对于赵妈，玲玲以为是家中一个好人，又是一个恶人。玲玲一切犯法的事，照例常常是赵妈告发到母亲面前的，因此挨打挨骂，当时觉得赵妈十分可恨，被母亲责罚以后，玲玲见到赵妈，总不理会赵妈，且摹仿一个亲戚男子神气，在赵妈面前斜着眼睛，觑着这恶人，口上轻轻的说：“你是什么东西，你是什么东西。”遇到洗澡时，就不要赵妈洗，遇到吃饭时，不要赵妈装饭，可是过一会儿，看到赵妈在那里整理自己的小小红色衣裳，或在小枕头上扣花，或为玲玲作别的事情，玲玲心软了，觉得赵妈好处了。在先一时不拘如何讨厌赵妈，母亲分派东西吃时，玲玲看看赵妈无份，总悄悄的留下一点给赵妈，李子，花生，香榛子儿。橘子整个不能全留，也藏下一两瓣。等到后来见到了赵妈，即或心中还有余气，不愿意同赵妈说话，一定把送赵妈的东西，一下抛到赵妈身边衣兜里，就飞跑走去了。过一时，大家在一处，赵妈把这件事去同姊姊或别人说及时，听到姊姊说“玲玲是爱赵妈的”，玲玲就带了害羞的感情，分辩的说：“我不爱赵妈。”一定要说到大家承认时才止。

关于“恶人”的感觉，母亲同姊姊有时也免不了被玲玲认为同赵妈一样，尤其是姊姊，欢喜故意闹别扭，不讲道理，惹玲玲哭，玲玲哭时就觉得姊姊也不是好人。但只要一会儿，姊姊在玲玲心目中就不同了。

这时节的玲玲，似乎因为天气太长了一点，要玩又不能玩，对于姊姊有一点反感，她以为先前不理会姊姊，姊姊也同样的在生自己的气。

她望望天，太阳是那么灼人，腿也站得发木了，挨到门槛坐了一会，心想母鸡生蛋，那么圆圆的，究竟是谁告它的一种工夫，很不可解。正猜想这一类事情，花园内木槿花短篱后有一个人影子一闪，玲玲眼快，晓得是赵妈儿子小闩子。忙着问：

“小闩子，是你吗?”

那边说：“是我。”

玲玲快乐极了，就从木槿花枝间钻过去，看小闩子。

小闩子是一个十二岁的男孩，这人无事不做，成天在后门外同一群肮脏污浊下贱孩子胡闹，生得人瘦而长，猴头猴脑，一双凸眼，一副顽皮下流的神气，在玲玲心目中却是一个全能非凡的人物。这孩子口能吹呼哨作出各种声音，手能作一切玩意儿，能在围塘上钓取鳝鱼鳅鱼，能只手向空捞捉苍蝇，勇敢，结实，一切好处皆使玲玲羡慕佩服，发生兴味。这小闩子原来是赵妈的儿子。

玲玲常见小闩子被他母亲用扫帚或晾衣的竹杆追到身后打击，玲玲母亲也不许玲玲同小闩子玩，姊姊也总说同小闩子玩真极下流。她不大相信家中人的意见，倒是小闩子常常因带了玲玲玩回来总得被打，所以不敢接近玲玲了。

玲玲这时看见小闩子，手里拿了一把小竹子，一个竹篾篓子，玲玲说：

“小闩子，昨天捉了多少鳅鱼！”

小闩子记起昨天带了玲玲去玩被赵妈用扫帚追打的情形来了。小闩子装模作样的说：

“还说捉鱼，我不该带你玩，我被打七下，头也打昏了！”

“今天去那儿？”

“今天到西堤去。”

玲玲知道西堤有白荷花，绿绿的莲蓬，同伞一样的大荷叶，一到了那边就可以折这几样东西。且知道西堤柳树下很凉爽，常常有人在那边下棋，还有人在石凳上吹箫，石凳下又极多蟋蟀，时时刻刻弹琴似的轻声振着翅膀。

“西堤不热吗？”

“西堤不热，多少人都到那儿歇凉！”

“我只到过两回。”

“你想去吗？”

“让我想想，”玲玲随便想想，就说，“我同你去吧。”

小闩子却也想想，把头摇摇。

“不好，我不同你去，回头你转身时，我妈知道了又得打我。”

“你妈吃酒去了，不怕的。”

“你不怕我怕。”

“你难道怕打吗？我从不见你被打了以后哭脸，你是男人！”

小闩子听到这种称赞，望着玲玲笑着，轻轻的嘘了一口气，说：

“好，我们走吧，老孙铜头铁额，不会一棒打倒，让我保驾同你到西堤去，我们走后门出去吧。”

两人担心在后门口遇到赵妈，从柚子树下沿了后墙走去。玲玲家的花园倒不很小，一个斜坡，上下分成三个区域，有各样花果，各样树木，后墙树木更多，夏天来恐怕有长虫咬人，因此玲玲若无人作伴，一个人是不敢沿了花园围墙走去的。这时随同她作伴的，却是一个武勇非凡的小闩子，玲玲见到墙边很阴凉，就招呼小闩子，要他坐坐，莫急走去。

两人后来坐在一个石条子上，听树上的蝉声，各人用锐利的眼睛，去从树杪木末搜寻那些身体不大声音极宏的东西，各人皆看得清清楚楚。

小闩子说："要不要我捉下来？"

"我不要。姊姊不许我玩这些小虫。"

"你怕你的姊姊是不是？一个人怕姊姊，我不明白是怎么回事。你姊姊脸上常常擦了粉和红色胭脂，同唱戏花旦一样，不应当害怕！"

"可是姊姊从不唱戏，她使人害怕，因为她有威风。赵妈也归她管，我也归她管，天下男子都应当归她管！"

小闩子有点不平了，把手中竹子敲打了身旁一株厚朴树干，表示他的气概。

"我不归你姊姊管，她管不了我。她不是母老虎，吃不了我！"

"她吃得了你！"

"那她是母老虎变的了，只有母老虎才吃得我下去！"

"她是母老虎。"

小闩子听这句话，就笑了。玲玲因为把话跟着说下去，故在一种抖气辩护中，使小闩子也害怕姊姊，故承认姊姊是一个母老虎，但到小闩子不再说出声时，玲玲心里划算了一下，怯怯的和气的问小闩子：

"你说母老虎，当真像姊姊那么样子吗？姊姊从不咬人。她很会哄人，会学故事，会唱七姊妹仙女的长歌。她是有威风的人，不是老虎！"

小闩子说："我原是说不是老虎，你以为是，我不能同你分辩，正打量将来一见你姊姊就跑开的办法。"

玲玲想说"可是姊姊是天下最伟大聪明的人"，小闩子望到墙边一株枣树上的枣实，已走过树下去了。

枣树在墙头角处，这一棵大枣树疏疏的细叶瘦枝间，挂满了一树雪白大蒲枣，几天来已从绿色转成白色，完全成熟了，乐得玲玲跳了起来就追赶过去跑到树下时，小闩子抱了树干，一纵身就悬起全身在树干上，像一个猿猴，一瞥眼，就见他爬到树桠上跨着树枝摇动起来了，玲玲又乐又急，昂了个小头望着上面，口里连连的喊："好好儿爬，不要掉下来，掉到我头上可不行！"

小闩子一点也不介意，还故意把树枝摇动得极厉害，树枝一上一下的乱晃，晃得玲玲红了脸，不敢再看，只蒙头喊：

"小闩子，你再晃我就走了！"

小闩子就不再晃了，安静下来，规规矩矩摘他的枣子。他把顶大的枣子摘到手上后，就说：

"玲玲，这是顶大的，看，法宝到了头上，招架！"

枣子掷抛下来时，玲玲用手兜着衣角，把枣子接得，一口咬了一半。一会儿，第二颗又下来了。玲玲忙着捡拾落在地下的枣子，忙着笑，轻轻的喊着，这边那边的跳着，高兴极了。

一个在树上，一个在树下，两人不知吃了多少枣子，吃到后来大家再也不想吃了。小闩子坐到树桠上，同一个玩倦了的猴子一样，等了一会，才溜下树来，站在玲玲面前，从身上掏出一把顶大的枣子来。

玲玲一眼看到小闩子手红了，原来枣树多刺，无意中已把小闩子的手刺出血了。玲玲极怕血，不敢看它。小闩子毫不在乎的神气，把手放在口里吮了一下，又蹲到地下抓了一把黄土一撒，若无其事的样子。

他问玲玲吃得可开心不开心，玲玲手上还拿得两手枣子，肚子饱饱的，点点头微笑，跳跃了两下。袋袋里铜子响了起来，听到声音玲玲记起铜板来了，从袋袋里把铜板掏出。

"我有四枚铜板，妈妈出门时送我的！"

"有四枚吗？"

"一、二、三、四。"

外墙刚好有人敲竹梆过身，小闩子知道这是卖枣子汤的，就说：

"外面有枣泥汤，怎么不买一碗吃吃？"

“枣泥汤是不是枣子做的?”

“是枣子做的，味道比枣子好。那里面是红枣，不是白枣，你不欢喜红枣吗?”

“欢喜，欢喜，拿去买吧。”

小闩子为出主意，要玲玲莫出去，在外面吃枣泥汤耽心碰到熟人，就在这儿等下他一个人出去买，一会儿，他就拿回来了。

玲玲想想，“这样好”；于是把钱塞到小闩子手心。一接到钱，小闩子如飞的跑出去了。小闩子出去以后，看到了糖担子，下面有轮盘同活动龙头，龙头口中下垂一针，针所指处有糖做的弥勒佛，有糖塔，糖菩萨，就把手上铜板输了三枚。剩下一枚买了枣泥汤，因为分量太少了一点，要小贩添了些白水，小闩子把瓶子摇摇，一会儿，玲玲就见他手里拿了一小瓶浑黄色的液体，伶精古怪的跑回来了。

玲玲把瓶接到手里，喝了一口，只觉满嘴甜甜的。

“小闩子，你喝不喝?”

小闩子正想起糖塔糖人，不好意思再喝，就说不喝。玲玲继续把一小瓶的嘴儿含着，昂起头咕嘍咕嘍咽了一下，实在咽不下去了，才用膀子揉揉自己嘴唇，把那小瓶递给小闩子。小闩子见到，把瓶子粘在嘴边喝完了就完事了。

喝完了，小闩子说：

“玲玲，可好吗?”

“好极了。”

远远的听到赵妈声音：

“玲玲小姐，在那儿！……”

小闩子怕见他的母亲，借口退还瓶子，一溜烟跑了。

玲玲把枣子藏到衣口袋里，心里耿耿的，满满的，跑出花园回到堂屋去，看到大方桌上一个热腾的大蒸笼，一蒸笼的糕，姊姊正忙着用盘子来盛取，见到了玲玲，就说：

“小玲玲，来，给你一个大的吃。”

玲玲本来不再想吃什么，但不好不吃。并且小孩子见了新鲜东西，即或肚皮已经吃别的东西胀得如一面小鼓，也不会节制一下不咬它一口。吃了一半热糕，玲玲肚子作痛起来了，放下糕跑出去了。一个人坐在门外边。看到鸡在墙角扒土，咯咯的叫着。玲玲记起母亲说的不许吃外面的生冷东西，吃了会死人的话来了。肚子还是痛着，老不自在，又不敢同姊姊去说。

姊姊出来了，见到玲玲一个人坐在那里，皱了眉毛老不舒服的样子，以为她还是先前生气不好的原因，走过来哄她一下，问她：

“玲玲，糕不很好吗？再吃一个，留两个……”

玲玲望着姊姊的面孔，记起先一时说的母老虎笑话，有点羞惭。

姊姊说：

“怎么？还不高兴吗？我有好故事，你跑去拿书来，我们说故事吧。”

玲玲很轻很轻的说：

“姊姊，我肚子痛！”说着，就哭了。

姊姊看看玲玲的脸色，明白这小孩子说的话不是谎话，急坏了，忙着一面抱了玲玲到房中去，一面喊叫赵妈。把玲玲抱起时，口袋中枣子撒落到地下，各处滚着，玲玲哭着哼着让姊姊抱了她进房中去，再也不注意那些枣子。

把玲玲放在床上后，姊姊一面为她解衣一面问她吃了些什么，玲玲一一告给了姊姊，一点不敢隐瞒，姊姊更急了，要赵妈找寻小闩子来，追究他给玲玲吃了些什么东西。赵妈骂着小闩子的种种短命话语，忙匆匆的走出去了。玲玲让姊姊揉着，埋怨着，一句话不说，躺在床上，望到床顶有一个喜蛛白窠。

过一会赵妈回来了，药也好了，可是玲玲不过是因为吃多了一点的原因，经姊姊一揉，肚子咯咯的响着，经过了一阵，已经好多了。赵妈问：“是不是要接太太回来？”玲玲就央求姊姊，不要接母亲回来。姊姊看看当真似乎不大要紧了，就答应了玲玲的请求，打发了赵妈出去，且说不要告给太太，因为告给太太，三个人都得挨骂。赵妈出了房门后，玲玲感谢的抱着姊姊，让姊姊同她亲嘴亲额。

姊姊问：

“好了没有？”

“好了。”

“为什么同小闩子去玩？你是小姐，应当尊贵一点，不许同小痞子玩，不能乱吃东西，记到了没有？”

“下次不这样子了。”

姊姊虽然像是在教训小玲玲，姊姊的好处，却把玲玲心弄得十分软弱了。玲玲这时只想在姊姊面前哭哭，表示自己永远不再生事，不再同小痞子玩。

因为姊姊不许玲玲起身，又怕玲玲寂寞，就拿了书来坐在床边看书，要玲玲好好的躺在床上。玲玲一切都答应了。姊姊自己看书，玲玲躺着，一句话不说，让肚子食物慢慢的消化，望到床顶隔板角上那壁钱出神。

玲玲因此想起了自己的钱，想起了小闩子谈到姊姊的种种，还想起别的时候一些别的事情来。

到后来，姊姊把书看完了，在书本中段，做了一个记号，合拢了书问玲玲：

“玲玲，肚子好了没有？”

玲玲说：“全好了。”说了似乎还想说什么，又似乎有点害羞，姊姊注意到这一点，姊姊就说：“玲玲你乖一点，你放心，我回头不把这件事告给妈妈。”

玲玲把头摇摇，用手招呼姊姊，意思要她把头低下来，想有几句秘密话轻轻的告给姊姊一个人听。姊姊把头低下，耳朵靠近玲玲小嘴边时，玲玲轻轻的说：、

“姊姊，我不怕你是母老虎，我愿意嫁给你。”

姊姊听到这种小孩子的话，想了一下，笑得伏在床上抱了玲玲乱吻，玲玲却在害羞情形中把眼睛弄湿，而且呜呜咽咽的哭起来了。

玲玲一面流泪一面想：

“我嫁给你，我愿意这样办！”

（改三三稿）

本篇曾以《玲玲》为篇名发表于1932年6月30日《文艺月刊》第3卷第5、6号合刊。署名黑君。作者系张兆和。

黄 昏

雷雨过后，屋檐口每一个瓦槽还残留了一些断续的点滴，天空的雨已经不至于再落，时间也快要夜了。

日头将落下那一边天空，还剩有无数云彩，这些云彩阻拦了日头，却为日头的光烘出眩目美丽的颜色。远一点，有一些云彩镶了金边、白边、玛瑙边、淡紫边，如都市中妇人的衣缘，精致而又华丽。云彩无色不备，在空中以一种魔术师的手法，不断的在流动变化。空气因为雨后而澄清，一切景色皆如一人久病新瘥的神气。

这些美丽天空是南方的五月所最容易遇见的，在这天空下面的城市，常常是崩颓衰落的城市。由于国内连年的兵乱，由于各处种五谷的地面都成了荒田，加之毒物的普遍移植，农村经济因而就宣告了整个破产，各处大小乡村皆显得贫穷和萧条，一切大小城市则皆在腐烂，在灭亡。

一个位置在长江中部 X 省 X 地邑的某一县，小小的石头城里，城北一角，傍近城墙附近一带边街上人家，照习惯样子，到了这时节，各个人家黑黑的屋脊上小小的烟突，都发出湿湿的似乎分量极重的柴烟。这炊烟次第而起，参差不齐，先是仿佛就不大高兴燃好，待到既已燃好，不得不勉强自烟突跃出时，一出烟突便无力上飏了。这些炊烟留连于屋脊，徘徊踌躕，团结不散，终于就结成一片，等到黄昏时节，便如帷幕一样，把一切皆包裹到薄雾里去。

X X 地方的城沿，因为一排平房同一座公家建筑，已经使这个地方任何时节皆带了一点儿抑郁调子，为了这炊烟，一切变得更抑郁了许多了。

这里一座出名公家建筑就是监狱。监狱里关了一些从各处送来不中用的穷人，以及十分愚蠢老实的农民，如其余任何地方任何监狱一样。与监狱为邻，住的自然是一些穷人，这些穷人的家庭，却大都是那么组成：一个男主人，一个女主人，以及一群大小不等的孩子。主人多数是各种仰赖双手挣取每日饭吃的人物，其中以木工为多。妇人大致眼睛红红的，脸庞瘦瘦的，如害痨病的样子。孩子则几几乎全部分是生来不养不教，很希奇的活下来，长大以后不作乞丐，就只有去作罪人那种古怪生物。近年来，城市中许多人家死了人时，都只用蒲包同簟席卷去埋葬，棺木也不必需了，木工在这种情形下，生活皆陷入不可以想象的凄惨境遇里去。有些不愿当兵不敢作匪又不能作工的，多数跑到城南商埠去作小工，不然什么工作都做，只要可以生活就成。有些还守着自己职业不愿改行的，就只整天留在家中，在那些发霉发臭的湿地上，用一把斧头削削这样或砍砍那样，把旧木料作成一些简单家具，堆满了一屋，打发那一个接连一个而来无穷尽的灰色日子。妇人们则因为地方习惯，还有几件工作，可以得到一碗饭吃。由于细心，谨慎，耐烦，以及工资特别低廉，种种长处方面，一群妇人还不至于即刻饿死。她们的工作多数是到城东莲子庄去剥点莲蓬，茶叶庄去拣选茶叶，或向一个鞭炮铺，去领取些零数小鞭炮，拿回家来编排爆仗，每一个日子可得一百文或五分钱。小孩子，其年龄较大的，不管女孩男孩，也有跟了大人过东城做工，每日赚四十文左右的。只有那些十岁以下的孩子，大多数每日无物可吃，无事可做，皆提了小篮各处走去，只要遇到什么可以用口嚼的，就随手塞到口中去。有些不离开家宅附近的，便在监狱外大积水塘石堤旁，向塘边钓取鳝鱼。这水塘在过去一时，也许还有些用处，单从四围那些坚固而又笨重的石块垒砌的一条长长石堤看来，从它面积地位上看来，都证明这水塘，在过去一时，或曾供给了全城人的饮料。但到了如今，南城水井从山中导来了新水源，西城多用河水，这水塘却早已成为藏垢纳污的所在地了。塘水容纳了一切污水肮物，长年积水颜色黑黑的，绿绿的，上面盖了一层厚衣，在太阳下蒸发出一种异常的气味，各方点浅处，天气热时，就从泥底不断的喷涌出一些水泡。

监狱附近小孩子，因为水塘周围石堤罅穴多的是鳝鱼，新雨过后，天气凉爽了许多，塘水增加了些由各处汇集而来的雨水，也显得有了点生气，在浊水中过日子的鳝鱼，这时节便多伸出头来，贴近水面，把鼻孔向天掉换新鲜空气，小孩子于是很兴奋的绕了水塘奔走，皆露出异常高兴的神气。他们把从旧扫帚上抽来的细细竹竿，尖端系上一尺来长的麻线，麻线上系了小铁钩，小铁钩钩了些蛤蟆小腿或其他食饵，很方便插到石罅里去后，就静静的坐在旁边看守着。一会儿竹竿极沉重的向下坠去，竹竿有时竟直入水里去了，面前那一个便捞着竹竿，很敏捷的把它用力一拉，一条水蛇一样的东西，便离开水面，在空中蜿蜒不已。把鳝鱼牵出水以后，大家嚷着笑着，竞争跑过这一边来看取鳝鱼的大小。有人愿意把这鳝鱼带回家中去，留作家中的晚餐，有人又愿意就地找寻火种，把一些可以燃烧的东西收集起来，在火堆上烧鳝鱼吃。有时鳝鱼太小，或发现了这一条鳝鱼，属于习惯上所说的有毒黑鳝，大家便抽签决定，或大家在混乱中竞争抢夺着，打闹着，以战争来解决这一条鳝鱼所属的主人。直到把这条业已在争夺时弄得半死的鳝鱼，归于最后的一个主人后，这小孩子就用石头把那鳝鱼的头颅捣碎，才用手提着那东西的尾巴，奋力向塘中掷去，算是完成了钓鱼的工作。

天晚了，那些日里提了篮子，赤了双脚，沿了城墙走去的妇女到这时节，都陆续回了家。回家途中从菜市过身，就把当天收入，带回些糙米，子盐，辣椒，过了时的瓜菜，以及一点花钱极少便可得到的猪肠牛肚，同一钱不花也可携回的鱼类内脏。每一家烟突上的炊烟，就为处置这些食物而次第升起了。

因为妇人回了家，小孩子们有玩疲倦了的，皆跑回家中去了。

有小孩子从城根跑来，向水塘边钓鱼小孩子嚷着："队伍来提人了，已经到了曲街拐角上，一会儿就要来了。"大家知道兵士来此提人，有热闹可看了，呐一声喊，一阵风似的向监狱衙署外大院子集中冲去，等候到队伍来时，欣赏那扛枪兵士的整齐步伐。

监狱里原关了百十个犯人，一部分为欠了点小债，或偷了点小东西，无可奈何犯了法被捉来的平民，大多数却为兵队从各处乡下捉来的农民。驻扎城中的军队，除了征烟苗税的十月较忙，其余日子就本来无事可作，常常由营长连长带了队伍出去，同打猎一样，走到附郭乡下去，碰碰运气随随便便用草绳麻绳，把这些乡下庄稼人捆上一批押解入城，牵到团部去胡乱拷问一阵，再寄顿到这狱中来。或于某种简单的糊涂的问讯中，告了结束，就在一张黄色桂花纸上，由书记照行式写成甘结，把这乡下庄稼汉子两只手涂满了墨汁，强迫按捺到空白处，留下一双手模，算是承认了结上所说的一切，于是当时派队就把这人牵出城外空地上砍了。或者这人说话在行一点，还有几个钱，又愿意认罚，后来把罚锾缴足，随便找寻一个保人，便又放了。在监狱附近住家的小孩子，除了钓鳝鱼以外，就是当军队派十个二十个弟兄来到监狱提人时，站在那院署空场旁，看那些装模作样的副爷，如何排队走进衙署里，后来就包围了监狱院墙外，等候看犯人外出。犯人提走后，若已经从那些装模作样的兵士方面，看出一点消息，知道一会儿这犯人愚蠢的头颅就得割下时，便又跟了这队伍后面向城中团部走去，在军营外留下来，一直等到犯人上身剥得精光，脸儿青青的，头发乱乱的，张着大口，半昏半死的被几个兵士簇拥而出时，小孩子们就在街头齐声呐喊着一句习惯的口号送行。

“二十年一条好汉，值价一点！”

犯人或者望望这边，也勉强喊一两声撑撑自己场面，或沉默的想到家中小猪小羊，又怕又乱，迷迷糊糊走去。

于是队伍过身了。到后面一点，是一个骑马副官拿了军中大令，在黑色小公马上战摇摇的掌了黄龙大令也过身了。再后一点，就轮派到这一群小孩子了。这一行队伍大家皆用小跑步向城外出发，从每一条街上走过身时，便集收了每一条街上的顽童与无事忙的人物。大伙儿到了应当到的地点，展开了一个圈子，留出必需够用的一点空地，兵士们把枪从肩上取下，装上了一排子弹，假作向外预备放的姿式，以为因此一来就不会使犯人逃掉，也不至于为外人劫法场。看的人就在较远处围成一个大圈儿。一切布置妥当后，刽子手从人群中走出，把刀藏在身背后，走近犯人身边去，很友谊似的拍拍那乡下人的颈项，故意装成从容不迫的神气，同那业已半死的人嘱咐了几句话，口中一面说“不忙，不忙”，随即嚓的一下，那个无辜的头颅，就远远的飞去，发出沉闷而钝重的声音坠到地下了，颈部的血就同小喷泉一样射了出来，身腔随即也软软的倒下去，呐喊声起于四隅，犯人同刽子手同样的被人当作英雄看待了。事情完结以后，那位骑马的押队副官，目击世界上已经少了一个恶人，除暴安良的责任已尽，下了一个命令，领带队伍，命令在前面一点儿的号手，吹了得胜回营的洋号缴令去了。看热闹人也慢慢的走开了。小孩们不即走开，他们便留下来等候看到此烧纸哭泣的人，或看人收尸。这些尸首多数是不敢来收的，在一切人散尽以后，小孩子们就挑选了那个污浊肮脏的头颅作戏，先是用来作为一种游戏，到后常常互相扭打起来，终于便让那个气力较弱的人滚跌到血污中去，大家才一哄而散。

今天天气快晚了，又正落过大雨，不像要杀人的样子。

这个时节，那在监狱服务十七年了的狱丁，正赤双脚在衙署里大堂面前泥水里，用铲子挖掘泥土，打量把积水导引出去。工作了已经好一阵，眼见得毫无效果，又才去解散了把竹扫帚，取出一些竹刷，想用它来扶持那些为暴雨所摧残业已淹卧到水中的向日葵。院落中这时有大部分还皆淹没在水里，这老狱丁从别处讨来的凤仙花、鸡冠花、洋菊同秋葵，以及一些为本地人所珍视的十样锦花，在院中土坪里各据了一畦空地，莫不皆浸在水中。狱丁照料到这样又疏忽了那样，所以作了一会事，看看什么都作不好，就不再作了，只站在大堂檐口下，望天上的晚云。一群窝窝头颜色茸毛未脱的雏鸭，正在花草之间的泥水中，显得很欣悦很放肆的游泳着，在水中扇动小小的肉翅，呀呀的叫嚷，各把小小红嘴巴连头插进水荡中去，后身撅起如一顶小纱帽，其中任何一只小鸭含了一条蚯蚓出水时，其余小鸭便互相争夺不已。

老狱丁正计算到属于一生的一笔账项，数目弄得不大清楚，为了他每个月的薪俸是十二串，这钱分文不动已积下五年，应承受这一笔钱的过房儿子已看好了，自己老衣也看好了，棺木也看好了，他把一切处置得妥当后，却来记忆追想，为什么年轻不结婚。他想起自己在营伍中的荒唐处，想起几个与生活有关白脸长眉的女人，一道回忆的伏流，正流过那衰弱弊旧的心上，眼睛里燃烧了一种青春的湿光。

只听到外边有人喊“立正，稍息”，且有马项铃响，知道是营上来送人提人的，故忙匆匆踹了水出去，看是什么事。

军官下了马后，长统皮靴在院子里水中堂堂的走着，一直向衙署里面走去，守卫的岗警立了正，一句话也不敢询问，让这人向侧面闯去，后面跟了十个兵士，狱卒在二门前迎面遇到了军官，又赶忙飞跑进去，向典狱官报告去了。

典狱官是一个在烟灯旁讨生活的人物，这时正赤脚短褂坐在床边，监督公丁蹲在地下煨菜，玄想到种种东方形式的幻梦，狱卒在窗下喊着：

“老爷，老爷，营上来人了！”

这典狱官听到营上来人，可忙着了，拖了鞋就向外跑。

军官在大堂上站定了，用手指弄着马鞭末端的绥组，兵士皆站在檐口前，典狱官把一串长短不一的钥匙从房中取出来，另外又携了一本寄押人犯的账簿，见了军官时就赶忙行礼，笑眯眯的侍候到军官，喊公丁赶快搬凳子倒茶出来。

“大人，要几个？”

军官一句话不说，递给了典狱官一个写了人名的字条，这典狱官就在暮色满堂的衙署大堂上轻轻的念着那个字条，把它看过了，忙说“是的是的”，就首先带路拿了那串钥匙，挟了那本账簿，向侧面牢狱走去。一会儿几个人都在牢狱双重门外站定了。

老狱丁把钥匙套进锁口里去，开了第一道门又开第二道门，门开了，这里已黑黑的，只见远处一些放光的眼睛，同模糊的轮廓，典狱官按着名单喊人。

“赵天保，赵天保，杨守玉，杨守玉。”

有两只放光的眼睛出来了，怯怯的跑过来，自己轻轻的说着“杨守玉，杨守玉”，一句别的话也不说，让兵士拉出去了。典狱官见来了一个，还有一个，又重新喊着姓赵的人名，狱丁也嘶着喉咙帮同喊叫，可是叫了一阵人还是不出来。只听到黑暗里有乡下人口音：

“天保，天保，叫你去，你就去，不要怕，一切是命！”

另外还有人轻轻地说话，大致都劝他出去，因为不出去也是不行的。原来那个被提的人害怕出去，这时正躲在自己所住的一堆草里。这是一种已成习惯的事情，许多乡下人，被拷打过一次，或已招了什么，在狱中住下来，一听到提人叫到自己名姓时，就死也不愿意再出去，一定得一些兵士走进来，横拖竖拉才能把他弄出。这件事既在狱中是很常有的事，在军人同狱官也看得成为习惯了，狱官这时望了一望军官，军官望了一望兵士，几个人就一拥而进到里面去了。于是黑暗中起了殴打声，喘气声，以及一个因为沉默的死命抱着柱子不放，一群七手八脚的动作，抵抗征服的声音。一会儿，便看见一团东西送出去了。典狱官知道事情业已办好，把门一次一次关好，一一的重新加上笨重的铁锁，同军官沉沉默默一道儿离开了牢狱，回到大堂，验看了犯人一下，尽了应尽的手续，正想说几句应酬话，谈谈清乡的事情，禁烟的事情，军官努努嘴唇，一队人马重新排队，预备开步走出衙署了。

老狱卒走过那个先是不愿意离开牢狱，被人迫出以后，满脸是血目露凶光的乡下人身边来，“天保，有什么事情没有？”犯人口角全是血，喘息着，望到业已为落日烧红的天边，仿佛想得很远很远，一句话一个表示都没有。另外一个乡下人样子，老老实实的，却告给狱吏：

“大爷，我砦上人来时，请你告诉他们，我去了，只请他们帮我还村中漆匠五百钱，我应当还他这笔钱。……”

于是队伍堂堂的走去了。典狱官同狱卒送出大门，站到门外照墙边，看军官上了马，看他们从泥水里走去。在门外业已等候了许久的小孩子们，也有想跟了走去，却为家中唤着不许跟去，只少数留在家中也无晚饭可吃的小孩，仍然很高兴的跟着跑去。天上一角全红了，典狱官望到天空，狱卒也望天空，一切是那么美丽而静穆。一个公丁正搬了高凳子来把装满了菜油的小灯，搁到衙署大门前悬挂的门灯上去，大门口全是泥泞，凳子因为在泥泞中摇晃不定，典狱官见着时正喊：

“小心一点！小心一点！”

虽然那么嘱咐，可是到后凳子仍然翻倒了，人跌到地下去，灯也跌到地下了。灯油溅泼了一地，那人就坐在油里不知如何是好。典狱官心中正有一点儿不满意适间那军官的神气，就大声说：

“我告诉你小心一点，比营上火夫还粗鲁，真混账！”

小孩子们没有散尽的，为这件事全聚集了拢来。

岗警把小孩子驱散后，典狱官记起了自己房中煨的红肉，担心公丁已偷吃去一半，就小小心心的从那满是菜油的泥泞里走进了衙门。狱丁望望那坐在泥水里的公丁，努努嘴，意思以为起来好一点，坐在地下有什么用？也跟了进去了。

天上红的地方全变为紫色，地面一切角隅皆渐渐的模糊起来，于是居然夜了。

本篇曾以《晚晴》为篇名发表于1932年6月30日《文艺月刊》第3卷第5、6号合刊。署名甲辰。

《黄昏》是作者以此为篇名的作品之一。